LOST LOVER
Dem Traummann auf der Spur

Veronica Fields

Verlag:
BookRix GmbH & Co. KG
Implerstraße 24
81371 München
Deutschland

ISBN: 978-3-7487-9694-7

Cover: Katja Hemkentokrax
Covermotiv: Katja Hemkentokrax
Lektorat: Katharina Zimmer
Korrektorat: Dr. Andreas Fischer
2. Korrektorat: Katharina Zimmer
Copyright ©: Veronica Fields, 2022, Deutschland
Bildmaterial: Pixabay

Alle Rechte vorbehalten.

Jede Verwertung oder Vervielfältigung dieses Buches, auch auszugsweise, sowie die Übersetzung dieses Werkes ist nur mit schriftlicher Genehmigung der Autorin gestattet. Handlungen und Personen im Roman sind frei erfunden. Ähnlichkeiten mit lebenden oder verstorbenen Personen sind rein zufällig und nicht beabsichtigt.

Für Valentin

Mein kleiner Sonnenschein

Kapitel 1 Verkehrte Welt

Erfolgreich, erwachsen, das Leben fest im Griff. So wollte ich in meinem Alter dastehen. Die Realität sah allerdings ganz anders aus: Zweiunddreißig Jahre, ledig und Chaosqueen – ja, so konnte man mich am ehesten beschreiben. Um den gesellschaftlichen Erwartungen zu entsprechen, hätte ich bereits verheiratet sein und mindestens ein Kind haben müssen, doch die Männerwelt und ich – diese Kombination war einfach zu explosiv, um zu funktionieren. Daher rückte das Mamasein für mich vorerst in weite Ferne. Joyce Miller – Single für alle Zeit.

Denn es war schon wieder passiert: Ein Mann hatte die Flucht ergriffen, nachdem er bemerkt hatte, dass es zwischen uns beiden ernst werden könnte. Oft fragte ich mich, ob ich ein so anstrengender Mensch war, dass es die Kerle bei mir so schnell mit der Angst zu tun bekamen.

Solche Gedanken galt es zu ignorieren, da man sich als Individuum sehen und selbst lieben sollte. Jeder hatte doch etwas an sich auszusetzen, niemand empfand sich rundherum als perfekt. Die Frauenwelt erst recht nicht. Wir beschwerten uns gern über zu füllige Schenkel, zu dickes oder zu dünnes Haar, eine schiefe und zu große Nase, oder auch über die Beschaffenheit unseres Busens. Permanent verglichen wir uns mit anderen – wie sollte dabei Zufriedenheit aufkommen?

Ganz anders Männer. Mit ihrer oft protzigen Selbstdarstellung – straffere Muckis, dickere Autos, mehrere Frauen gleichzeitig – hatten sie meist gewaltig einen an der Waffel. Und wehe, das geliebte Fußballteam verlor, da war der Abend dahin.

Bisher kannte ich niemanden auf dieser Welt, der vollkommen zufrieden mit sich war. Missgunst, Neid und die Show nach außen spielten eine immer größere Rolle. Keiner gönnte dem anderen sein Glück, aber selbstverständlich würde das niemals jemand zugeben. Was war so schwer daran, einen Millionär zu beglückwünschen, anstatt ihn zu beneiden oder gar ausrauben zu wollen? Man selbst freute sich ja auch, wenn man im Lotto gewann. Wie gerne würde ich beim

Glücksspiel absahnen – wer nicht? Mein Konto würde es genießen, mal wieder in den schwarzen Zahlen mitzuspielen. Das Negativ-Zeichen tauchte in letzter Zeit häufiger vor dem Finanzstatus auf. Aber das Sparkonto für den Notfall, welches ich mir mühsam aufgebaut hatte, wollte ich nicht angreifen. Daher blieb mir nichts anderes übrig, als optimistisch zu bleiben. Für meine finanziellen Probleme würde sich eine Lösung finden.

Ich lebte in einer kleinen Zweizimmerwohnung in Frankfurt am Main und fühlte mich in meiner Unordnung außerordentlich wohl. Trotzdem wäre ein rentables Ereignis durchaus willkommen.

Zum Beispiel könnte ein neues Job-Angebot winken, bei dem ein fünfstelliges Monatsgehalt den Saldo ins Plus katapultierte, ohne, dass ich viel dafür tun müsste. Ein Autohändler könnte einen Neuwagen verschenken und mich als Sieger küren, oder ein Scheich überreichte mir auf der Straße einen Koffer voll Geld. Einfach so, weil er´s konnte. Gegen einen kostenlosen Urlaub bei fünfunddreißig Grad in der Karibik hätte ich auch nichts einzuwenden.

Genug geträumt, zurück zur Realität. Tatsächlich war ich als Sachbearbeiterin bei einer großen, deutschen Firma beschäftigt, sortierte

Rechnungen, hatte telefonischen Kontakt mit unseren Lieferanten und klärte Unregelmäßigkeiten ab. Mehr nicht. Diese Tätigkeit erfüllte mich in keiner Weise – ebenso wenig wie die Zusammenarbeit mit meinen unfähigen Kollegen. Allerdings deckte das Gehalt die monatlichen Kosten. Außer natürlich, wenn ich an meinem Lieblingsschuhladen vorbeilief. Sobald ich in die Nähe von *Shoe&Shine* kam, musste ich meiner Lieblingsverkäuferin Lucy einen Besuch abstatten. Egal, wie sehr ich mich bemühte, nichts zu kaufen, ich fand immer ein ausgefallenes Accessoire oder einen hübschen Schuh, bei dem es mir glatt die Sprache verschlug. Da musste Frau einfach zugreifen. Gründe wie *der passt wunderbar zu meinem grünen Oberteil* oder *der Schal betont meine Augen so stark* reichten aus, damit ich mit einer vollen Tüte den Laden verließ.

Frauen, deren tägliches Beauty-Programm länger als fünf Minuten dauerte, wollten sich ja schließlich in die Öffentlichkeit trauen, um mit ihrem Antlitz zu strahlen. Doch das war vor allem eines: kostspielig! Meine Kreditkarte hatte in den letzten Monaten ein wenig zu oft geglüht. Shoppen war für uns weibliche Wesen aber oft ein natürlicher Prozess. Genauso wie Männer ihren

Beschützerinstinkt hatten, so hatten wir Frauen den Shopping-Instinkt. Immer diese materiellen Bedürfnisse ...

Meine beste Freundin Soph zeigte mir dennoch, wie man das Leben genießen konnte, denn sie war in unserer Clique das Partygirl – ohne Rücksicht auf Verluste! Gleichzeitig war sie eine treue Wegbegleiterin, die immer an meiner Seite stand.

Da ich mir schon ein Leben lang ein Haustier gewünscht hatte, überraschte mich Soph im Dezember und fuhr zusammen mit mir ins Tierheim, wo ich mir meinen flauschigen Russian-Blue-Kater Jerry aussuchte. Das war ihr Weihnachtsgeschenk an mich, da sie merkte, wie allein ich mich manchmal fühlte. Bei diesen großen grünen Augen konnte ich nicht anders, als mich innerhalb von Sekunden in ihn zu verlieben! Bei den Männern würde mir das erst einmal nicht mehr passieren. Bei meinen altmodischen Vorstellungen von einem potentiellen Traummann rückten reale Liebesgeschichten in weite Ferne. Es stimmte mich traurig, dass ich bisher nie eine lange Beziehung gehabt hatte, da ich innerlich eine große Romantikerin war und auf diesen ganzen übertriebenen Kitsch total stand.

Die Liebe – war sie nur eine Illusion?

Jerry war von nun an der neue *Mann* an meiner Seite. Einer, der mich nicht enttäuschte, keine großen Anforderungen stellte und vor allem – mich bedingungslos liebte.

So kam der 24. Dezember – Heiligabend. Wenn ich an die bevorstehenden Feiertage dachte, drehte sich mir der Magen um. Familientag – Freude pur! Ich stand in einem nagelneuen Designer-Kleid, jedoch mit nahezu leerem Bankkonto vor der Tür meiner Eltern – bereit, oder eben auch nicht, für das alljährliche Weihnachtsessen. Neben unzähligen Geschenken hatte ich Jerry mit im Gepäck. Die Sonne schien von einem wolkenlosen Himmel, doch meine Laune war jetzt schon im Keller. Denn mein Bruder Justin – ja, Papa hatte durch seine Wurzeln ein Faible für amerikanische Vornamen – samt Ehefrau und seinen beiden kleinen, äußerst anstrengenden Kindern feierte auch mit uns. Seine Kids waren zwei und fünf Jahre alt, aber so etwas von schlecht erzogen! Ihnen waren noch nie Grenzen aufgezeigt worden, geschweige denn, Manieren beigebracht. Damit war jeder Versuch, eine angenehme Zeit mit der Familie zu verbringen, zum Scheitern verurteilt.

Nur eine Stunde später bestätigten sich meine schlimmsten Befürchtungen. Die Lautstärke beim

Abendessen hatte das Niveau eines Rockkonzertes erreicht. Ständig schrie einer von den Nervtötern, während deren Opa zwischendurch einen neuen Schwank von seinem Stammtisch erzählte. Die Vorweihnachtszeit war so entspannt und ruhig gewesen, doch jetzt platzte mir fast der Kragen. Als ein angefressener Rosenkohl mitten auf meinem Kleid landete und dabei einen hässlichen Fettfleck hinterließ, konnte ich mich nicht mehr beherrschen.

Genervt forderte ich meinen Bruder auf: »Möchtest du deinen Kindern nicht einmal erklären, wie man sich bei Tisch benimmt?« Ich hatte einfach keine Geduld übrig an diesem Abend. Er sah mich daraufhin nur verachtend an, schnaubte leise und nahm seinem Großen schließlich den Teller weg. Der zweijährige Quälgeist bekam den Schnuller in den Mund geschoben und endlich kehrte wieder Ruhe ein. War das denn so schwer gewesen?

Nach dem Essen gab es dann im Wohnzimmer die Bescherung. Meine Eltern schenkten mir einen Gutschein für das *Best Western Hotel Bad Rappenau*, welches unweit von der *Thermen & Badwelt* in Sinsheim lag. Den konnte ich sicherlich gut gebrauchen. Außerdem steckten sie mir ein bisschen Geld mit in den Umschlag, da sie wussten, dass ich öfter etwas knapp bei Kasse war. Nachdem wir im Anschluss den alljährlichen, langweiligen Spieleabend begonnen hatten, ertönte aus dem Flur eine lautstarke Melodie. Es war der Klingelton meines Handys. Sofort sprang ich auf, um nachzusehen, wer mich um diese Uhrzeit noch anrief. Bitte lieber Gott, mach, dass ich hier ganz schnell verschwinden kann!

Es war meine Herzensfreundin Soph, die offensichtlich etwas angeheitert war und mir ins zarte Öhrchen kreischte: »Frohe Weihnachten, Mäuschen. Wir sind im *22nd*. Beweg deinen knackigen Hintern zu uns, du fehlst hier. Ohne dich ist es nur halb so lustig!«

»Ich kann hier leider nicht weg. Bei dieser ach so tollen Weihnachtsstimmung kann ich nicht mit meiner Abwesenheit glänzen. Es tut mir leid, Süße.«

»Dann komm, sobald du dich abseilen kannst, Joyce. Ich warte auf dich und der Rest unserer Freunde auch!« Sie legte auf. Soph war so putzig, wenn sie getrunken hatte. Ich überlegte, ob ich nicht doch verschwinden könnte. Meine Mutter kam in den Flur und sah erst mich an, danach das Telefon in meiner rechten Hand, und schließlich wieder mich. Ein Lächeln kam über ihre Lippen.

»Kind, wenn du dich hier nicht mehr wohlfühlst, bitte geh. Ich lass mir schon etwas einfallen, warum du plötzlich wegmusstest. Jerry kann diese Nacht hierbleiben, ich bringe ihn dir morgen zusammen mit deinem Geschenk vorbei. Na los, ab mit dir!« Sie zwinkerte mir verschmitzt zu. Ich kannte meine Mutter und wusste, dass sie nicht böse auf mich war. Schnell zog ich meine Jacke an und küsste sie auf die rechte Wange, die voller Rouge war.

»Du bist die Beste!«

War ich erleichtert, als ich endlich wieder im Auto saß. Raus aus dem vermeintlich harmonischen Familienleben und rein ins Party-Getümmel. Ich wusste ganz genau, wo sich Soph und unsere Clique befanden – an unserem Stammplatz. Während ich mit dem Wagen durch die Stadt fuhr, fielen ein paar Schneeflocken vom Himmel. Leise und sanft kamen sie herunter – fast wie bei einem kleinen Weihnachtswunder.

Das *22nd* war proppenvoll. Anscheinend waren noch mehr Leute von zu Hause geflüchtet. Jeder Tisch war besetzt, und auch auf der Tanzfläche in der Mitte der Bar steppte der Bär. Alle lachten, tranken, sangen und tanzten. Einen Moment genoss ich die ausgelassene Atmosphäre, dann ließ ich meinen Blick suchend über die Menge wandern. Am Ende der Bar blitzte ein neongelbes Kleid hervor. Das war eindeutig meine Freundin in ihrem Lieblings-Party-Dress. Sie sah trotz der grellen Farbe hübsch und sexy darin aus. Und offensichtlich hatte sich Soph schon einen Liebhaber für die Nacht geangelt, denn sie tanzte eng umschlungen mit einem Kerl, den ich nicht kannte. Sie hing buchstäblich an seinen Lippen. Zwar wollte ich sie bei ihrem heißen Flirt nicht stören, doch ich freute mich einfach zu sehr, sie zu sehen.

»Sophiiiiiie!«, schrie ich spontan. Die ganze Bar, inklusive Soph, drehte sich trotz der dröhnenden Musik in meine Richtung um.

»Hallöööchen, Süße«, rief sie mir zu, und meine Stimmung schlug augenblicklich von furchtbar genervt in absolut glücklich um. Wir umarmten uns fest und bestellten an der Bar unser Lieblingsgetränk. Himbeer-Hugo, kurz *HiHo*. Es klang fast wie das *Ho-ho-ho* an Weihnachten.

Die Gäste feierten ausgelassen und schienen entspannt. Das hier war viel besser, als mit seiner Familie auf heile Welt zu machen und gelangweilt herumzusitzen. Und vor allem befanden sich hier keine lästigen Sprösslinge. Nur Erwachsene, die Spaß hatten und den Stress des Alltags vergessen wollten. Neben Soph waren auch einige unserer Freunde da. Anni, Kathi, Florian und sogar Andreas waren mit an Bord. Ich war begeistert, dass sich doch so viele am Weihnachtsabend Zeit genommen hatten, um die Nacht gemeinsam zu feiern. Wir waren schon fast wie eine kleine Familie, hatten uns ausgesprochen gern und jeder würde für den anderen alles tun. Wie hieß es so schön: *Freunde kann man sich aussuchen – Familie nicht!* Wer diesen Spruch erfunden hatte, war ein Genie. Denn genau so spielte es sich im echten Leben ab.

Wir tanzten stundenlang miteinander und feierten ausgiebig – wie es sich bei uns, wenn wir unterwegs waren, gehörte. Jeder tauschte einmal den Tanzpartner, und keiner sah mehr auf die Uhr. Als dann aber der DJ eine kurze Pause einlegte, wurden einige von uns ruhiger. Auch Soph und ihre heutige Eroberung machten den Anschein, als wollten sie bald zur *privaten Feier* übergehen – bei ihr zu Hause.

»Ist es in Ordnung, wenn ich verschwinde und dich hier allein lasse?«, flüsterte sie mir ins Ohr.

»Klar«, meinte ich und nickte, obwohl ich mir den Abend anders vorgestellt hatte. Aber ich wollte ihr das Abenteuer nicht versauen. Nach einer ausgiebigen Umarmung verließen beide die Bar. Ich hatte zu diesem Zeitpunkt schon drei *HiHos* getrunken und traute mich nicht mehr, mit dem Auto zu fahren. Ich tanzte noch ein bisschen mit den Jungs, aber irgendwann holte auch mich die Müdigkeit ein. Es war spät und das gemütliche und kuschelige Bett wartete bereits auf meine Ankunft.

Nach der Verabschiedung zog ich mir die mit falschem Pelz gefütterte beige Winterjacke an. Ein weißer Schal und eine farblich passende Mütze rundeten das Outfit ab. Accessoires waren einfach meine Welt. Als ich nach draußen an die frische Luft trat, konnte ich es nicht fassen. Es hatte geschneit. Und zwar heftig. Überall auf der Straße, den Autos und den Häusern lag zentimeterdick der Schnee. Eine eiskalte Decke hatte sich innerhalb der letzten Stunden über die Natur gelegt. Die Luft roch so frisch und klar, sodass ich mich richtig auf den Spaziergang freute. Ich war froh, mir warme Overknee-Stiefel angezogen zu haben, sonst hätte ich mir bei diesem plötzlichen Wetterumschwung eine fette Erkältung geholt.

Vergnügt schlenderte ich durch den nahegelegenen Rebstock-Park und beobachtete die Flocken, die im Licht der Laternen schimmerten. Jeder meiner Schritte verursachte knarzende Geräusche im Schnee. Den Winter mochte ich schon immer besonders gerne – meine liebste Jahreszeit. Als ich frohlockend durch die glitzernde Landschaft stolzierte, entdeckte ich plötzlich einen Schatten vor mir am Boden und stoppte. Vorsichtig duckte ich mich ein wenig und sah nach oben. Neben dem Weg saß ein Mann mit nachdenklichem Blick auf einer Parkbank. Er starrte ins Leere und wirkte verkrampft. Sein schwarzer Mantel ließ ihn düster erscheinen. Ob er das wohl auch war? Er war in Gedanken versunken, denn es schien so, als würde er von seiner Umwelt überhaupt nichts mitbekommen.

Ich zögerte. Nein – meine eigenen Gedanken hielten mich ein wenig zurück – als Frau nachts mutterseelenallein im Park sollte ich keinen Wildfremden ansprechen. Aber irgendwie sah er so verloren und unzufrieden aus. Er tat mir leid. Und schließlich war Weihnachten.

Ich nahm all meinen Mut zusammen und machte ein paar Schritte in seine Richtung.

»Ist alles in Ordnung bei Ihnen?«, fragte ich vorsichtig.

Zuerst kam nicht die geringste Reaktion. Er bewegte sich keinen Millimeter.

Dann, nach ein paar Sekunden, hob er seinen Kopf und sah mich an. Er schaute mir tief in die Augen. Auf einmal fing er an, über das ganze Gesicht zu grinsen. Es war kein schreckenerregendes Grinsen, eher ein vertrauensvolles Lächeln.

»Ich bin okay. Vielen Dank, dass Sie gefragt haben.«

Kapitel 2 Time to relax

Anscheinend hatte dieser Kerl gemerkt, dass ich mir Sorgen um ihn gemacht hatte. Man hörte es wohl an meinem Tonfall, wenn mich etwas beschäftigte. Ich hatte gehofft, dass er mir ein wenig mehr darüber verraten würde, was ihm durch den Kopf ging, aber das tat er nicht.

Also gab ich mir einen Ruck.

»Sie sehen traurig aus. Was machen Sie in dieser frostigen Nacht hier so ganz allein?«

Er lächelte freundlich. Offensichtlich freute er sich, dass sich jemand für ihn interessierte. »Ich komme von einem Geschäftsmeeting hier um die Ecke, das lange gedauert hat. Leider wollten die Kunden ausschließlich mit mir sprechen, sodass ich persönlich anwesend sein musste. Jetzt wollte ich an der frischen Luft noch etwas abschalten.«

Ah! Deswegen war er unaufmerksam gewesen, als ich näher an ihn herangetreten war.

»Darf ich Du sagen? Setz dich doch gerne zu mir, wenn du möchtest«, meinte er salopp, mit einem leicht amerikanischen Akzent. Sollte ich mich wirklich zu ihm hocken? Eine schüchterne Frau war ich zwar nie gewesen, doch er war immer noch ein Fremder. Da ich eine gute Menschenkenntnis besaß, verließ ich mich auf mein Bauchgefühl und nahm neben ihm auf der mit Schnee bedeckten, leicht vereisten Parkbank Platz.

Ich sah ihn an.

»Darf ich erfahren, um welches Meeting es sich gehandelt hat?«, fragte ich und zog dabei wissbegierig meine Augenbrauen nach oben.

»Ich habe ein paar wichtige, deutsche Kunden getroffen und bin danach in mein Hotel gegangen. Eine Sternschnuppe flog vorbei, als ich aus dem Fenster gesehen habe, und da habe ich beschlossen, noch einen Spaziergang zu machen. An diesem wichtigen Abend allein und ohne die Familie zu sein, ist auch für mich nicht üblich. Mein Flug nach Hause geht allerdings in wenigen Stunden. Ich lebe in Orlando in den USA.«

Er lebte in Orlando. Die Welt war einfach zu klein!

»Mein Vater ist auch im Sonnenschein-Staat Florida aufgewachsen«, erklärte ich ihm. »Genauer gesagt, in Vero Beach.« Zwischen Orlando und Vero Beach lagen ungefähr hundert Meilen. »Mein Vater ist, nachdem er nach Deutschland gezogen war, früher oft dort gewesen, um Freunde zu besuchen. Auch heute bestehen diese Freundschaften noch. Meine Mutter hat er hier in Frankfurt bei einem Trip kennen und lieben gelernt. Deshalb sind wir zweisprachig aufgewachsen.«

Als ich diese Story dem Unbekannten neben mir erzählt hatte, schmunzelte er sofort. Man sah ihm an, dass er sich freute, sich mit jemandem, der nicht zu seinen Kunden gehörte, zu unterhalten. Endlich entlockte ich ihm durch diese Gemeinsamkeit ein Lachen.

»So siehst du gleich viel freundlicher aus«, merkte ich heiter an.

»Gelacht habe ich schon seit einiger Zeit nicht mehr«, gab er zu.

»Das ist schade. Ich finde, es steht dir wirklich gut!«

Seine Mundwinkel hoben sich erneut, und ich wurde rot. Warum musste ich auch immer so vorlaut sein? Verstohlen beobachtete ich ihn genauer. Ein attraktiver und gutaussehender Mann. Schätzungsweise in meinem Alter, aber das konnte ich gerade noch nicht genau beurteilen. Er hatte volle Lippen, gepflegte Zähne, kurze dunkle Haare, und soweit ich das erkennen konnte, große rehbraune Augen. So etwas von anziehend! Ich liebte braune Augen. Sie wirkten immer sehr vertraut und gleichzeitig so unschuldig. Ich selbst hatte sie ebenfalls, allerdings mit einem Stich Grün darin. Sein ansprechendes Aussehen hatte mich überrascht und zugegebenermaßen, auch ein wenig geflasht. Er riss mich plötzlich aus meinen Gedanken, indem er seine Jacke nahm und sie mir gentlemanlike über die Schultern legte. »Hier, für dich!«

Ich brauchte nichts zu sagen, da ich bibberte und fror wie Espenlaub. Immerhin hatte ich ja nur das Designerkleidchen unter meiner Jacke an. Warum setzte ich mich auch auf eine eiskalte Parkbank, mitten in der Nacht? Beide Hände waren bereits leicht blau angelaufen und zitterten so sehr, dass es wohl jedem aufgefallen wäre. Kurz legte er seine Hände über meine, um sie zu erwärmen. Seine sanfte Haut ließ mich nicht einmal zucken, als er mich berührte. Ich fühlte mich seltsamerweise nicht unwohl, und es gefiel mir, seine Körperwärme zu spüren. Erneut sah er neckisch zu mir hinüber, und ich merkte direkt, wie die Flocken um uns herum zerschmolzen. Flirteten wir gerade? Doch dann ließ er wieder los, machte es sich auf der Bank bequem und starrte hinauf in den Himmel. Etwas verstört sah ich ebenfalls nach oben. Es war eine sternenklare Nacht.

»Die Augen der Verstorbenen blicken gerade auf uns herunter.«

Ich runzelte die Stirn. »Wie genau meinst du das?«

»Meine Granny hat früher immer so über die Menschen im Himmel gesprochen. Sie versuchen, uns zu beschützen. Tag für Tag. Jeder Stern ist einer von ihnen und alle geben sie auf uns acht! So war zumindest die Theorie meiner Großmutter.«

Während er sprach, trübte sich sein Blick. Wahrscheinlich war seine Oma bereits verstorben, und deshalb hatte er beim Betrachten der Sterne an sie gedacht. Er wirkte melancholisch. Ich wollte nicht nachfragen, um nicht unhöflich zu erscheinen und ihn damit vielleicht noch in Verlegenheit zu bringen. Wir schwiegen einen Moment und genossen die Ruhe und das angenehme Flair, das er durch seine herzliche Geschichte verbreitet hatte. Er tippte mit einem Mal mit einem Finger auf der Bank auf und ab und schien ein wenig hibbelig.

Was dachte er wohl gerade? Dann wandte er sich zu mir und sah in meine weit geöffneten Augen, die gespannt darauf waren, was er mir zu sagen hatte.

»Hast du ein Handy?«, fragte er unerwartet. Ich nickte. Natürlich hatte ich es dabei, ohne das Ding ging ich nie aus dem Haus. Vertrauensvoll gab ich es ihm, obwohl meine Mutter mir das anders beigebracht hatte. Doch dieser Unbekannte hatte etwas an sich, das ich nicht erklären konnte. Seine Ausstrahlung sprach mich so an, dass ich ihm, ohne auch nur mit der Wimper zu zucken, blindes Vertrauen schenkte. Er kannte sich anscheinend mit meinem neu erworbenen Smartphone aus und wusste, wie er es bedienen musste. Er hob es vor uns in die Luft.

»Cheeeese«, sagte er und strahlte dabei wie ein Honigkuchenpferd.

Ich erkannte, dass er die Handykamera eingeschaltet hatte. Klick. Er drückte den Auslöser, und so entstand spontan ein Bild von uns. Ein Selfie. Wir sahen es uns gemeinsam an. Verschmitzt blickte er mir in die Augen und schluckte plötzlich kurz hinunter. War er nervös? Er wirkte, als wollte er etwas sagen. Er atmete noch einmal schwer auf, fasste sich ein Herz und sprach dann folgende Worte in meine Richtung: »Danke, dass du diesen Moment mit mir geteilt hast. Du bist ein ganz besonderer Mensch!«

So etwas Schönes hatte ich schon lange nicht mehr gehört. Ich wurde leicht verlegen und höchstwahrscheinlich auch ein bisschen rot um meine Wangen herum. Sein amerikanischer Akzent ließ die deutschen Worte noch geschmeidiger wirken.

»Danke! Das kann ich nur zurückgeben«, erwiderte ich mit positiv klingender Stimme. Sie piepste fast ein wenig dabei. Gerade als ich anfing, mich mit ihm wohlzufühlen und nicht wollte, dass unsere Unterhaltung endete, erhob er sich mit einem Mal. Er stand vor mir in seinem Businessanzug, aus dem sein hellblaues Hemd hervorblitzte. Vorsichtig nahm er seine Jacke wieder von meinen Schultern und warf sie locker über seine. Er machte einen kleinen, betrübten Schmollmund und ich ahnte bereits, dass nun etwas passieren würde, das mich nicht fröhlich stimmen würde.

»Ich muss dich jetzt leider verlassen. Mein Flug geht bald!«

Warum musste er denn genau in diesem Augenblick zum Flughafen? Es kam so überraschend. Auf der anderen Seite war es schon sehr früh und die meisten Flieger starteten bereits in den Morgenstunden.

»Es war schön, dich kennengelernt zu haben!«

Das war sein Schlusssatz. Er strahlte mich noch einmal mit seinen schneeweißen Zähnen an, strich mir mit seinem rechten Daumen über meine linke Wange und ging. Ohne, dass ich etwas hätte sagen können. So wie alle Männer wieder aus meinem Leben verschwunden waren. Schnell und ohne große Worte. Ich war total neben der Spur. Das waren ein paar sehr besondere Minuten mit einem völlig Fremden gewesen, und ich wusste nicht, was ich davon halten sollte. Komplette Überforderung. Außerdem Sprachlosigkeit. Es fiel mir schwer zu atmen und ich rang nach Luft. War dieser filmreife Moment nun wahrhaftig vorbei?

Er war es.

Verwirrt ging ich durch die Kälte nach Hause. Ich fror am ganzen Körper, trotz meiner warmen, aber recht konfusen Gedanken. Mittlerweile war die Sonne fast wieder aufgegangen und ich beschloss, noch eine heiße Dusche zu nehmen. Ansonsten würde ich mit meinem abgekühlten Körper vermutlich nie einschlafen können. Auch Jerry vermisste ich in diesem Moment sehr, da er über Nacht bei meinen Eltern geblieben war. Als ich unter der Brause stand, kehrten die Gedanken wieder zu dem Mann und der Parkbank zurück. Der Fremde war nur einen kurzen Augenblick auf der Bildfläche erschienen, und trotzdem fühlte ich so etwas wie Zuneigung zu ihm. Wahrscheinlich weil er sehr vertraut mit mir gesprochen und irgendwie einen besonderen Zugang zu mir gefunden hatte.

Aber vermutlich bildete ich mir das nur wieder ein. Männer konnte ich nach den unzähligen Misserfolgen bisher wirklich nicht mehr einschätzen. Außerdem lebte der Unbekannte auf der anderen Seite der Welt, warum sollte man sich da noch weiter den Kopf über ihn zerbrechen? Ein Händchen für das männliche Geschlecht hatte ich einfach nicht, also war es das Beste, nach vorne zu blicken und alles Testosterongesteuerte auszublenden. Mit diesen Gedanken schlief ich endlich ein, zwar ein wenig einsam, aber doch recht schnell.

Vier Tage später war mein Urlaub vorbei und ich wollte partout nicht wieder an den Arbeitsplatz zurückkehren. Ich wusste nämlich genau, was mich dort erwarten würde. Zwei durch und durch überforderte Kollegen, die überhaupt nichts kapierten und mir Löcher in den Bauch fragten. Es wunderte mich sowieso, dass ich im Urlaub nicht von ihnen angerufen und mit Hilfeschreien bombardiert worden war. Ich hatte schon befürchtet, dass ich zwischendurch Schadensbegrenzung hätte betreiben müssen. Aber das durfte ich dann sicherlich, sobald ich wieder an meinem geliebten Schreibtisch saß.

Und genauso kam es auch. Kaum war ich im normalen Alltag angekommen, wollte ich am liebsten sofort zurück auf die Couch. Auf meinem Sekretär türmten sich die Rechnungen und Stapel für Stapel waren dort aufgeschichtet. Ich konnte es nicht fassen. Ein so riesiges Chaos hatte mich noch nie auf der Arbeit empfangen. Die Wut kochte in mir hoch! Mein Kopf sah bestimmt so rot wie eine überreife Tomate aus und ich verspürte den Drang, jemanden anzuschreien. Egal, wen, Hauptsache, ich konnte den aufgestiegenen Zorn hinauslassen. Ich atmete einmal tief durch und versuchte, mich zu beruhigen. Mit netter Stimme fragte ich meinen neuen Kollegen Robert: »Was habt ihr mir denn da *Schönes* hinterlassen?«

»Du, die haben einfach alles auf deinen Tisch gelegt. Wir haben inzwischen das Tagesgeschäft gewissenhaft erledigt«, sagte er mit spitzer Zunge zu mir. Dass ich nicht lachte – und ich lachte wahrhaftig – und zwar richtig laut. Tatsächlich war mir vor lauter Wut zum Heulen zumute, aber an dieser Stelle konnte ich nur noch verärgert losprusten.

»Seid ihr eigentlich von allen guten Geistern verlassen? Glaubt ihr wirklich, dass ihr ohne vernünftigen Grund alles bei mir abladen könnt? Ganz im Sinne von *Joyce wird das Kind schon schaukeln*, oder wie? Soll ich jetzt etwa die ganze Arbeit allein machen, nur weil ihr Unfähigen nichts auf die Reihe bekommt?«, strömte es aus mir heraus. Wütend schnaubte ich. Alle Mitarbeiter meiner Firma, die sich im Radius von zehn Metern befanden, starrten mich fragend an.

Kaum hatte ich dem Ärger in mir Luft gemacht, saß ich drei Minuten später auch schon beim Chef im Büro. Das war abzusehen gewesen, nach so einer Aktion in einem Großraumbüro. Irgendwie schämte ich mich ein bisschen für den Ausbruch. Ich war so schnell auf hundertachtzig gewesen, dass ich meine Wut nicht hatte im Zaum halten können. Ich erhielt eine Verwarnung. Das war fast wie früher mit meinem Bruderherz. Die andere Seite baute Mist, und ich musste dafür geradestehen. O Mann, hatte ich schon am ersten Tag nach dem Urlaub die Schnauze wieder gehörig voll!

Der Stapel Rechnungen wurde im Laufe der Arbeitswoche gefühlt kein bisschen kleiner, und Silvester ging ebenfalls ziemlich spurlos an mir vorbei. Da dieses Jahr in der Clique nichts geplant war, verbrachte ich den Jahreswechsel zu Hause mit dem liebsten Mann, meinem Katerchen, zusammen mit einem unterhaltsamen TV-Programm. In der zweiten Woche legte ich ein paar Überstunden ein, da ich sonst keinen Ausweg mehr aus dem auferlegten Chaos sah. Langsam verschwanden die To-Dos und ich konnte wieder ein wenig durchatmen. Endlich waren die Kollegen bereit, mir etwas von den Aufgaben abzunehmen und ich hoffte, dass die Urlaubsvertretung in Zukunft ordentlicher ablief. Für mich, aber auch für deren Gesundheit, würde das besser sein. Ich wollte nicht erneut so ausflippen. Nein, danke!

In puncto Arbeit lief es also weiter, jetzt musste ich nur noch mein Privatleben ein wenig mehr in Schwung bringen und etwas Neues erleben. Ich überlegte, womit ich mich ein bisschen aufheitern und mal wieder so richtig wohlfühlen könnte. Und da fiel es mir wie Schuppen von den Augen – ein Wellnesswochenende!

Das wär´s jetzt. Einfach mal die Seele baumeln lassen und abschalten. Diese Spontanidee gefiel mir gleich so gut, dass ich sofort Soph anrief, und versuchte, sie zu überreden, mit mir auf einen Kurztrip zu verschwinden.

Viel Überredungskunst brauchte ich allerdings nicht. Sie hörte sich meine Idee flugs an und unterbrach mich gleich bei dem Satz »Wie sieht es dieses Wochenende …«

Sie schrie vergnügt: »Du hattest mich doch schon bei dem Wort Wellnessurlaub! Auf geht´s!«

Aufgeregt schmiss ich mich in meine warmen Klamotten und fuhr zu Soph. Wir trafen uns auf einen Kaffee bei ihr. Einfach mal entspannen – das würde hammermäßig werden! Nachdem ich ihr das Hotel von meinem geschenkten Gutschein vorgeschlagen hatte, sahen wir uns dieses noch einmal genauer an.

»Ohne den Gutschein werde ich mir gerade keinen ausgiebigen Wellnessurlaub leisten können«, eröffnete ich Soph leicht zögerlich. Also musste es diese Unterkunft für mich sein. Sie stimmte zu, denn deren Internetauftritt gefiel ihr ebenfalls. *Best Western Hotel* – das war unser Ziel, um zu relaxen. In vollen Zügen.

Wir buchten schnell das beste Angebot auf der Webseite, und zwei Tage später ging es bereits los. Beide waren wir aufgeregt und freuten uns auf die Zeit, die vor uns lag. Wir hatten gute neunzig Minuten Autofahrt vor uns – ein Katzensprung sozusagen. Apropos Katze: Jerry verbrachte die Zeit, wie so oft, wenn ich länger unterwegs war, bei meinen Eltern.

Wir beobachteten während der Fahrt die Landschaft, die uns mit ihrer Schneebedeckung anfunkelte. Wir freuten uns wie verrückt und waren absolut Feuer und Flamme für diesen Ausflug. Mit niemandem würde ich lieber zum Wellnessen fahren, als mit meiner herzallerliebsten Maus! Ich liebte ihre quirlige und unkomplizierte Art. Bei ihr konnte ich einfach so sein, wie ich eben war, und musste mich kein Stückchen verbiegen. Wir hatten uns bisher auch noch nie gestritten, weil wir uns in so vielen Lebenslagen total ähnelten. Ich kannte sie nun schon über zehn Jahre und würde sie gegen nichts und niemanden auf der Welt eintauschen wollen! Sie war meine Retterin in der Not. Immer und überall.

Im Hotel angekommen, buchten wir beim Check-In gleich eine Ganzkörper-Paarmassage, da diese gerade im Angebot war. Schließlich wollten wir das Wochenende nutzen. Die Rezeptionistin guckte uns ein wenig fragend an und schmunzelte dabei verschmitzt. Wir sahen uns beide in die Augen und verstanden nicht, was an dieser Situation komisch gewesen sein sollte. Wir zuckten mit den Schultern und widmeten uns wieder der Dame. Einen Moment später wurden wir aufgeklärt. Die bunt gekleidete und mit Tunnels in den Ohren versehene Empfangsdame meinte zu uns: »Ich freue mich für Sie beide. Sie sind ein ganz reizendes Paar, und ich hoffe, ich finde auch bald eine so liebe Partnerin!«

Diese Aussage kam so unerwartet, dass wir uns das Lachen nicht mehr verkneifen konnten. Sie sah uns etwas verwundert an.

»Wir wissen, dass wir sehr harmonisch miteinander umgehen, aber das liegt daran, dass wir so gute Freundinnen sind. Danke für das Kompliment an unser gemeinsames Band, aber wir sind kein Paar«, witzelte ich und zwinkerte ihr dabei verständnisvoll zu.

»Ach, das tut mir jetzt aber leid. Ihr seid einfach zuckersüß zueinander. Behaltet das bei und pflegt eure Freundschaft weiterhin.« Sie übergab uns noch die Zimmerkarten und verabschiedete sich bei uns. »Habt einen angenehmen Aufenthalt!«

In unserem hübschen Zimmer angekommen, packten wir das wichtigste Hab und Gut aus und machten uns danach auf den Weg zur Massage. Wohlgemerkt zur Paarmassage. Was für ein angenehmer Start in unsere wohlverdiente Pause.

Ein attraktiver junger Mann knetete mich durch, und Soph bekam einen etwas reiferen Herrn. Die Masseure waren absolut sanft mit ihren Händen, und wir beide mussten uns mit unseren Wohlfühl-Seufzern sehr zurückhalten. Schließlich wollten wir keinen falschen Eindruck erwecken, doch wir genossen die Handbewegungen der Männer sehr.

Nach der wirklich entspannenden und wirkungsvollen Massage verbrachten wir noch ein paar Stunden in der Thermenwelt und ließen uns das Abendessen danach so richtig schmecken. Wir fielen später in einen wohltuenden, tiefen Erholungsschlaf.

Am nächsten Tag war ein Ausflug in die Berge geplant. Wir fuhren mit einer Gondelbahn hinauf, aßen dort auf einer Hütte eine reichhaltige Brotzeit und gingen dann langsam und gemütlich wieder den Hügel hinunter. Wir stießen auf einen verlassenen Pfad und kamen unverhofft an einem mächtigen Wasserfall vorbei. Moos bedeckte die Steine rundherum, und mit der bereits sinkenden Sonne ergab dies ein malerisches Naturbild, bei dem man alles andere vergaß und den Moment genoss.

»Wie wunderschön es hier ist.« Soph kam aus dem Staunen nicht mehr heraus.

Auch ich wollte am liebsten für immer an diesem Ort Wurzeln schlagen. »Allein dafür hat sich unser Urlaub bereits mehr als gelohnt!«

Wir verweilten dort eine Zeit lang und ließen die Seelen ausführlich baumeln.

Abends kehrten wir in eine ortsansässige Bar ein, in der wir uns aber absolut nicht wohlfühlten. Die Einheimischen starrten unsere Party-Outfits an, als ob wir Aliens wären. Dies war offensichtlich kein geeigneter Platz für Touristen. Schnell tranken wir die bestellten Cocktails aus und machten uns schleunigst auf den Weg zurück ins Hotel. So fix hatte ich noch nie einen Drink geleert, nur um wieder aus einer Bar verschwinden zu können. Danach saßen wir noch ein paar Stunden auf dem Balkon und redeten über Alltägliches, das uns beschäftigte. Die Arbeit, die Liebe oder Sophs verflossene Bekanntschaften. Wie immer konnte ich mit ihr stundenlang quatschen. Sie war so unkompliziert, und ich musste nie darauf achten, worüber ich mit ihr sprach.

Am nächsten Morgen war unser kleiner Wellnessurlaub bereits fast wieder vorbei. Wir hüpften nach dem breitgefächerten Frühstück noch einmal in das Thermalbecken und genossen dort die Ruhe, denn so früh morgens war nicht alles schon voll mit Besuchern. Wir entspannten ausgedehnt im warmen Nass und nach der Dusche im Hotelzimmer ging es bereits wieder ans Auschecken. Wir bezahlten die offenen Rechnungen der Massagen und Getränke. Sie waren natürlich total überteuert, aber was tat man nicht alles, um sich einmal etwas zu gönnen und sich zu erholen.

Auf dem Heimweg gerieten wir in einen großen Stau auf der Autobahn. Wir brauchten über eine Stunde länger als bei der Hinfahrt. Beide waren wir genervt, und kurz vor der Ankunft entschieden wir, noch auf einen schnellen Absacker in unsere Lieblingsbar einzukehren. Nach dem Dilemma von gestern Abend fühlten wir uns hier wieder mehr als willkommen. Wir waren einfach zu Hause.

Kapitel 3
Zeichen und Wunder

Unser Lieblingsdrink *HiHo* schmeckte wie immer absolut köstlich und wir fischten die leckeren Himbeeren mit dem Strohhalm heraus und aßen sie genüsslich auf. Das war der perfekte Abschluss für unser wohltuendes Wellnesswochenende!

Zu Hause war es zwar immer am schönsten, aber ab und zu die Welt zu bereisen und den Kopf dabei auszuschalten – das hatte schon was. Man sah Neues und lernte so viele andere Dinge und Menschen kennen, denen man daheim beim Extrem-Couching bestimmt nicht begegnet wäre. Ganz nach dem Motto: Der Traummann wird sicher nicht an deine Haustür klopfen. Ich war zwar nicht auf der Suche nach Mister Right, aber im normalen Alltag würde er mir gewiss nicht begegnen. Nur zu gut kannte ich die Leute in meinem Umfeld, und eines konnte ich mit Sicherheit sagen: Kein Schwarm weit und breit in Sicht! Wollte ich Fremde treffen, müsste ich raus aus der Komfortzone und rein ins Ungewisse. Draußen in der Welt gab es neuen Input, und man konnte seinen Horizont immens erweitern.

In der Stadt Frankfurt lag ein angenehmes Flair in der Luft und alle schienen zufrieden. Ich ebenso. Das Wochenende hatte so gutgetan. Einfach einmal nur für sich zu sein, aber gleichzeitig mit der besten Freundin über Sämtliches zu reden und ein wenig zu lästern. Das gehörte schließlich auch zu Frauengesprächen dazu. Ohne den Klatsch wäre manches wirklich nur halb so lustig im Leben. Ich wusste, Frauen waren oftmals ganz schön anmaßend und konnten sehr fies sein, doch die anderen Ladys waren es umgekehrt genauso. Es war also schwierig zu ändern – das lag quasi in unserer Natur. Die Männer bezeichneten sich ja auch seit jeher als Jäger und Sammler. Wir im Gegenzug waren halt die plappernden Lästermäuler. Aber wir liebten es. Ich fand es schon immer großartig, eine Frau zu sein!

Na ja, die allseits unbeliebten Erdbeertage und die damit verbundenen Schmerzen, oder eine Geburt auszuhalten – das alles gehörte zu den

Kleinigkeiten, die Frau sich gerne angenehmer wünschte. Doch ebenso hatten wir einige Vorteile. Wir konnten uns schminken, falls einmal ein Pickelchen oder tiefe, dunkle Augenringe auftauchten. Danke Concealer! Wenn Männer sich pflegten und zu viel auf sich achteten, hieß es gleich, sie wären metrosexuell. Versteh das einer. Wir Frauen wurden oft auf einen Drink eingeladen – Kerle dagegen mussten immer alles selbst bezahlen. Andererseits wurden Männer im gleichen Job besser bezahlt als wir – was auch unfair war. Daher konnten sie schon ab und zu ein Getränk für uns springen lassen. Auf jeden Fall gab es beidseitig vieles, das optimaler laufen könnte. Manchmal war ich zwar zu sensibel und fing gerne bei einem schnulzigen Film an zu weinen, aber das gehörte eben zu mir. Oft kullerten die Tränen auch, wenn ich extrem wütend war, wie zum Beispiel bei Gesprächen mit dem Chef und mit Kollegen, bei denen ich mich absolut unverstanden fühlte. Dann steigerte ich mich in die Situation so richtig hinein, sodass alles hochkam und ich mich nicht mehr im Zaum halten konnte. Leider. In diesen Momenten hätte ich oft gerne mehr *Eier in der Hose* gehabt, aber ich konnte ja nichts für meine Natur. So war ich nun mal. Dieses sogenannte Wutweinen wurde ich einfach nicht los. Da konnte man machen, was man wollte – was hinausmusste, musste eben hinaus.

An diesem Tag in der Bar war mir aber alles andere als zum Heulen zumute. Es stimmte mich fröhlich, an meinem Lieblingsplatz in meiner Lieblingsbar zu sitzen und unseren Lieblingsdrink mit meiner Lieblingsfreundin zu genießen. So viele Lieblinge auf einen Haufen – wie sollte es mir da auch schlecht gehen? Soph und ich redeten wieder über alte Zeiten und schwelgten in Erinnerungen an unsere traumhaften Urlaube. In Ägypten waren wir im offenen Meer mit Delphinen geschwommen. Ein unglaubliches Erlebnis! Wir waren auch in vielen Ländern gemeinsam unterwegs gewesen, wie Italien, Spanien und in Griechenland. Beide waren wir meist Single, daher war es schon zur Tradition geworden, dass wir einmal im Jahr zusammen wegfuhren oder flogen. Soph holte ihr Handy heraus und fand ein Foto aus unserer Zeit in Ägypten in ihrer Galerie. Mensch, sahen wir da hübsch aus. Ich braungebrannt und noch blonder, da ich von der Sonne geküsst worden war und dann immer hellere, lockigere Haare bekam. Und Soph, die optisch genau so entspannt und glücklich aussah, wie eh und je.

»Hast du nicht auch noch ein paar Schnappschüsse auf deinem Handy?«, fragte sie mich.

Ich hatte tatsächlich die alten Fotos mit auf mein neues übernommen, da ich sie nicht hatte verlieren wollen. Ich musste erst einmal nachsehen, ob ich das Smartphone überhaupt eingesteckt oder es doch im Auto liegen gelassen hatte. Es befand sich in der hinteren Hosentasche. »Gefunden!«

Also entsperrte ich es, klickte auf das Fotoalbum und scrollte mit dem Finger nach oben. Auf einmal erblickte ich etwas Unbekanntes. Neugierig schaute ich zurück und tippte das Bild an, das mich kurz meine Stirn runzeln ließ. Es erschien in voller Pracht auf dem Bildschirm. Als ich es erkannte, traf es mich wie ein Blitz. Es lief mir sofort kalt den Rücken hinunter, allerdings im positiven Sinne. Es war das Foto aus dem Park!

Das Foto mit dem fremden Kerl, den ich bis dato völlig vergessen oder wohl eher gekonnt verdrängt hatte. Warum war es mir nicht bereits früher auf meinem Handy aufgefallen? In diesem Moment sah ich sicherlich aus wie eine Leiche – kreidebleich und starr vor lauter Schock.

Soph blickte mich besorgt an und bekam Angst. »Mausi, was ist los? Geht es dir nicht gut?«

Ich konnte erst einmal nichts sagen. Ich war wie versteinert und fühlte mich kurzzeitig überfordert. Ich zeigte ihr das Bild. Es wirkte so harmonisch. Man konnte mich zwar nicht sonderlich gut darauf erkennen, aber der fremde Mann war, dank der Laterne neben ihm, gut zu sehen.

»WOW! Das ist aber ein Sahneschnittchen! Woher kennst du ihn, Joyce? Und wann hast du ihn aufgegabelt?«

Nach und nach bekam ich wieder Luft. Das kalte Kribbeln legte sich allmählich, und ich konnte wieder einigermaßen klar denken. Dann hatte ich die Muße, Soph zu antworten.

»Ich weiß auch nicht, wer er ist«, erwiderte ich. »Ich habe ihn in der Weihnachtsnacht kennengelernt, aber ich weiß leider nicht viel von ihm. Nur, dass er ein Geschäftsmann aus Orlando ist.«

Soph sah mich ganz verdutzt an. »Wie? Du kennst ihn nicht wirklich? Ihr habt doch zusammen ein Foto geschossen, so etwas passiert doch nicht einfach im Affekt, oder?«

Sie hatte schon recht, das war wirklich sehr skurril, aber es war genau so geschehen. Ich erzählte ihr, wie der Abend, nachdem sie mit diesem Typen aus der Bar verschwunden war, für mich weitergegangen war. Anschließend nahmen wir das Bild noch einmal ganz genau unter die Lupe und fanden den Unbekannten beide sehr attraktiv und durchaus interessant. Am Tag unseres Kennenlernens auf der eisigen Parkbank war mir das bereits aufgefallen.

»Ich kenne nicht einmal seinen Namen. Die Unterhaltung dauerte nicht allzu lange. Was ich im Nachhinein, wenn ich uns so nebeneinandersitzen sehe, ein wenig bereue.«

Der Barkeeper Mike schoss mit einem Mal im schnellen Arbeitsgang um die Ecke. Er war ein lieber Kerl und hatte immer prächtige Laune. »Hello Ladys«, sagte er überschwänglich und lächelte uns mit seinem breitesten Grinsen an. »Schön, euch zu sehen!«

Wir freuten uns ebenfalls und begrüßten ihn mit *Bussi Bussi* auf die Wangen – wie man das eben heutzutage so machte. Er unterhielt sich kurz mit uns über seinen bisherigen Tagesablauf, doch dann starrte er geschockt und mit fragendem Blick auf mein Handy. Ganz schön neugierig, wie ich fand. »Woher kennst *du* denn Peter?«

Er zeigte mit dem Finger auf das Foto. Ich fiel fast in Ohnmacht und konnte es nicht fassen. Er erkannte den Mann, der mich wegen seines Fluges auf einer frostigen Bank sitzen gelassen hatte. Konnte das denn wahr sein? Ich verstand die Welt nicht mehr und war schon wieder wie erstarrt. Mein Atem setzte kurz aus. Peter. Also englisch ausgesprochen, nicht der deutsche, langweilige Name Peter. Nun erfuhr ich mehr über den fremden, attraktiven Kerl.

»Woher kennst du ihn denn? Joyce ist ihm zufällig begegnet, und dann war er einfach weg«, fragte Soph aufgeregt für mich, da ich immer noch nichts herausbrachte. Mike setzte sich, begeistert von der Situation, zu uns und fing an zu erzählen.

»Peter ist in der Woche vor Weihnachten jeden Abend hier gewesen, hat an der Bar etwas getrunken und sich oft und ausgiebig mit mir unterhalten. Er war ein angenehmer Zeitgenosse und hat mir meine Schichten mit seinem positiven Gemüt erleichtert. Ein toller Mann. Habt ihr ihn nicht hier kennengelernt?« Wir erzählten ihm die ganze Story, wie und wo ich diesen Peter getroffen hatte. Er schmunzelte. »Das ist aber eine süße Geschichte, die müsst ihr später unbedingt euren Kindern erzählen«, witzelte er ein wenig sarkastisch. Nach einem etwas mürrischen Blick von mir fing er sich wieder und fragte daraufhin mit vorsichtiger Stimme: »Und du wusstest bisher nicht einmal seinen richtigen Namen?«

»Nein, wusste ich nicht. Bis heute. Er ist ja damals sowieso zurück nach Hause geflogen, also warum hätte ich mir weiterhin den Kopf über ihn zerbrechen sollen?«, erklärte ich mich.

»Sei doch nicht so abgebrüht, mein Schatz. Das ist vielleicht ein Zeichen«, wandte sich Soph zu mir. Ein Zeichen? An so etwas glaubte ich in diesem Zusammenhang schon ein Weilchen nicht mehr. Zeichen und Wunder geschahen nur im Märchen – und mein Leben spielte sich nun mal nicht in der Fantasie, sondern in der Realität ab.

Es herrschte kurz Stille zwischen uns. Jeder war in seinen eigenen Gedanken versunken. Doch dann ergriff Mike wieder das Wort. »Ich sage nur *Owen Winters Insurances*.«

Was meinte er denn damit? Fragend sahen Soph und ich uns an und beide verstanden wir nicht ganz, was er versuchte, uns zu verklickern.

»Spinnst du jetzt, Mike?«, eröffnete ich.

Er erklärte sich keck: »Nein, Girls. Das ist die Firma aus Orlando, in der Peter arbeitet.«

Das hatte er also damit gemeint. Ich wusste nun schon zwei Sachen über den Mann aus dem Park: Er hieß Peter und war bei einer Versicherungsfirma in Orlando beschäftigt. Da war er wieder – der immens große Haken. Orlando. Warum interessierte ich mich überhaupt für ihn, wenn er doch am anderen Ende der Welt lebte?

Zugegeben, ich hatte ihn an dem Abend schon sehr anziehend gefunden, als er sich im Licht zu erkennen gegeben hatte. Aber da er gleich nach unserer angenehmen und leicht flirtenden Unterhaltung außer Landes geflogen war, hatte ich ihn scheinbar unbewusst aus meinen Gedanken gestrichen. Wahrscheinlich nur, um mich vor einer weiteren Enttäuschung zu schützen. Nun war er aber auf wundersame Weise wiederaufgetaucht, und ich konnte ihn wohl so schnell nicht mehr vergessen. War das wirklich ein Zeichen? Hatte meine Süße eventuell doch recht gehabt, und es war Schicksal, dass wir uns begegnet waren? Darüber dachte ich nur ein Sekündchen nach und schon im nächsten Augenblick schüttelte ich den Kopf. Ich schüttelte es sozusagen von mir ab. Blödsinn, so etwas wie Fügung in Sachen Liebe gab es nicht! Entweder Hopp, oder eben Flop. Es gab nichts mehr dazu zu sagen, und Mike musste sich auch wieder an die Arbeit machen. Er grinste den ganzen Abend über vor sich hin. Ihm gefiel unsere Geschichte wohl sehr gut, aber es war besser, die

Sache zu vergessen. Wir tranken aus und verließen kurz darauf die Bar. In meinem Auto, das übrigens den schönen Namen Kitty, die weibliche Version des Knight Rider Kultautos *K.I.T.T.*, trug, düsten wir nach Hause. Ich hatte diese Serie mit David Hasselhoff als Kind einfach abgöttisch geliebt. Das durfte ich in der Öffentlichkeit nur nicht zu laut aussprechen.

Auf dem Weg zu Sophs Wohnung kaute sie mir ein Ohr ab, warum ich ihr denn nichts von diesem besagten Peter erzählt hatte. Ich sollte ihr doch immer von allem und jedem berichten.

»Ich hatte das Treffen selbst nach kurzer Zeit vergessen, sonst hätte ich es dir natürlich sofort unter die Nase gerieben, Madame«, erklärte ich mich, obwohl ich gerade keine Lust mehr hatte, darüber zu reden.

»Glaub doch wieder an die Liebe und halt nicht so verbissen an deinem Singleleben fest.« Da sprach genau die Richtige. »Vielleicht war er dein Traummann, und du hast ihn einfach gehen lassen!«

»Ganz bestimmt. Er *wollte* gehen, also lag es nicht allein in meiner Macht«, entgegnete ich ihr in einem ziemlich rauen und genervten Tonfall. Sie merkte, dass jetzt nicht mehr der geeignete

Zeitpunkt war, um weiter über dieses Thema zu sprechen. Wir hatten zuvor so gute Laune gehabt, daher wollte sie die Stimmung nicht vermiesen.

Bei ihr angekommen, half ich ihr mit den Koffern und Taschen, und wir verabschiedeten uns herzlich.

»Danke für das schöne Wochenende«, sagte ich zu ihr. Sie erwiderte das und ging in Richtung Eingang, während ich zurück zu meinem Auto marschierte.

Auf einmal schrie sie: »Joyce«, und ich drehte mich zu ihr um. Sie sah mich mit geneigtem Kopf an und sprach mit sanfter Stimme: »Glaub wieder an Wunder, Schatz. Sie sind da, du musst sie nur sehen!«

Sie ging hinein, ohne meine Reaktion auf ihren Spruch abzuwarten und ließ die Haustür hinter sich zufallen. Wunder. Wo sollten sie denn schon passieren? Im echten Leben meines Wissens nicht. Aber wie konnte ich sie dann erkennen? Ich ließ mir ihren Schlusssatz während der Fahrt zu meiner Mutter durch den Kopf gehen, kam allerdings zu keinem Ergebnis. Schwachsinn, dachte ich nur und versuchte, ihre Worte zu verdrängen.

Da meine Eltern das Wochenende über auf meinen Kater aufgepasst hatten, freute ich mich schon sehr, ihn zu sehen. Nun konnte ich Jerry endlich wieder in den Arm nehmen und den Abend mit ihm genießen. Mama begrüßte mich liebevoll und bot mir an, dass ich zum Essen bleiben könnte. Es gab Ente. Die zauberte sie immer mit viel Liebe – und das schmeckte man auch. Ich willigte selbstverständlich ein und machte mich auf die Suche nach meinem kleinen Fellknäuel. Jerry lag faul auf dem Esszimmerstuhl und sah auf, als er mich entdeckte. Schnurrend wurde ich begrüßt und merkte, dass ich ihm wohl auch gefehlt hatte. Ein Miau unterstrich seine Zuneigung zu mir. Ich streichelte ihn noch ein bisschen und meinte, sogar ein kleines Lächeln auf seinem Gesicht erkannt zu haben. Da servierte meine Mutter bereits das Essen. Das Geflügel war wie immer extrem saftig und mit einer sehr krossen Kruste versehen. Das Wasser lief mir schon beim Anblick im Mund zusammen. Dieses Gericht konnte Mama einfach aus dem Effeff. Mein Vater ließ es sich auch sichtlich schmecken und schmatzte vor lauter Begeisterung nur so vor sich hin. Wir redeten über meinen Kurztrip, die Arbeit und Bekannte.

Nach dem vorzüglichen Mahl fuhr ich heimwärts und war doch ganz schön k.o. von dem

Tag. Es war schließlich viel passiert. Und dieser Peter wollte einfach nicht mehr aus meinem Kopf verschwinden. Nervig.

Später am Abend saß ich auf meinem mintfarbenen Sofa und dachte wieder an ihn, als Jerry zu mir auf den Schoß sprang. Er kuschelte sich an mich und ich entschied, lieber den Fernseher einzuschalten, um auf andere Gedanken zu kommen. Und was erschien, als ich den ersten Sender angeschaltet hatte? Eine Szene aus dem Film *Good Will Hunting* mit Robin Williams und Matt Damon. Natürlich exakt der Ausschnitt auf der Parkbank. Was ist das denn, dachte ich und stieß einen lauten Seufzer aus. War das etwa ein unglücklicher Zufall gewesen? Ich war genervt und schaltete auf einen anderen Sender um. Doch da blieb mir ebenfalls gleich die Spucke weg. Es war eine Dokumentation über Versicherungsbetrüger.

»Echt jetzt?«, rief ich etwas aufgewühlt in den Raum, auch wenn ich wusste, dass ich allein war. Selbstgespräche waren aber als Single ganz normal. So war mir das zumindest zu Ohren gekommen. Hatte Soph doch recht mit ihrem Achte-auf-die-Zeichen-Gequatsche?

Angesäuert machte ich den Fernseher aus, ging noch einmal ins Bad, um mich abzuschminken, und legte mich dann ins Bett. Ich war zwar hundemüde, konnte aber nicht einschlafen. Warum war dieser Mann am Weihnachtsabend in mein Leben getreten? Warum hatte ich das Foto vollkommen vergessen? Wie konnte es sein, dass er genau in *meiner* Bar und in *meiner* Stadt gewesen war und sich mit *meinem* Mike jeden Abend unterhalten hatte? Das machte mich wahnsinnig. War es umsonst, dass sich meine Gedanken so stark um ihn drehten? Wahrscheinlich. Doch ich konnte es einfach nicht mehr abstellen. Peter war wieder in den USA. Viele tausende Kilometer entfernt von mir. Wie kam es also, dass er, nur durch das Foto ausgelöst, nicht mehr aus meinem Kopf verschwand? Wenn ich an ihn dachte, fing ich leicht zu schmunzeln an. Er war ein absolut charmantes, männliches Wesen. Und dieses ansteckende Lachen – ach herrje, war das traumhaft. Es gab nichts Attraktiveres als einen Mann, der über das ganze Gesicht strahlte. So wie besagter Peter. Mich wunderte es, dass ich ihn nach der doch längst vergangenen Zeit noch so gut in Erinnerung behalten hatte. Ich versuchte mich zusammenzureißen und einzuschlafen. Das war auch dringend nötig, denn es war schon zwei Uhr morgens, und ich musste bereits um sieben wieder in meinem Job auf der Matte stehen. Die Aufgaben erledigten sich schließlich nicht von selbst.

Nach einer Weile schlief ich endlich ein und wachte total gerädert am darauffolgenden Morgen auf. Fünf Uhr fünfundvierzig! O Gott, dachte ich, nachdem ich den Wecker energisch ausgeschaltet hatte.

War es wirklich schon morgen? Ich war doch gerade erst eingeschlafen. Ich schleppte mich ins Bad und ging duschen – so wie jeden Morgen. Ohne Dusche wurde ich nämlich sonst kein bisschen wach. Der Kaffee auf der Arbeit war täglich die zweite Instanz zum Munterwerden. Nur ... an diesem Tag half leider beides nichts. Ich hätte ihn mir genauso gut mit einer Infusion einflößen lassen können, es hätte nicht das Geringste an meiner Verfassung geändert. Ich versuchte, die Aufgaben, sofern möglich, zu bearbeiten und zu erledigen. Allerdings brauchte ich heute dafür mindestens dreimal so lange. Als ich Formulare an meinem Computer studierte, musste ich deswegen Daten aus dem Internet heraussuchen. Informationen für einen Lieferanten. Ich schlief fast vor dem PC ein, da dieser die angeklickte Internetseite wirklich sehr, sehr langsam aufrief. So hundemüde, wie ich in dem einen Moment war, so hellwach wurde ich dann plötzlich im nächsten Augenblick!

Völlig unerwartet tauchte nämlich eine Pop-Up-Werbung auf, die mich komplett aus der Fassung brachte: *Owen Winters Insurances – Versicherungen, die Ihr Leben verändern.*

Mein Herz hatte in letzter Zeit wegen dieses Typens so viele Blackouts gehabt, das war nicht mehr normal.

»Ich glaube es ja nicht«, schrie ich laut den Computer an. Alle Kollegen ringsherum drehten sich in meine Richtung und sahen mich fragend an. Aber das interessierte mich gerade herzlich wenig. Was war das denn jetzt wieder für ein bescheuertes Zeichen? So viele Erinnerungen an diesen Peter innerhalb von vierundzwanzig Stunden – das konnte doch nicht wahr sein! Oder war es alles andere als ein Zufall.

Unentschlossen überlegte ich, ob ich auf die Werbung gehen und seine Firma unter die Lupe nehmen sollte. Kurz darauf tat ich es einfach. Mit einem Klick öffnete sich die Webseite, die ich davor partout nicht hatte öffnen wollen. Sie war edel aufbereitet und stilvoll designt. Ich durchsuchte sie gezielter nach Bildern der Mitarbeiter. Eventuell war er ja auf einem davon zu erkennen. Ich schätzte meine Chancen allerdings gering ein, da es ein größeres Unternehmen war, und ich hatte keinen blassen Schimmer, was Peter dort für ein Aufgabenfeld betreute. Die Webseite gab es auf Deutsch und Englisch. Ich ging auf den Button *Unser Team* und hoffte, ihn eventuell unter den Angestellten zu erfassen. Tatsächlich musste ich gar nicht weit hinunterscrollen, da sein Gesicht gleich oben als Mitglied des Vorstandes eingereiht war. Als Leiter des Key Account Managements. Wahnsinn! Peter war auch noch ein hohes Tier in der Geschäftswelt. Ich war baff. So erfolgsorientiert war er mir gar nicht vorgekommen. Eher ganz normal, so jemand wie ich eben. Er sah wieder so verdammt attraktiv aus auf diesem Foto. Ich konnte gar nicht mehr wegschauen und schmachtete ein wenig weiter. Ich versank in der Webseite und vergaß alles um mich herum. Selbst die klingelnden Telefone im Büro blendete ich aus.

Nach meinem kurzen Aussetzer und der Peter-Anhimmelungsphase kam ich wieder zur Besinnung. Ich atmete tief ein. Es war schon ein sehr großer Zufall gewesen, und irgendwie konnte ich das nicht richtig greifen. Was machte ich da eigentlich?

Und vor allem – was machte dieser Kerl bloß mit mir?

Kapitel 4 Soll ich, oder soll ich nicht?

Nun saß ich da und wusste nicht, wo rechts und links war. Die Gesamtsituation hatte mich total überfordert. Ich stalkte gerade einen Mann, den ich so gut wie überhaupt nicht kannte. Aber was machte Frau nicht alles, wenn sie seit jeher neugierig war. Schließlich konnte ich nichts dafür, dass diese Werbung unaufgefordert auf meinem Bildschirm aufgeploppt war. Zugegeben, ich hatte schon ein paarmal mit dem Gedanken gespielt, seinen Vornamen und seine Firma in eine gewisse Suchmaschine einzutippen - zusätzliche Informationen über ihn hatte ich ja bisher nicht. Aber das war nun nicht mehr nötig. Er war da – direkt vor mir. Zwar auf einem anderen Kontinent, dennoch sehr präsent. Live hätte ich ihn allerdings ebenfalls gerade gerne gesehen. Dann begutachtete ich die Homepage seiner Firma noch ein bisschen genauer und stieß – wie sollte es sonst sein – auf seine Kontaktdaten. Ich konnte also zu dem fremden Mann aus der verschneiten Weihnachtsnacht Kontakt aufnehmen, wenn ich das wollte. Nur wollte ich das? Das war die Frage aller Fragen.

Mein Bauch sagte mir in dem Moment, na los, schreib ihm! Doch der Kopf sträubte sich vehement dagegen und schrie unterbewusst ganz laut. Joyce, läufst du wirklich schon wieder einem Typen hinterher, den du so gut wie überhaupt nicht kennst?

Ach herrje, die beiden waren bisher noch nie derselben Meinung gewesen. Immer hatte ich diesen inneren Konflikt mit mir selbst. Genauso, wie es jeder kannte, wenn ein kleiner Engel und ein kleiner Teufel gleichzeitig auf den Schultern saßen und sich gegenseitig übertrumpfen wollten. Da hatte ich mir ja wieder etwas eingebrockt. Ich konnte mich einfach nicht recht entscheiden. Eine blöde Situation, und ich wollte nicht die falsche Wahl treffen. Denn ich hatte mir vor Kurzem geschworen, mich ausschließlich um mich selbst zu kümmern und ausreichend auf meine Wenigkeit, oder eher meine Wichtigkeit, achtzugeben.

Ich atmete tief durch und entschied vorerst, seine E-Mail-Adresse zu kopieren. Nur für den Fall der Fälle. Die Ironie darin erkannte ich selbst auch, das heimliche Interesse konnte ich nicht mehr leugnen. Doch dann erwischte ich mich dabei, wie ich, ohne darüber nachzudenken, das Mailprogramm und eine neue Nachricht öffnete. Seine Adresse fügte ich schon einmal ein. Ich klickte das Fenster danach dennoch weg, ließ die angefangene Mail vorerst im Hintergrund des Bildschirmes offen und machte weiter mit meiner Arbeit. Da ich aber immer noch hundemüde war und mir erheblich der Schlaf fehlte, konnte ich mich heute nicht mehr effizient betätigen. Ich ging also in die Mittagspause. Das erschien mir in dem Moment am sinnvollsten. Natürlich hatte ich die ganze Zeit diese offene E-Mail im Kopf, doch ich versuchte sie bewusst zu ignorieren. Das funktionierte allerdings überhaupt nicht. Beim Essen war ich total in Gedanken und vor lauter Aufregung konnte ich nicht einmal die Hälfte meiner Portion verdrücken. Immerhin hatte ich dank der kleinen Pause wieder ein wenig Kraft geschöpft und startete die restlichen Aufgaben, die heute noch auf dem Plan standen. Die großen konnte ich im heutigen Zustand sowieso nicht angehen. Fertig mit der Arbeit schloss ich alle Programme. Und da war sie wieder – die besagte Mail an Peter.

Okay, Joyce, was jetzt? Löschen? Andererseits ... was hast du schon zu verlieren? Eine kleine Nachricht hat noch niemals großartigen Schaden angerichtet.

Oder schadete sie vielleicht mir selbst mehr als ihm? In der Traumwelt, in der ich mich befand, kam ich auf keinen Nenner. Gerade, als ich das Fenster schließen wollte, huschte mein Kollege Alex um die Ecke und fragte: »Kommst du später noch mit auf einen Drink?«

»Nein, danke«, antwortete ich, »ich habe heute noch einige dringende Sachen zu Hause zu erledigen. Aber lieb, dass ihr an mich gedacht habt.« Das war zwar absolut gelogen, doch das musste er ja nicht zwingend wissen. Es ging um meinen Schönheitsschlaf, und den wollte ich mir in keinem Fall nehmen lassen. Schweigend zog er ab, und ich war wieder zurück in der Zwickmühle. Dann dachte ich an Soph und was sie mir geraten hatte. Sie hatte schon irgendwie recht gehabt, man sollte an das Gute glauben. Auch wenn mir das unheimlich schwerfiel in letzter Zeit.

Ich tippte daraufhin einfach los. In die Betreffzeile schrieb ich nur ein belangloses *Hello*. Nicht gerade sehr einfallsreich, aber das musste erst einmal reichen.

Dann saß ich hilflos vor dem Computer. Ich lehnte mich auf den Schreibtisch und hielt mir den Kopf. Mein Gehirn war komplett leer. Mir fiel absolut nichts ein, was ich noch hinzufügen konnte. Ich war total aufgeschmissen. So aufgeschmissen, dass ich einfach unbewusst auf Senden drückte, anstatt auf das Kreuz rechts oben, welches diese elektronische Post gelöscht hätte. Und schon war es so weit – die Nachricht war wahrhaftig verschickt. Wie bescheuert war denn eine E-Mail nur mit einem *Hello* darin? Ich ärgerte mich über mich selbst, aber ich hätte wahrscheinlich noch stundenlang daran sitzen können und mir wäre kein passenderer Text dazu eingefallen.

Na ja dachte ich mir, diese Mail landete sicher gleich im Spam-Ordner. Ich war so peinlich berührt und sauer, dass ich beschloss, für heute Feierabend zu machen. An diesem Tag war es wohl besser, mich zu verkriechen und nur noch an mein Wohlbefinden zu denken. Außerdem wartete zu Hause eine Chipstüte – *Salz & Essig*. Für viele nicht unbedingt der Favorit. Für mich hingegen das gelegentliche Seelenfutter, welches ich mir ab und an gönnte. Die Tüte war später dann so schnell leer, ich hätte glatt noch eine weitere verputzen können. Um den eigenen Körperfettanteil aber nicht unnötig in die Höhe zu treiben, hielt ich mich zurück. Ich nahm danach zielgerichtet das Telefon in die Hand und wollte Soph von der peinlichen Aktion erzählen. Doch dann dachte ich mir, dass ich das, was sie dazu zu sagen hätte, gerade bestimmt nicht hören wollte. Also gestand ich es mir selbst ein – das war einfach nicht mein Tag!

Manchmal war es klüger, die Mitmenschen vor der schlechten Laune zu bewahren, sich in den eigenen vier Wänden einzusperren und erst wieder am nächsten Morgen *das Licht der Welt zu erblicken*. Allein an der E-Mail hatte man ja schon gesehen, dass ich heute alles andere als zurechnungsfähig war. Deshalb ging ich früh zu Bett. Das war auch gut so, denn ich schlief sofort erschöpft ein.

Ich wachte putzmunter eine Minute vor dem Klingeln des Weckers wieder auf. Sehr selten, dass ich einmal vor diesem nervigen Trällern die Augen öffnete. Es wäre wohl von Vorteil, sich öfter einmal früher aufs Ohr zu hauen. Ich fühlte mich wie neu geboren. So gut gelaunt war ich schon lange nicht mehr um diese Uhrzeit gewesen. Viel schlechter als gestern hätte es mir ja auch nicht gehen können. Ich genoss die gute Laune und ging quietschfidel und ohne Augenringe in die Firma. Ich brauchte nicht einmal einen Kaffee am Morgen. Das war äußerst ungewöhnlich. Aber okay, warum nicht auch mal anders als sonst? Ich schmiss meinen PC an und machte mich gleich an den wichtigen To-Do-Stapel. Ich hatte wieder Power, um dringende Aufgaben zu erledigen. Endlich. Besonders viel Elan hatte ich in letzter Zeit nicht unbedingt an den Tag gelegt, aber so war das manchmal eben. Ich wusste, dass meine Kollegen noch weniger schafften, als ich, und keinen Ärger dafür bekamen. Daher war ich in dieser Hinsicht mittlerweile ziemlich leidenschaftslos geworden.

Gerade als ich einen Kunden anrufen wollte, leuchtete ein Fenster auf meinem Bildschirm auf. Eine neue E-Mail. Im kleinen Info-Kästchen stand nur der Absender P.N.I. dabei.

Immer diese nervigen Spams. Ich rief besagten Auftraggeber an und ging mit ihm ein paar Vertragsdetails durch. Nach dem Gespräch musste ich erstmal auf Toilette. Auf dem Weg dorthin traf ich auf meinen versnobten Chef. Er grinste verschmitzt, und innerlich dachte ich mir nur *Du*

Vollidiot! Immer dieses dumme Gegrinse, wenn man genau wusste, dass er einen nicht leiden konnte. Über so etwas sollte man sich aber nicht mehr aufregen. Ich tat es trotzdem, da er mich einfach ab und zu zur Weißglut brachte. Ich schmiss ihm ein kurz angebundenes Hallo hin und ging weiter. Er befand es nicht für nötig zu antworten. Was für ein Wichtigtuer! Nach dem Toilettengang war ich wieder an meinen chaotischen Arbeitsplatz zurückgekehrt. Manchmal sah es hier aus - schrecklich! Aber ich war nun einmal ein Genie und beherrschte das Chaos - zumindest das eigene.

Ich kümmerte mich erneut um mein Postfach. Wieder fünfzehn neue E-Mails innerhalb von zwei Stunden. Oje, hatte ich genug von dem ständigen Zuspamen. Ich ging alle kurz durch und sortierte nacheinander die unwichtigen davon aus. Dann tauchte diese komische Mail von vorhin, von diesem P.N.I.-Absender wieder auf. Ich klickte nur schnell darauf und sie sah aus wie eine Junkmail, daher ging ich gleich auf *Entf* für Entfernen auf der Tastatur. Kurz bevor ich auf diese Taste gedrückt hatte, las ich noch die Worte *Hello Stranger* darauf.

Was war das für eine komische Nachricht? Wer schrieb denn so einen Schwachs...

Meine Gedanken hielten inne und es dämmerte mir. *Ich* schrieb so einen Quatsch. Und zwar erst gestern. Konnte das sein? Die Mail war nun schon im Papierkorb gelandet. Ich traute mich nicht recht nachzusehen, ob es wirklich eine von *ihm* war. Das glaubte ich einfach nicht. Mit zittrigen Händen klickte ich vorsichtig auf den Mülleimer auf dem Desktop. Papierkorb öffnen. Die PC-Maus hatte mich definitiv noch nie so unruhig erlebt, denn sie machte leichte Zuckungen durch meine Nervosität. Da war sie – diese eine gewisse Nachricht. Sollte ich ernsthaft darauf klicken, oder könnte es doch nur Werbemüll gewesen sein? Ich gab mir selbst einen Ruck und klickte sie an. Mal wieder hielt ich den Atem an und spürte meinen Herzschlag bis zum Hals pochen. Das war bei mir immer in solch unangenehmen oder spannenden Momenten so. Zuerst schloss ich die Augen vor lauter Lampenfieber. Doch dann war es Zeit, sie wieder zu öffnen.

Und tatsächlich – der Absender war *Peter Nickel*.

Zunächst wollte ich nicht hinsehen. Ich schämte mich noch so für die gestrige, peinliche Tat. Doch dann siegte die extreme Neugier und ich ging, um sie zu lesen, ganz nahe mit meinem Gesicht vor den Bildschirm, sodass ihn keiner sehen konnte, außer mir. Es standen nicht viele Worte in der Mail. Ich war verblüfft, dass ich nicht die Einzige war, die einen der kürzesten Texte der Welt verfasst hatte.

Es stand augenscheinlich nur *Hello Stranger* darin. Er hatte wohl auch nicht seinen gesprächigsten Tag gehabt. Oder er einfach nur nicht viel mit meiner wahnsinnig umfangreichen Mail anfangen können. Absolut verständlich. Das *Hello* von mir war schließlich nicht einmal ein ganzer Satz gewesen.

Dann kam es über mich. Er hatte tatsächlich geantwortet! Irgendwie war ich erleichtert. Nun stand ich wohl in Kontakt mit ihm. Mir war bewusst, dass das nicht unbedingt die tollsten ersten Worte waren, die man mit jemandem über das Internet kommunizieren konnte. Aber immerhin kommunizierten wir. Ich war nervös. Der Mann aus dem Park hatte geschrieben. Da mein Gehirn erneut völlig blankzog, rief ich Soph an. Sie wusste in solchen Augenblicken immer, was zu tun war. Da konnte ich mich hundertprozentig auf sie verlassen. Ich wählte ihre Nummer und konnte nicht aufhören zu grinsen. Das gefiel mir gerade richtig gut. Manche würden sich jetzt bestimmt denken: »O Mann, wie kann man sich über zwei Worte nur so freuen?« Aber das war mir egal, mir ging es hervorragend, und ich musste es unbedingt jemandem erzählen. Ich war halt nun mal einfach ein ganz normales weibliches Wesen – und Frauen brauchten oft die Meinung ihrer besten Freundin.

Nach dem fünften Klingeln ging sie endlich ran. Ich laberte sofort los, ohne Punkt und Komma, und musste anschließend erst einmal kurz Luft schnappen. Jetzt war ich gespannt, was meine Liebste zu dieser Geschichte sagen würde.

Stille begegnete mir. Soph sagte kein Wort. Ich dachte schon, sie nahm mich nicht wirklich ernst, aber dann brach es nur so aus ihr heraus: »Wuhu! Du hast dich also wirklich bei ihm gemeldet? Hammer, Joyce! Ich bin so stolz auf dich, Liebes!«

Sie kriegte sich fast nicht mehr ein, vor lauter Begeisterung. Danach fühlte ich mich sofort besser und fand nicht mehr, dass diese kleinen Worte in seiner Nachricht so unbedeutend waren. Mir war durchaus bewusst, dass er immer noch keinen Schimmer hatte, wer ich war. Aber wir standen sozusagen in Kontakt. Das freute mich so sehr, dass ich einfach nur strahlte. Soph frohlockte ebenfalls: »Das ist doch schon mal ein Anfang.«

»Wahrscheinlich«, erwiderte ich ein wenig verzweifelt, da meine Gefühle ins Schwanken gerieten. »Was mache ich denn nun?«

»Wenn du nicht weißt, was du schreiben sollst, schick ihm doch einfach das Foto aus dem Park. Er wird sich bestimmt sofort wieder an dich erinnern. Und falls nicht, weißt du auch gleich, was zu tun ist. Du kannst also nur gewinnen!«

Erst fand ich es eine blöde Idee. Wir legten auf und sie sagte, ich solle ihr doch später erzählen, wenn es Neuigkeiten diesbezüglich gab, und ob ich mich getraut hatte, Peter zu antworten. Dann dachte ich genauer darüber nach – und im Grunde hatte sie recht. So musste ich nicht lange über den Text philosophieren und er wusste gleich, wer ich war. Hoffentlich.

Doch was, wenn er sich wirklich nicht mehr an mich erinnerte?

Schon war ich wieder kurze Zeit gehemmt in meinem Tun und unsicher. Vielleicht konnte er mit dem Bild nichts anfangen und würde denken, dass ich eine komische, verrückte Frau wäre. Ein bisschen crazy war ich von jeher - aber im guten Sinne. Bildete ich mir zumindest ein. Ich machte mir wieder viel zu viele Gedanken. Dann wagte ich es doch. Ich nahm einfach das Handy, sendete mir unser gelungenes Foto auf meinen PC in die Arbeit und antwortete ihm. Ich schickte kommentarlos das Bild und fügte nur einen zwinkernden Smiley hinzu. Klick und weg. Schon war sie abgeschickt. Die zweite Mail an Peter.

»Shit«, rief ich wahllos in den Raum. Diesmal aber nicht ganz so laut, wie sonst. Nun war ich doch innerlich gespannt auf das, was er darauf, und ob er überhaupt antworten würde. Ich saß den lieben langen Tag auf glühenden Kohlen und schaute immer wieder nach, ob ich etwas von ihm im Posteingang hatte. Zwischenzeitlich versuchte ich mich wirklich auf die Arbeit zu konzentrieren, doch ich schaffte es nicht dauerhaft. Immer wieder aktualisierte ich mein Postfach und drückte auf *Senden/Empfangen*, in der Hoffnung, dass die erwartete Nachricht endlich ankam. Aber sie kam nicht.

Ich hatte gewartet und gewartet, doch es traf überhaupt kein Lebenszeichen von Peter bei mir ein. Hatte er das Bild gesehen und sich erschrocken? Ein bisschen nach stalken sah das Ganze schon aus, aber ich konnte ja nicht wissen, wer er tatsächlich war. Ohne Mike hätte ich nie im Leben wieder etwas von ihm gehört, geschweige denn, an ihn gedacht. Eben genau das wusste er nicht. Er verstand sicher ebenso wenig, woher ich an seinen Namen und seine Mailadresse gekommen war. Ich wäre an seiner Stelle wahrscheinlich ebenfalls vorsichtig und skeptisch und würde mich sehr darüber wundern.

Mit diesen Gedanken fuhr ich anschließend nach Hause. Ich war leicht niedergeschlagen und wusste nicht so recht, ob es mir nun gut ging, oder ob ich einfach nur im Boden versinken wollte vor lauter Scham. Er hatte nicht geantwortet! Auf unser wirklich schönes und gelungenes Bild. Ich konnte wohl vergessen, dass ich jemals wieder etwas von ihm hören würde.

An diesem Abend wollte ich überhaupt nichts mehr machen. Meine Wäsche wartete bereits tagelang darauf, dass ich sie in die Waschmaschine beförderte, aber dazu fehlte mir absolut die Lust. Ohne Essen ging ich ins Bett. Nicht einmal Jerry traute sich zu mir, weil ich so bedrückt wirkte. Also wollte ich schlafen. Das würde wenigstens kurz das viele Denken unterbrechen.

Der nächste Morgen verlief ähnlich, wie der Abend zuvor. Keine Lust auf nichts und erst recht nicht auf die Arbeit. Dieser Posteingang machte mich jetzt schon wieder wahnsinnig, und ich befand mich noch nicht einmal in der Nähe davon.

Ich beschloss, mein Postfach den ganzen Tag nicht zu öffnen und konzentrierte mich einfach auf andere Dinge. Außerdem hatte er ja sowieso nicht geschrieben, daher war das unwichtig. Soph hatte mich ebenfalls bereits mit Nachrichten zugemüllt, was es denn nun Neues gab. Da ich nichts zu erzählen hatte, hatte ich auch keine Lust, ihr darauf zu antworten. Es war nun schon weit nach Feierabend, und ich konnte an diesem Tag wirklich viel Liegengebliebenes erledigen. Da kam er mir wieder in den Sinn, dieser äußerst charismatische Peter! Ich konnte ihn einfach nicht komplett ignorieren. Sollte ich mich doch einmal kurz trauen, in meinen neuen E-Mails zu wühlen? Ich setzte mich an den Arbeitsplatz. Erneut durchdrang meinen Körper innerlich ein komisches und warmes Gefühl. Obwohl er so weit weg war, erreichte er mich in irgendeiner Weise wahnsinnig intensiv. So ganz verstand ich das nicht, da ich das bisher nicht gekannt hatte. Ich dachte nicht weiter nach und klickte auf das kleine, gelbe Zeichen. Hundertacht neue Eingänge ... na wunderbar! Nun merkte ich erst, wie schlimm es in meinem Posteingang zuging. Tagsüber wurde es einem nicht so bewusst, wieviele E-Mails eintrudelten, da man sie alle paar Stunden ausmistete. Doch nach einem Tag so eine Menge? Das war nicht normal. Egal, es ging jetzt um Wichtigeres. Fünfundsiebzig davon konnte ich gleich löschen, da es sich nur um Werbemails handelte. Dann machte ich mich an die anderen. Die ersehnte P.N.I.-Nachricht hatte ich bisher nicht entdeckt, dafür fiel mir eine Mail von einem *Mr. Unknown* auf. Könnte er das sein, oder war das nur ein billiger Trick, Spam zu verschicken? Wir hatten in der Firma einen guten Virenscanner, daher traute ich mich und öffnete sie. Ein längerer Text erschien – auf Englisch! Es fing an mit:

> *Dear gorgeous Lady.*
> *Can´t believe you´ve found me.*
> *Love our picture!*
> *How come?*
> *How did you know where to find me?*
> *I thought so much about you and that night*
> *in the park ...*

Der Text ging noch einige Zeilen weiter. Er erinnerte sich!

Mein Herz machte Luftsprünge – er hatte demnach ebenfalls öfter an mich gedacht. Außerdem schrieb er, dass er gestern geschäftlich außer Haus gewesen war, daher hatte er nicht gleich antworten können. Er würde von nun an mit seiner privaten E-Mail-Adresse antworten und hoffte, ich würde ihm zurückschreiben. Diese Mails konnte er von überall auf seinem Handy abrufen.

Ich musste die Nachricht vor lauter Begeisterung ungefähr zehnmal durchlesen. Es war so aufregend. Niemals hätte ich gedacht, dass er sich derart darüber freuen würde, von mir zu hören. Ich druckte mir die Mail aus und nahm sie mit nach Hause. Es war schon spät, und ich wollte sie mir noch ein- bis mindestens hundertmal zu Gemüte führen.

Daheim angekommen, konnte ich nicht anders und schrieb ihm vom Laptop und meiner privaten Adresse aus zurück. Ich war so nervös, da ich bereits lange nicht mehr mit jemandem außerhalb des geschäftlichen Mailverkehrs geschrieben hatte. Meine Antwort schickte ich auf Deutsch, da er das ja auch an *unserem Abend* mit mir gesprochen hatte. Ich schrieb ihm die Geschichte mit dem Barkeeper, und wie ich an seine Kontaktdaten gekommen war. Außerdem erklärte ich Peter, dass ich froh darüber war, von ihm zu hören und ihn damals getroffen zu haben. Schließlich hatte ich nach jener Nacht vermehrt an ihn gedacht, ihn zwar zwischenzeitlich etwas ignoriert, aber trotzdem nie ganz damit aufgehört. Und seit dem zufälligen Tratsch mit Mike war er sowieso jeden Tag präsent gewesen. Zumindest in meinem Kopf.

Kapitel 5 Live und in Farbe

Von da an schrieben wir uns täglich. Er erzählte mir ausführlich von sich, und ich berichtete ihm viele Details aus meinem Leben. Es tat wirklich gut, sich mal alles von der Seele zu schreiben, und ich glaubte, er verstand mich, egal, um welches Thema es ging. Ich erfuhr einiges von seinem Job und dass es momentan für ihn nicht leicht war, da sein Vater im Sterben lag. Es war Krebs, und dieser war leider zu spät entdeckt worden. Er hatte die Firma bisher immer geleitet und es ging dort nun drunter und drüber. Keiner wusste so recht, wie es ohne den *großen Boss* weiterlaufen sollte. Und anscheinend war Peter der Einzige, der über die Abläufe und die Angestellten genauestens informiert war. Daher freute er sich über die kleinen Ablenkungen, die ich ihm bescherte. Er klang teilweise schon mächtig gestresst, nahm sich aber immer Zeit für mich und schrieb mir, sobald er die Gelegenheit dazu hatte, zurück. Wir sprachen wirklich über alles, und ich fühlte mich mehr und mehr zu ihm hingezogen. Schon Wahnsinn, wie man sich jemandem annähern konnte, ohne ihn weder zu sehen, noch zu hören.

Das Schreiben hatte auch eine unfassbar magische Seite. Wir schrieben unglaublich viel, und auf einmal kommunizierten wir schon eineinhalb Monate miteinander – unentwegt. Meistens den ganzen Tag über, mit kleinen Abständen dazwischen. Er schickte mir manchmal ein paar Links mit Liedern, die er gerne hörte. Wirklich angenehme Klänge, die er sich da ausgesucht hatte. Sie waren alle mit einem herzzerreißenden Text versehen und immer zum Dahinschmelzen. Sein Lieblingslied war zum Beispiel *Harvest Moon* von Neil Young. Eine absolute Schnulze, die ich mir von da an jeden Tag mindestens einmal anhörte. So ein toller Song – und was für eine Melodie! Zum Verlieben. So wie auch der Mann, mit dem ich schrieb. Ich mochte ihn stetig ein bisschen mehr und konnte es mir nicht vorstellen, dass der Kontakt abbrach. Es tat einfach zu gut. Ihm ging es ebenso, wie er mir oft mitteilte. Auf eine Antwort musste ich manchmal keine zwei Minuten warten. Also war er auch total auf unseren Austausch fixiert. Genauso wie ich. Ab und zu schickte er mir ein Bild von sich, wenn er gerade irgendwo unterwegs war. Mittlerweile hatte ich schon ein paar Fotos von seinem bezaubernden Gesicht auf meinem Laptop gespeichert. Diese sah ich mir öfter durch – er war einfach ein besonderer Typ. So attraktiv, und trotzdem so bescheiden. Ich hatte auch ein Bild von ihm und seiner Schwester Trudy. Es war entstanden, als beide einmal bei ihrem Vater zum Essen eingeladen gewesen waren. Das Foto war wirklich sehr gelungen, und sie wirkten, als wären sie froh darüber gewesen, Geschwister zu sein. Ich schrieb ihm, dass ich sie gerne einmal kennenlernen würde, sie wäre bestimmt so ein toller Mensch wie er. Er antwortete mir:

Du kannst mich jederzeit besuchen. Das wäre absolut perfekt.

Leider konnte ich gerade keinen Urlaub beantragen, da sich in der Arbeit meine Kollegen hintereinander, oder sogar zeitgleich, freigenommen hatten. Da war es ausgeschlossen, zusätzliche freie Tage genehmigt zu bekommen. Obwohl es sich schon verlockend angehört hatte. Aber ich kannte ihn schließlich nicht im *echten Leben*, deswegen war das vorerst keine gute Idee. Meine miesen Erfahrungen in der Vergangenheit hatten mich bereits oft genug zweifeln lassen. Er verstand, dass ich arbeitstechnisch nicht fehlen konnte. Wir schrieben immer weiter, und es wurden intimere Gespräche. Wir redeten über Ex-Partner und was wir bisher mit ihnen erlebt hatten. Wie man bei mir leider schon bemerkt hatte, hatte ich zuvor nicht die besten Datingpartner gehabt. Aber ich war damit nicht allein. Peter hatte ebenfalls viele negative Erfahrungen mit dem weiblichen Geschlecht gemacht. Also war es ihm nicht besser ergangen als mir. Er hatte auch eine etwas längere Romanze hinter sich. Leider hatte er zu spät bemerkt, dass es ihr nur um das Geld und den Bekanntheitsgrad durch seinen angesehenen Namen gegangen war. Dies hatte dann ganz schnell zum Beziehungs-Aus geführt. Verständlicherweise. Frauen waren manchmal sehr berechnend. Das hatte ich schon öfter mitbekommen. Männer hatten dafür gewöhnungsbedürftige Marotten. Aber das konnte man wohl nicht verallgemeinern. Jeder hatte irgendwo einen *kleinen Vogel* und dieser ließ sich nicht so einfach abschalten. Bei manchen piepste er eben lauter, bei anderen etwas leiser.

Soph hatte ich natürlich auch immer fleißig von unserem Austausch unterrichtet. Sie war ebenfalls ein neugieriger Mensch, und ich konnte ihr nichts verheimlichen. Dafür kannte sie mich schon viel zu lange. Bei ihr wusste ich, dass alles gut aufgehoben war und sie keiner Menschenseele davon erzählen würde. Es war unser kleines Geheimnis. Ein Geheimnis, das zugegebenermaßen sehr aufregend war.

Peter und ich schrieben immer weiter und wussten nicht, wohin das führen sollte. Dann passierte etwas Unerwartetes. Peter fragte mich in einer Handy-Nachricht Folgendes:

Wollen wir es nicht einmal mit einem Videochat versuchen? So können wir uns besser kennen lernen als bisher. Was sagst du dazu?

Oje. So etwas hatte ich noch nie gemacht.

Er schlug Donnerstagabend vor, und ich sagte ihm zu, ohne darüber nachzudenken. Was konnte schon Schlimmes passieren, außer dass ich mich dabei total blamieren würde. Rein ins kalte Wasser, dachte ich selbstbewusst. Schließlich wollte ich ihn auch näher kennen lernen und alles über ihn erfahren.

Ich saß an dem besagten Donnerstag infolgedessen um zweiundzwanzig Uhr vor meinem Laptop. In Orlando war es zum gleichen Zeitpunkt sechs Stunden früher, also sechzehn Uhr.

Die Zeitverschiebung war schon manchmal etwas kritisch gewesen bei unserem Austausch. Oft weckte er mich mit seinen SMS mitten in der Nacht auf. Da ich mich immer darüber freute und mein Handy mit Absicht laut gelassen hatte, nahm ich das in Kauf. Der eigene Schlaf litt nur ab und zu darunter. Aber nicht nur meiner. Peter war auch oft bis in die Morgenstunden wach geblieben, um mit mir zu kommunizieren. Daher war ich schon ganz gespannt darauf, ihn *live* zu sehen. Zumindest auf dem Bildschirm. Er nahm sich umfassend Zeit für mich, und das fand ich beeindruckend. So extrem oft, wie Peter und ich uns kontaktierten, war das sicher nicht im normalen Bereich. Doch wir wollten es so.

Nun war es so weit. Ich hatte das Programm zum Videochat bereits am Tag vorher hinuntergeladen und wartete auf ein Zeichen von ihm. Kaum war ich online, hatte ich auch schon seine Kontaktanfrage auf meinem Laptop erhalten. Ich nahm sie an und er rief mich daraufhin sofort an. Halleluja, war ich aufgeregt. So nervös war ich in den letzten Jahren nie gewesen, aber seitdem ich mit Peter Kontakt hatte, erging es mir häufiger so.

Ich nahm ab. Das Video öffnete sich und ich sah ihn – live und in Farbe! In den ersten Augenblicken konnte ich nur vor mich hingrinsen und brachte kein Wort heraus. Er sagte: »Hey, Beautiful, wie geht es dir? Es ist so schön, dich endlich wiederzusehen!«

Bis ich etwas sagen konnte, dauerte es einige Sekunden. Ich fühlte mich total bescheuert, war aber zugleich wahnsinnig glücklich. Er strahlte mit mir um die Wette, und wir waren wohl beide ein wenig aufgeregt und leicht ruhelos. Endlich sprang ich über meinen Schatten und redete mit ihm.

»Ich bin so nervös, Peter. Ich kann noch gar nicht glauben, dass das hier wirklich passiert!«

Ja, es war Realität geworden. Nach so einer langen Zeit, in der wir nur über Chats und E-Mails kommuniziert hatten, tat es richtig gut, einmal in Echtzeit miteinander zu sprechen und sich auszutauschen. Ich hatte natürlich auch schon vergessen, wie seine Stimme klang. Verständlich, nach so einer langen Zeit. Aber sie hörte sich ziemlich sexy an, das musste ich zugeben. Wahrscheinlich war sie das für mich, da ich ihn mittlerweile außerordentlich anziehend fand.

An diesem Abend redeten wir mindestens drei Stunden lang miteinander. Im Grunde hätte ich viel früher aufhören müssen, aber es war einfach zu wundervoll. Ich wollte am liebsten gar nicht mehr auflegen. Er schien ebenfalls ganz betrübt, als wir beschlossen, das Gespräch zu beenden.

So startete unsere gemeinsame Zeit. Von nun an *sahen* wir uns fast jeden Tag. Stundenlang. So wenig hatte ich schon lange nicht mehr geschlafen, aber die Vernunft siegte einfach nicht gegen diese tollen Augen und das wahnsinnig anziehende Lächeln.

Nach und nach erzählte ich meinen Freunden von Peter und sie fanden die Geschichte, die hinter unserem Flirt steckte, sehr spannend. Nur wusste keiner so recht, wo sie hinführen sollte. Ich ebenfalls nicht. Wir beide unterhielten uns viel darüber, dass es schwierig sei, ein richtiges Gefühl füreinander zu bekommen. Aber wir mochten uns einfach so wahnsinnig gern, dass wir den Kontakt auf keinen Fall aufgeben wollten.

»Ich habe mich schon etwas in dich verguckt, Joyce. Es wäre so schön, mehr und vor allem *echte Zeit* mit dir zu verbringen!«

Er war so ein Charmeur und brachte mich immer wieder zum Lachen. Nach dem, was ich bereits über ihn wusste, war ich mir sicher, dass man mit ihm wahrhaft Pferde stehlen konnte. Mit Peter würde es ganz klar nie langweilig werden, da er unternehmungslustig war und den Nervenkitzel ab und an brauchte. Zum Beispiel beim Gleitschirmfliegen. Er war ein echter Jackpot, so wie ich ihn einschätzte. Ich bekam so viele schöne und auch ernst gemeinte Komplimente von ihm, dass ich teilweise gar nicht damit umgehen konnte. Das war ich nicht gewohnt. Mir war klar, dass er ein wenig zu dick auftrug, aber es lief jedes Mal trotzdem hinunter wie Öl.

Wieder einmal chatteten wir mit Video und sahen uns eine Zeitlang nur an. Beide waren wir schon so vernarrt ineinander, dass es gar nicht mehr vieler Worte bedurfte. Wir redeten über unsere Arbeit und alles, was uns täglich passierte. Bedauerlicherweise war der Zustand seines Vaters immer noch nicht besser geworden. Das tat mir unfassbar leid. Peter lenkte erneut davon ab – anscheinend wollte er nicht so gerne ausgiebig darüber sprechen. Es beschäftigte ihn in letzter Zeit wohl sehr. Den Gefallen tat ich ihm und änderte das Thema. Ich erzählte, dass ich mich am darauffolgenden Samstag mit meinen Freunden zum Karaokeabend in unserer Bar verabredet hatte. Das machten wir einmal im Jahr. Für viele wäre das ein eher schlecht durchdachtes Abendprogramm gewesen, doch wir fanden es immer lustig und unterhaltsam. Ihm gefiel die Idee und er sagte, dass er mir so gerne dabei Gesellschaft leisten würde.

»I miss you, my sweet Honeybee!«

Ich fehlte ihm, und er nannte mich mittlerweile oft so, da er der Meinung war, ich wäre so süß wie eine Honigbiene. Und so, wie er es sagte, musste es echt sein. Ich vermisste ihn ebenfalls. Sehr sogar! Wenn man sich so intensiv mit einem Menschen austauschte, wollte man ihn auch ganz nahe bei und für sich haben. Ehrlich gesagt, hätte ich so gerne endlich ein echtes Date mit ihm gehabt, bei dem ich ihn einfach nur umarmen und ihm richtig in die Augen sehen konnte. Der Gedanke daran fiel mir in der letzten Zeit immer schwerer, da dies wohl nicht so schnell passieren würde. Das lag auf der Hand. Immerhin waren wir mit unserer Sehnsucht nacheinander nicht allein.

Es kam der besagte Abend, an dem Karaoke geplant war, und ich hatte schon den ganzen Tag über nichts mehr von Peter gehört. Besser gesagt, er hatte nicht geantwortet. Sehr ungewöhnlich für ihn, doch ich vermutete, dass er in einem langen Meeting steckte oder es ein arbeitsreicher Tag für ihn war. Da konnte er manchmal nicht antworten. Erst war ich etwas mies gelaunt deswegen, aber meine Freunde munterten mich schnell auf und lenkten mich gekonnt von diesen Gedanken ab. Leider konnte Soph uns an dem Abend nicht Gesellschaft leisten. Wir tranken alle gemütlich unsere gemixten Longdrinks und lachten über die peinlichen Auftritte der meist absolut talentfreien Sänger. Jedes Mal die gleichen Verrückten, nur immer in anderen skurrilen Outfits, begleitet von einer äußerst unpassenden Songauswahl. Aber das tat gut. Einfach mal die Seele baumeln zu lassen und an nichts und niemanden zu denken. Die letzten Tage hatte es schon sehr an meinen Nerven gezerrt, dass Peter so unerreichbar schien, daher war ich nicht in bester seelischer Verfassung. Ich wusste nicht recht, wo das noch hinführen sollte, aber den Kontakt abbrechen konnte ich auf keinem Fall. Dafür war er mir schon zu wichtig geworden und die Sehnsucht nach ihm zu groß. Niemand hätte es momentan geschafft, bei mir zu landen. Mein Herz gehörte bereits ihm. Doch er war fast achttausend Kilometer entfernt von mir. Viel zu weit. Ich hätte vor einiger Zeit nicht gedacht, dass ich mich so schnell – oder überhaupt wieder – auf einen Mann einlassen würde. Aber nun ja, was sollte man dazu sagen … das Herz machte oft einfach das, was es wollte!

Ich versuchte mich also an dem Abend auf andere Dinge zu konzentrieren. Das funktionierte recht gut. Wir bewegten uns zur schrägen Musik und erfreuten uns an der gegenseitigen Gesellschaft. Gerade waren wir gute Freunde, die die Zeit unbeschwert miteinander genossen. Ich tanzte, wie ich schon lange nicht mehr getanzt hatte. Ganz frei und ohne wirre Gedanken im Kopf. Nachdem ich meinen coolsten Dance-Move am Ende eines Liedes ausgepackt hatte und vor lauter Drehung kurz ein Schwindelgefühl verspürte, hörte ich etwas Vertrautes. Erst konnte ich es nicht ganz deuten, doch nach einigen Sekunden erkannte ich es. Es war der Anfang eines Songs, der mich in der letzten Zeit oft berührt hatte. Peters Lieblingslied!

Eine Gänsehaut überzog meinen Körper. Ich hatte ihn doch bisher so gut vergessen können, und dann kam dieser Song! Die Melodie stimmte mich jedoch fröhlich – ich schloss die Augen und war ganz hin und weg. Ich musste schlagartig ein wenig mit den Tränen kämpfen. Mein Blick wanderte nicht auf die Bühne, und das wollte ich auch gar nicht, da jemand gleich dieses wundervolle Lied so schrecklich verunstalten würde, wie es die anderen Entertainer davor ebenfalls mit ihrem Gekrächze getan hatten. Ich genoss die kurze Zeit, in der noch nicht gesungen wurde – das war ein sehr wohltuender und fast intimer Moment für mich.

Dann setzte der Gesang ein. Er war unerwartet angenehm. Diese Stimme klang vertraut, und ich wollte jetzt unbedingt auf die Bühne sehen. Doch alle Gäste standen auf einmal rund um den Sänger herum. Da ich nicht die Größte war, musste ich mich nach vorne durchquetschen. Endlich dort angekommen, befand sich der Interpret leider nicht mehr auf der Bühne. Ich sah ihn nicht, hörte nur seinen Gesang. Warum war mir die Stimme so vertraut vorgekommen?

Sie wurde stetig lauter und bei der Textzeile *Because I'm still in love with you* stand auf einmal jemand ganz dicht hinter mir. Plötzlich ahnte ich etwas und ich hielt mal wieder, wie immer in solchen Situationen, die Luft an. Ich drehte mich langsam und etwas unsicher um – und es war tatsächlich so, wie ich vermutet hatte. *Er* stand mit seinem Mikro direkt vor mir. Peter. Mein Peter.

Mein Schwarm befand sich wahrhaftig vor mir und hielt eine rote Rose in der Hand, die er mir daraufhin freudestrahlend entgegenstreckte. Er sagte: »Surprise, my little Honeybee«, ins

Mikrofon. Nun konnte ich es nicht mehr aufhalten, es liefen mir sofort Freudentränen meine Wangen hinunter. Die Menge klatschte überschwänglich für uns und fing den Moment ebenfalls ein. Mit so einer Überraschung hätte ich im Leben nicht gerechnet! Er strahlte mich übers ganze Gesicht an und ich umarmte ihn stürmisch, mit Sicherheit zehn Minuten lang. Ich wollte ihn nicht mehr loslassen. War das ein überwältigendes Gefühl! Der Mann, nach dem ich mich so sehr sehnte, hatte mich unerwartet überrascht und ich konnte ihn wahrhaftig anfassen. Ich war gerade die glücklichste Frau auf der Welt. Endlich konnte ich ihn in den Arm nehmen und nicht nur auf dem Bildschirm meines Laptops ansehen.

Ich zitterte überall und spürte, dass er ebenfalls extrem nervös war. Er konnte nach dieser Aktion kaum noch singen und drückte mich ganz fest an sich. So innig hatte mich lange kein Mann mehr umarmt. Wahrscheinlich auch, weil schon eine Zeitlang niemand so viele Gefühle in mir geweckt hatte, wie Peter. Als wir die Umarmung lösten, flippte ich komplett aus. Ich war so überglücklich, nichts hätte meine Stimmung an diesem Abend noch trüben können. Ich fragte ihn, warum er mich nicht eingeweiht hatte, wie lang er denn bleiben würde und ob er nur wegen mir hierhergekommen war.

Peter verkündete stolz: »Aber das ist doch offensichtlich. Nachdem du mir das mit dem Karaokeabend erzählt hast, habe ich gleich heimlich einen Flug nach Frankfurt gebucht. Deswegen habe ich mich auch den ganzen Tag noch nicht gemeldet. Ich war unterwegs – zu dir!«

Hätte ich das gewusst, hätte ich die Stunden davor nicht Trübsal geblasen. Aber so überrascht zu werden, das hatte schon etwas für sich. Ich wusste nicht, wann ich mich jemals so ausgiebig gefreut hatte.

Ich stellte Peter gleich meinen Freunden vor, und er wich mir den ganzen Abend nicht mehr von der Seite. Unsere Clique hatte sein Handeln natürlich ebenfalls mitbekommen und war sichtlich beeindruckt von seinem Einsatz. Schließlich gehörte auch Mut dazu, vor so vielen Leuten zu singen. Er gestand mir allerdings, dass er am nächsten Tag leider schon wieder abreisen musste, daher wollte ich jede Sekunde mit ihm genießen und ihn einfach nur in meiner Nähe haben. Wir tranken alle auf seinen Besuch und feierten zusammen noch ein wenig diesen besonderen

Abend. Danach tanzten Peter und ich eng umschlungen zu einem sehr emotionalen Song.

Ich konnte es immer noch nicht fassen. Er hatte wirklich mehr mit mir im Sinn, sonst wäre so ein Kurzbesuch doch gar nicht rentabel gewesen. Er sah tief in meine Seele, und ich verlor mich in seinen dunkelbraunen Augen. Wir konnten nicht anders, wir mussten uns küssen. Nichts hätte uns mehr davon abhalten können. Es war der perfekte Zeitpunkt und die richtigen Gefühle im Spiel. Er tat mir so verdammt gut. Seine Lippen waren weich und sanft. Kaum hatten wir angefangen, konnten wir auch nicht mehr aufhören damit. So einen guten Küsser, der absolut auf mich einging, hatte ich selten gehabt. Ich wollte ihn nicht vergleichen, da es ein so unbeschreiblich himmlisches Gefühl war. Ich befand mich auf Wolke sieben, und von dort brachte mich so schnell auch keiner mehr herunter. Immer wieder kam mir der Gedanke: *Er ist wirklich hier.* Ich konnte es noch nicht ganz greifen. Wir kannten uns bereits in- und auswendig, es fehlte nur das echte, reale Date. Und das hatten wir jetzt. Endlich!

Der Abend verging wie im Flug. Peter und ich verschwanden später aus der Bar und fuhren zu meiner Wohnung. Da meine Aufmerksamkeit nur noch bei ihm lag, hatte ich wenig Alkohol getrunken. Daher war ich auch in der Lage zu fahren. Leider blieb er nur diese eine Nacht, deswegen hatte er nicht viel Gepäck dabei. Gut, dass mein Zuhause sich momentan nicht im totalen Chaos-Zustand befand, sodass ich Besuch einladen konnte. Wir betraten die Wohnung und schon begrüßte uns Jerry liebevoll. Peter kuschelte netterweise ein wenig mit ihm, während ich kurz alle Zimmer auf Unsauberkeiten abcheckte. Aber es gab grünes Licht für jeden Raum. Es lagen keine Schlüpfer, Müll oder ähnliche peinliche Dinge herum, daher konnten wir uns frei bewegen.

Wir legten uns auf mein Sofa und waren beide ein wenig nervös. Kurz darauf war es nahezu unmöglich, die Finger voneinander zu lassen. Bis zu diesem Abend wusste ich nicht, was für ein großes Verlangen ich nach ihm gehabt hatte. Nun wurde mir klar, dass ich Peter bereits absolut vertraute. Wir waren schon so vieles theoretisch im Kopf durchgegangen, da war es an der Zeit, endlich in die Praxis überzugehen. Ich fühlte mich in seinen Armen geborgen und wollte nur, dass dieser Augenblick nie endete. Er tat mir unheimlich gut, und wir knutschten immer wilder miteinander. Zwar passierte alles sehr schnell, aber wir folgten nur unseren Gefühlen. Nicht einen Moment dachte ich darüber nach, ob das Verhalten von Peter und mir angebracht war. Ich wollte ihn einfach nur an meiner Seite haben. Eine heftige Knutscheinlage später stand er auf, legte seine Arme unter meinen Kopf und beide Knie, hob mich hoch und trug mich daraufhin ins Schlafzimmer. Wir wussten, dass es nun weitergehen würde. Ich aß ihn regelrecht auf, und wir schlossen Jerry noch schnell aus dem Zimmer aus. Er musste schließlich nicht alles mitkriegen.

Am Bett angekommen, ließ Peter mich sanft hineinfallen und zog langsam sein Hemd vor mir aus. Als nach und nach seine Haut hervorblitzte, war ich baff wegen seines sexy Körpers und den leicht geformten Ansätzen eines Sixpacks. Er wirkte stark und muskulös. Ich verzehrte mich nur noch mehr nach ihm. Da ich schon eine Weile keinem Mann mehr nahegekommen war, wirkte ich ein wenig unsicher. Doch diese schwache Angst nahm Peter mir gleich wieder. Er legte sich zu mir und küsste sanft meinen Hals. Dann wurde es immer intensiver. Die vielen Gefühle und die Aufregung brachten unsere Körper zum Beben. Voller Lust ließ ich mich komplett auf dieses Spiel ein und gab mich Peter ganz hin. Er zog mich genüsslich aus. Ich wusste, Sex würde unsere Liebe noch lebendiger werden lassen. Endlich waren wir beide nackt, und er wollte, dass ich liegen blieb. Peter machte mich mit seinen Berührungen total wuschig, und er fand viele Knöpfe, die mich stetig wollüstiger machten. Danach übernahm ich kurz die Kontrolle. Selbstbewusst stand ich auf, schmiss ihn aufs Bett und fing an, ihn am gesamten Körper zu liebkosen. Ich war nicht sonderlich behutsam, da ich merkte, wie sehr er darauf abfuhr. Peter war erregt und konnte sich nicht mehr beherrschen. Er legte seine muskulösen Arme erneut um mich und wir tauschten mit einem sanften Ruck wieder den Platz.

Danach ging es zur Sache. Länger hätten wir beide auch nicht mehr warten können. Wir waren in diesem Moment unfassbar glücklich und wollten uns so nahe sein, wie es nur möglich war. Und das waren wir. Das war das Beste, das mir seit geraumer Zeit passiert war. Er befriedigte mich umfangreich. Man hätte meinen können, wir hätten schon oft miteinander geschlafen. Dieses Erlebnis mit Peter machte unser Band nur noch stärker. Die Gefühle übermannten mich. Ich musste mir einmal kurz in die Hand zwicken, um das alles zu realisieren.

Nach einer langen und äußerst reizvollen Nacht, inklusive einiger Orgasmen und Wiederholungen, schmiegte ich meinen Kopf in seinen Arm. Die Welt hätte um uns herum untergehen können, wir hätten es nicht bemerkt. Es war so klar – und doch so unklar. Wir wussten, wir wollten uns. Nicht nur im Bett, sondern im Leben. Dass meines sich so schnell und radikal verändern würde, hätte ich nie zu träumen gewagt. Vor allem war das Thema Männer für mich vor Kurzem noch ein rotes Tuch gewesen. Nun lag ich da mit dem attraktiven Peter, der mich aus voller Überzeugung überrascht hatte und mich so mochte, wie ich war. Nur gab es leider weiterhin das alte Problem, das wir in dieser Nacht komplett ausgeblendet hatten – Orlando. Er lebte so viele Kilometer von mir entfernt. Für mich war klar, wir gehörten zusammen. Keiner von uns verlor ein Wort darüber. Wir wollten nicht mehr voneinander getrennt sein. Wir waren verliebt.

Am nächsten Tag holte uns die Realität wieder ein. Er weckte mich mit einem liebevollen Kuss auf die Stirn und sagte: »Good morning, my love. Du siehst so süß aus, wenn du schläfst.«

Morgens sah ich garantiert nicht süß aus. Peter musste wohl schon sehr verliebt in mich sein, um so etwas zu behaupten. Es war überwältigend, mit ihm aufzuwachen. Es hatte lange niemand mehr neben mir gelegen. Und vor allem nicht so ein hübsches Exemplar. Peter war der Inbegriff eines Traummannes. Ich hätte ihn den ganzen Tag ansehen können. Er zog mich unfassbar an. Sein Äußeres, sein Charme, wie er roch und auch die Art, wie er sich bewegte. Alles war makellos an ihm. Fast zu perfekt. Zumindest empfand ich das so. Wir frühstückten gemeinsam und lagen ein paar Stunden zusammen herum, knutschten und redeten. Da Orlando sich zeitlich gesehen hinter uns befand, hatten wir noch ein wenig mehr Spielraum, sonst hätte er früher nach Hause fliegen müssen. Wir genossen jede verfügbare Sekunde miteinander und konnten uns nicht vorstellen, wieder getrennt voneinander zu sein. Dafür waren die gemeinsamen Stunden zu atemberaubend gewesen. Doch leider holte uns die Zeit ein, und Peter machte sich fertig für die Fahrt zum Flughafen. Diese Situation war mir mehr als bekannt. Wir hatten uns schon einmal verabschieden müssen, als er seinen Flug hatte erwischen wollen. Als er damals auf der Parkbank plötzlich aufgestanden war, war das ein sehr abruptes Ende gewesen. Hallo Déjà-vu!

Aber ich konnte es nicht ändern. Selbstverständlich brachte ich ihn zum Flughafen und fing bei der Hinfahrt bereits zu weinen an. Ich konnte es nicht verbergen – im Abschiednehmen war ich schon immer eine Niete Ich wollte ihn nicht gehen lassen und mich nicht erneut von ihm trennen müssen. Natürlich war es eine Wahnsinnsidee von Peter gewesen, mich zu überraschen. Aber genauso wunderbar wie es war, ihn gestern endlich in den Armen zu halten, so furchtbar traurig war es heute, ihn wieder gehen zu lassen.

Wir standen vor dem Check-In. Bevor er in den Sicherheitsbereich hineinging, drückte er mich noch einmal ganz fest. Ich bekam fast keine Luft, aber das war gerade völlig nebensächlich. Mein Liebster musste mich zurücklassen. Ihm fiel es genauso schwer, wie mir.

»Ich habe nicht damit gerechnet, dass es so außergewöhnlich schön bei dir werden würde.« Er sah mich an, und ich wusste, er wollte noch etwas sagen. Allerdings brachte er kein Wort heraus.

»Was ist los mit dir, Peter? Ist alles in Ordnung, oder ist es, weil du schon wieder wegmusst?«, fragte ich fürsorglich, denn er wirkte unglaublich angespannt.

Er grinste und fühlte sich ein wenig ertappt, doch dann rückte er mit der Sprache heraus.

»Willst du meine Freundin sein? Am besten – für immer?«

Kapitel 6 Angekommen

Ich konnte es nicht fassen. Wie ein Baum stand ich regungslos da.

Was hatte er gerade gesagt. Er wollte eine feste Beziehung und meinte es ernst mit mir.

Dass wir schon so weit waren, ahnte ich nicht. Wir hatten eine besondere Bindung zueinander aufgebaut, ja. Auch hatten wir bereits lange Kontakt. Trotzdem hatte ich nicht damit gerechnet. Vor allem, weil ich der Liebe vor einiger Zeit abgeschworen hatte. Dass sich dies so schnell ändern würde, hätte ich im Leben nicht gedacht. Kaum verließen diese Worte seinen Mund, konnte ich nicht mehr aufhören zu strahlen. Ich war so überrascht und perplex, aber auch glücklich. Die letzte Nacht und der gesamte Abend waren atemberaubend gewesen, und unsere Verbindung war deutlich zu spüren. Ob eine Beziehung auf Distanz funktionieren konnte? Wir hatten nicht mehr darüber gesprochen, wie eine gemeinsame Zukunft im Hinblick auf die jeweiligen Wohnorte aussehen könnte. Ich war verwirrt und gleichzeitig so froh, dass er diese Worte ausgesprochen hatte. Ich fing mich wieder und versuchte, nicht weiter zu überlegen, was wäre, wenn, und antwortete ihm einfach aus dem Bauch heraus.

»Okay!«, verkündete ich überschwänglich. »Ich mag dich wirklich sehr und habe mich auch ein wenig in dich verknallt, Peter. Danke, dass es dich gibt!«

Nach diesem Geständnis wirkte er sofort erleichtert und es schien, als wäre ihm ein Stein vom Herzen gefallen. Ehrlicherweise hatte ich mich in der Zeit, in der wir in Kontakt standen, bereits in ihn verliebt. Und seit gestern Abend war das letzte kleine Zweifeln in mir verpufft. Einzig und allein die Tatsache, dass er so weit weg wohnte und lebte, ließ mich meine Gefühle länger unterdrücken. Jetzt sprach ich aus, was tief im Innersten verborgen lag. Wir küssten uns noch einmal innig zum Abschied, und er ging daraufhin erhobenen Hauptes durch die Pforte. Er drehte sich filmreif ein letztes Mal zu mir um. Ich sah sein zum Niederknien schönes Lachen in seiner vollen Pracht. »Bis bald, meine Hübsche.«

Danach verschwand er hinter einer Mauer. Peter war weg. Wieder einmal.

So wie es schien, waren wir nun tatsächlich ein Paar. Jetzt konnte ich mich nicht mehr zurückhalten. Alle Schleusen öffneten sich und ich vergoss bittere, dicke Tränen. Als er erneut zurückgeblickt hatte, hatte ich gesehen, dass es ihm ebenfalls naheging. Er hatte seine feuchten Augen nicht verbergen können. Keiner von uns wollte den Abschied, aber wir konnten es beide nicht verhindern. Er musste zurück und Geschäftliches regeln. Sonst wäre sein Aufenthalt bei mir in Frankfurt mit Sicherheit länger ausgefallen. Wir wussten nicht, wie es nun weitergehen würde, da das mit uns nun alles rasch Fahrt aufnahm und wir noch kein Wort über weitere Schritte gesprochen hatten. Bisher hatten wir in unseren Telefonaten nur immer theoretisch darüber philosophiert, wie sehr wir uns wünschten, uns zu sehen und gemeinsam etwas zu unternehmen. Über so viele Dinge hatten wir uns schon tausendfach ausgetauscht, aber dieses eine Thema hatten wir bisher gekonnt vermieden. Leider, wie mir nun bewusstwurde. Oder besser gesagt – Gott sei Dank?

Er war nicht mehr zu sehen. Ich stand völlig neben mir und setzte mich erst einmal auf eine Bank. Das Geschehene musste ich nun verarbeiten. Bis gestern hatte ich nicht gewusst, dass er vorbeikommen und mich überraschen würde. Hätte mir vorab jemand erzählt, dass ich mich quasi über Nacht unsterblich verlieben würde, hätte ich denjenigen gehörig ausgelacht. Doch das Schicksal schlug manchmal einfach zu. Unverhofft und ohne Vorwarnung. Seit Langem befand ich mich wieder in einer Beziehung mit einem außergewöhnlichen Mann und wollte Luftsprünge machen. Aber diese unzähligen Kilometer zwischen uns bereiteten mir Sorgen. Wie sollte das bloß funktionieren? Viele Fragen schossen mir durch den Kopf. Doch ich wusste eines ganz genau – ich vermisste ihn schon jetzt!

Nach einem spontanen Telefonplausch mit Soph, bei dem ich ihr leicht schluchzend alles in Kurzfassung berichtete, fuhr ich nach Hause. Ich war am Boden zerstört. Der Startschuss für unsere Liebe war gefallen. Das Verlangen nacheinander war so unendlich und beide hätten wir gerne noch ein wenig mehr Zeit zusammen verbracht. Aber dieser Wunsch konnte vorerst nicht in Erfüllung gehen. Ich versuchte mich auf den Verkehr zu konzentrieren. Endlich daheim angekommen, wartete Soph schon vor meiner Tür. Die perfekte beste Freundin! Sie gab mir einen dicken Drücker und ging mit mir hinein. Wir redeten über das vergangene Wochenende und ich erzählte ihr von seiner Frage an mich, und dass wir nun ein Paar waren – ganz offiziell.

Soph freute sich mit mir, merkte aber, dass mir in dem Augenblick nicht weiter nach reden zumute war. Sie blieb noch ein bisschen und ließ mich dann allein. Allein mit meinen tausend Gedanken, Hoffnungen und Ängsten. Ich legte mich seitlich ins Bett und Jerry tröstete mich etwas. Die bedingungslose Liebe eines Haustieres half oft.

Wir hatten ein wenig gekuschelt, und ich war in meiner Trauer gefangen. Kurze Zeit später hatte er aber Hunger bekommen und verlangte nach seiner Abendmahlzeit. Er sprang aus dem Bett, und ich wusste, wenn er jetzt nichts zu essen bekam, würde selbst der liebste Kater zur kleinen Furie werden. Ich stand auf und bemerkte plötzlich, dass ich mit meinem Fuß an etwas Weichem hängen blieb. Verwundert hob ich es auf – es war Peters schwarzes Shirt, welches er am Abend zuvor getragen hatte. Nachdem er es mit langsamen

Bewegungen vor mir ausgezogen hatte, musste er vergessen haben, es wieder einzupacken. Ich legte es kurz ab und gab Jerry erst einmal sein wohlverdientes Mahl. Dann ging ich zielgerichtet zurück zum Bett, nahm das Shirt und roch wie ein verliebter Teenie innig daran. Es duftete so verführerisch nach ihm, dass ich fast dachte, er wäre direkt neben mir. Peter. Mein neuer, fester Freund. Verrückt!

Ich hätte alles getan, um ihn bei mir zu haben. Leider war das nur eine Illusion. Ich verbrachte die ganze Zeit damit, eingehüllt in meiner Decke und riechend an seinem Shirt, die Erinnerungen des letzten Abends wieder aufzurufen. Mir kamen die zarten Berührungen und das große Verlangen nacheinander erneut in den Sinn. Diese Leidenschaft, die wir beide verspürten, als wir miteinander geschlafen hatten. Es war ein unvergessliches Erlebnis gewesen, welches ich gerne wiederholen würde. Ich fiel, mit Peter in meinem Kopf, in den Schlaf.

Das Nächste, woran ich mich erinnerte, war das Klingeln meines Weckers. Wie immer schellte er viel zu früh. Die Arbeit rief, und ich wollte mich keinen Meter aus dem Schlafgemach hinausbewegen. Es war so bequem und warm. Außerdem befand sich Peters Geruch noch in meiner Nase. Aber nein – es musste leider sein.

Wie ein Zombie schleppte ich meinen faulen Körper zum Badezimmer und versuchte, mich zu pflegen. Die Dusche half überhaupt nichts. Selbst der eiskalte Strahl am Schluss brachte den Kreislauf nicht annähernd in Schwung. Nach einem Fünf-Minuten-Make-up stapfte ich los zu meinem wahnsinnig aufregenden Business.

Auf dem Weg dahin bekam ich eine E-Mail aufs Handy. Der Ton allein stimmte mich glückselig, weil es meistens Peter war, der schrieb. So wie auch dieses Mal.

Er erzählte, dass er gut angekommen war und sich noch etwas hinlegen würde, bevor es bei ihm ebenfalls wieder zur Arbeit ging. Außerdem bedankte er sich für das wahnsinnig aufregende Wochenende mit mir und meinte, dass er sich gerne länger für den Besuch Zeit genommen hätte:

Ich vermisse dich. Unglaublich, dass du jetzt die Frau an meiner Seite bist.

Was für ein Text von ihm. Ja, das konnte ich ebenfalls nicht fassen. Wir waren ein Pärchen, das sich voraussichtlich extrem selten sehen würde. Das negative Denken wollte ich abschalten, doch ging es mir einfach nicht aus dem Kopf. Der 19. März war der Tag, an dem wir zusammengekommen waren und ich hoffte, dass es nicht allzu lange dauern würde, bis wir uns das nächste Mal in die Arme schließen konnten.

Gerade konnte ich ihm nicht antworten, da ich bereits unterwegs in die Arbeit war. Ich schrieb ihm sofort, nachdem ich geparkt hatte, zurück. Mir fiel nichts ein, was ich schreiben hätte können. Meine Nachricht bestand nur aus:

Ich habe mich wahnsinnig über deinen Überraschungsbesuch gefreut. Du bist in jeder Sekunde in meinen Gedanken.

Das entsprach auch der Wahrheit. Es war schön, von ihm zu hören, andererseits machte ich mir mittlerweile umfassend Sorgen, wie wir das mit uns in Zukunft gestalten würden.

An meinem Schreibtisch angekommen, fing ich erst einmal langsam an. Ich holte mir einen Muntermacher-Kaffee und setzte mich an den PC. Dort sortierte ich E-Mails aus und tat so, als würde ich produktiv arbeiten. Doch das Einzige, das mich beschäftigte, war Peter. Wie so oft in letzter Zeit. Er bestimmte mein Leben und ich ließ mich zu leicht dadurch ablenken. Ich beschloss, heute früher Feierabend zu machen. Ich hatte bereits genug

Überstunden angesammelt, daher war dies kein großes Problem. Meine Kollegen hatten in der Angelegenheit kein Mitspracherecht, und ich hatte das Gefühl, dass sie ohnehin unspektakuläre Privatleben hatten. Und da es in unserem Unternehmen Gleitzeit gab, konnten alle ziemlich frei darüber bestimmen. Dennoch fing ich jeden Tag pünktlich um sieben an. Das wussten auch die Kollegen, und mein Chef war es gewohnt, dass ich um diese Uhrzeit für ihn greifbar war.

Als ich dort so saß, schickte mir Peter ein Bild. Ich öffnete es aufgeregt. Es war ein Foto, auf dem ich seelenruhig schlief. Er hatte es wohl am Morgen seiner Abreise still und heimlich geschossen. Er hatte bereits erwähnt, dass er mich süß fand, wenn ich träumte. Aber dass er das festgehalten hatte, hatte ich nicht mitbekommen.

Das ist mein neuer, bezaubernder Bildschirmhintergrund auf meinem Handy.

Diese herzlichen Worte schrieb Peter in seiner Nachricht, zusätzlich versehen mit einem Kuss-Smiley. Das war schon etwas schnulzig von ihm, doch ich empfand es als eine liebe Geste. Ich schickte ihm nur ein lachendes Gesicht zurück und würde mich später bei ihm ausführlicher melden. Schließlich wollte ich jetzt nach Hause gehen.

Meine *Kitty* brachte mich sicher heim. Ich ruhte mich erst einmal kurz aus. Dieses ganze Nachdenken und das große Gefühlschaos trübten meine Stimmung.

Ich schlief etwa für eine Stunde und bekam von der Außenwelt nichts mehr mit. Diese kurze Auszeit brauchte ich jetzt und es tat gut, heute die meiste Zeit ohne Ablenkung allein zu verbringen.

Eine neue Mitteilung von Peter weckte mich dann aus dem Nickerchen.

Willst du mich sehen? Jetzt?

Nachdem ich diese Worte gelesen hatte, war ich schlagartig wach! Er hatte doch nicht schon wieder das Gleiche getan?

Leider war dem nicht so. Er wollte videochatten, um mich wenigstens sehen zu können. Ich wollte ihm ebenfalls in seine geheimnisvollen Augen blicken, daher stimmte ich zu. Schnell verschwand ich noch einmal im Bad, um mich für ihn frischzumachen. Danach erschien sein Anruf auf dem Bildschirm, gleich nachdem ich meinen Laptop eingeschaltet hatte. Ich nahm sofort an. Er sah unwiderstehlich aus, wie immer, und grinste über beide Ohren, als er mich erkannte. Mir ging es genauso, und just in dem Moment waren die negativen Gedanken, die ich den ganzen Tag lang gehabt hatte, wie weggeblasen. So hatte mich seit Jahren kein Mann mehr seelisch berührt. Er gab mir das Gefühl, etwas Besonderes zu sein und das machte ihn umso attraktiver. Wir redeten über eine Stunde miteinander, obwohl er in der Arbeit saß, aber da er sozusagen der Juniorchef war, hatte er sein eigenes Büro und konnte sich so genügend Zeit nehmen, wenn es seine Termine gerade zuließen. Genau das hatte ich gebraucht. Unser Telefonat beruhigte mich enorm. Er musste zwar ab und zu ein paar kurze Anrufe annehmen, aber das störte uns nicht weiter.

Mir fiel nach einer Weile auf, dass um seine Hand herum ein kleiner Verband gewickelt war. »Peter, was ist denn passiert?«, erkundigte ich mich bei ihm. Gestern hatte er noch nichts Derartiges gehabt. Er erklärte sich: »Heute hat mir ein Arbeitskollege aus Versehen die Hand in der Tür eingequetscht, ausgerechnet vor einem wichtigen Meeting. Da es doch eine stärkere Verletzung war, musste ich zum Check ins Krankenhaus und konnte deshalb das Treffen nicht mehr wahrnehmen. Mein Cousin Scott hat sich aber vertretungsweise darum gekümmert und das Meeting in meinem Namen abgehalten.«

Ich japste kurz auf, da er mir leidtat.

Nach einer Pause fuhr Peter fort: »Es ist nicht so schlimm, es schmerzt nur ein wenig, meine Kleine. Ich schaffe das schon, du brauchst dich nicht um mich sorgen.«

Dass die Blessur wehtat, konnte er nicht verbergen. Bei jeder Handbewegung machte er ein leicht verzerrtes Gesicht. Ich hatte mich zuvor ebenfalls ein paarmal bei meinem Auto in der Tür eingezwickt und das war immer recht unangenehm gewesen. Die Schmerzen, wenn die Hand von einer normalen Türe mit Schwung eingequetscht wurde, waren sicher noch stärker. Ich sorgte mich um ihn. Sein Montag hatte also auch nicht besser angefangen, als meiner. Wir vermissten uns und waren beide etwas neben der Spur. Wir sprachen davon, wie und wann wir uns das nächste Mal sehen könnten, doch Peter konnte mir wegen der Erkrankung seines Vaters keinen genauen Zeitpunkt dafür nennen. Es ging ihm leider unverändert. Und das bedauerlicherweise nicht im positiven Sinne.

»Ich verstehe das und warte geduldig«, beruhigte ich Peter. Mit betrübter Stimme fuhr ich fort: »Hoffentlich können wir uns bald wieder in die Arme nehmen. Ich sehne mich nach deinen Berührungen!«

»Me, too, Joyce, me, too«, antwortete er auf meinen Wunsch.

Kurz darauf beendeten wir das Gespräch, und mir war klar, dass er unter diesen Umständen nicht mehr so schnell Gelegenheit haben würde, nach Frankfurt zu reisen. Sollte ich überlegen, wann ich ihn besuchen kommen konnte?

Ich versuchte diese Gedanken als Selbstschutz vorerst wieder einmal zu verdrängen und freute mich über unser Telefonat. Nachdem wir uns gesehen hatten, ging es mir jedes Mal fantastisch. Ich war so mehr an seinem Leben beteiligt, auch wenn ich nicht vor Ort in Orlando war.

Danach lenkte ich mich zu Hause mit Wäsche waschen und Co ab und erledigte einiges im Haushalt, da ich die letzten Tage nicht mehr damit nachgekommen war. Ein beruhigendes Gefühl. Oft war man zu faul, um sich um das Alltägliche zu kümmern. Peter fehlte mir wahnsinnig, aber den Kopf in den Sand zu stecken, dafür war jetzt nicht der richtige Zeitpunkt. Nach getaner Arbeit nahm ich ein Entspannungsbad und einige ausgetauschte Nachrichten später lag ich im Bett und döste wieder einmal total geschafft ein. Das heiße Bad hatte meinen Körper so gelockert, dass ich mich in einer Art Trance befand. Das half mir allerdings, tief und fest einzuschlafen.

Doch als ich aufwachte, fühlte ich mich erneut, als hätte ich kein bisschen Schlaf abbekommen. *Wie vom Bus überfahren* hätte meinen Zustand am passendsten beschrieben. Anscheinend fiel es mir schwer, die Nächte allein zu verbringen, ohne einen gewissen Jemand an meiner Seite. Aber das war nur ein Wunsch. Kaum die Augen aufgemacht, schaute ich aufs Handy, ob sich mein lieber Schatz noch einmal gemeldet hatte. Das hatte er – und wie!

Ich öffnete die Mail, und das Geschriebene sah aus wie ein Gedicht. Freudestrahlend richtete ich mich auf und las es mir langsam und in aller Ruhe mit einem breiten Lächeln auf den Lippen durch:

My lovely Joyce,

I totally love the sound of your voice.
I miss you like crazy
because you are my baby.

Honeybees are not as sweet as you are
because in my eyes you are the star!

Why can´t you be here with me -
can you imagine how wonderful this would be?

Never ever wanna loose you, my sweetheart
you are so gorgeous and smart.
You & me together -
that´s how I wanna live forever!

I just want you to know that I care
because you are not here.
Would love to give you a big hug, my love
for me that would be absolutely enough.

I just wanted to let you know
that I will never go.
I am yours - no matter what´s happening
even if I have to sing.

I hope you feel the same way
still when my hair is turning grey :)
My Love, I´m thinking about you all day long
especially when I hear our song.

Hope you liked this little poetry
because it hadn´t been that easy for me.
Joyce, there is just one thing left to say:
You´re in my heart - each and every day!

Love, Peter

Beim Lesen dieser Worte schossen mir blitzartig Tränen in die Augen. Ich war gänzlich gerührt. So ein langer Liebesbrief – und das von einem Mann! Man merkte, dass Peter den Text aus vollem Herzen geschrieben hatte. Was für ein inniger Liebesbeweis.

Es haute mich von den Socken. Vor lauter Rührung musste ich eine kurze Pause zum Schnäuzen einlegen. Die Tränen liefen geradewegs hinunter wie bei einem Wasserfall. Ich las das Gedicht erneut durch und das Lächeln blieb wie festgewachsen in meinem Gesicht. Mit so einer Überraschung wurde man doch gerne am Morgen geweckt. Schöner konnte ein Tag fast nicht beginnen – außer natürlich, man wachte mit dem Traummann an seiner Seite auf. Er hatte sicher ewig daran gesessen, so etwas schrieb man nicht einfach mal auf die Schnelle. Vor allem als Mann nicht. Allein, dass er auf diese Idee kam, war für mich einzigartig. Aber vielleicht war Peter tatsächlich anders als meine Verflossenen. Wenn ich so zurückdachte, fiel mir keine männliche Bekanntschaft ein, die mir jemals in vergleichbarer Form so ein Gefühl mit etwas Geschriebenem gegeben hatte. Ich war endlich angekommen!

Kapitel 7
Detailliert verwirrt

Der nächste Tag brach an, und ich wollte nur noch eines – zu Peter!

Die herzzerreißenden Zeilen, die er mir mit all seinen Emotionen darin gewidmet hatte, waren wie eine Droge für mich. Heute lief mir alles leichter von der Hand und jeder, dem ich begegnete, fragte, warum ich so außerordentlich gut gelaunt war. Meine Reaktion fiel immer gleich aus: »Der Frühling meine Lieben, der Frühling. Habt euch lieb!«

»Aha«, sagte eine Kollegin zu mir, »wohl eher, die Frühlingsgefühle, richtig, Joyce?«

Sie kannte die Antwort darauf bereits. Mein Lachen im Anschluss verriet mich und ich konnte den eigenen Optimismus nicht verbergen.

Am Morgen hatte ich Peter gleich geantwortet. Ich wusste nicht, was man in so einem Fall zurückschrieb – und zwar so passend, dass man dieselben Gefühle einigermaßen widerspiegeln konnte. Mir fiel nur ein Satz ein, der spontan durch meinen Kopf schoss:

Du bist das Beste, das mir je passiert ist!

Die Nachricht versah ich noch mit einem kleinen roten Herzchen, wie man das heutzutage so machte.

Smileys sind die halbe Konversation, hatte mal jemand zu mir gesagt, und es stimmte teilweise. Schließlich konnte man durch Gesichtsausdrücke und Symbole gegenwärtig viel aussagen und sich per SMS mitteilen.

Den ganzen Arbeitstag über hatte ich noch nichts von ihm gehört. Einerseits war es gut, da ich mich so zumindest endlich wieder auf meine To-Dos konzentrieren konnte. Andererseits bekam ich auch gerne mehrmals am Tag ein Lebenszeichen von ihm. Das beruhigte mich, lenkte gleichzeitig jedoch ab.

Nach Feierabend fuhr ich kurz zu meinen Eltern, da ich mich dort schon viel zu lange nicht mehr hatte blicken lassen. Ich durfte natürlich wieder zum Abendessen bleiben und schlemmte den leckeren Nudelauflauf mit Hochgenuss. Mama sah mich nur einige Sekunden lang an und bemerkte meine Fröhlichkeit ebenso. Sie musterte mich eindringlich. Das tat sie jedes Mal, wenn sie wusste, dass etwas im Busch war. Ihre Blicke drangen in mein Innerstes, und so machte sie mir Druck zu erzählen, was auch immer es zu erzählen gab.

Kurz hielt ich inne. Mit einem Mal platzte alles wie ein Feuerwerk aus mir heraus. Ich erzählte meinen Eltern die ganze Geschichte mit Peter, und meine Mutter fieberte von der ersten Sekunde an mit. Mein Vater regte sich nicht sonderlich viel, und man merkte genau, wie es in seinem Kopf geradezu ratterte. Er war schon immer ein Skeptiker gewesen, was mich und das Thema potentielle Partner anging. Das war einfach der väterliche Beschützerinstinkt, der dabei geweckt wurde. Erst einmal die Sache von außen betrachten und dann eine Meinung darüber bilden. So war mein Paps. Meine Eltern waren bis dato immer ehrlich zu mir gewesen.

»Ach, Joyce, ich freue mich so für dich. Das klingt nach einem richtig tollen Kerl. Eines Tages wollen wir ihn auch kennenlernen«, bemerkte meine Mutter euphorisch. Für sie war sich zu verlieben eines der schönsten Dinge, die einem widerfahren konnten.

Nicht so mein Vater. Er sah keine Zukunft für uns, die funktionieren konnte. »Wie soll das bei der Entfernung denn bloß möglich sein?«, entgegnete er mit einem, wie ich fand, etwas zu scharfen Ton. »Es ist ja schön, dass du dich verliebt hast, meine Kleine. Meinst du wirklich, das ist es, was dich für immer glücklich machen kann?«

Das war ein Schlag ins Gesicht. Papa war zwar bereits seit jeher direkt gewesen, aber diese beiden Sätze trafen mich tief. Natürlich waren das bei Peter und mir nicht die besten Voraussetzungen für eine Beziehung. Das wusste ich selbst. Doch ich war verliebt und Verliebten sollte man, wie ich fand, zumindest anfangs eine mögliche Zukunft einräumen.

Ich antwortete nur trotzig: »Für den Moment macht er mich sehr glücklich. Dass er am anderen Ende der Welt wohnt, dafür kann ja niemand etwas, Paps. Lasst mich nur machen, ich passe schon auf mich auf!«

Meine Aussage beruhigte ihn nicht wirklich, doch das Thema war damit erst einmal vom Tisch. Was mir ganz recht war. Letztlich musste ich mich nicht für alles rechtfertigen. Ich aß den Nachtisch brav auf und machte mich dann auf zu meiner Wohnung. Es war auch Zeit, dem kleinen Samtpfötchen etwas Gutes zu tun. Außerdem war abends normalerweise immer Videochatten angesagt, daher konnte ich es kaum erwarten, die beiden Männer zu sehen.

Zwar hatte ich noch nichts von Peter gehört, doch ich war mir sicher, dass er unser abendliches Date nicht verpassen würde. Zu Hause angekommen, schmiss ich schon einmal den Laptop an und versorgte mein graues haariges Katerchen. Schnurrend schmiegte er sich an meine Füße, bis ich endlich sein Schälchen nach unten auf den Boden stellte. Ab dieser Sekunde war ich für ihn immer uninteressant.

Ich schrieb Peter eine Nachricht:

Ich hoffe, es geht dir gut. Wann hast du denn Zeit für unser Date?

Daraufhin ging ich schnell heiß duschen, um mich frischer zu fühlen und ein klein wenig aufzuwärmen. Als ich wieder zurück im Zimmer war, suchte mein Blick das Handy, um die lang ersehnte Mitteilung von ihm zu lesen. Online war er noch nicht am Laptop, daher musste vielleicht eine E-Mail eingegangen sein. Es war auch eine von ihm angekommen, allerdings eine weitaus traurigere, als ich mir erhofft hatte:

Darling, mein Vater ist gestorben. Es tut mir leid, ich kann heute nicht mehr mit dir telefonieren. Ich schreibe dir morgen wieder. Miss you.

Ich konnte nicht fassen, was ich da las. Sein Vater war verstorben und ich konnte gerade nicht für ihn da sein. Sofort musste ich weinen und wusste nicht, was ich tun sollte. Total orientierungslos irrte ich in der Wohnung herum und fragte mich, wie ich ihm jetzt helfen konnte. Ich lief unruhig auf und ab. Überlegte und überlegte.

Was machte man nur unter solchen bedrückenden Umständen? Sollte ich ihn anrufen oder ihn besser in Ruhe lassen? Doch er wollte offensichtlich nicht mit mir sprechen und musste seine Angelegenheiten klären. Wahrscheinlich wollte er seine Trauer erst einmal allein verarbeiten. Schließlich waren wir ja noch nicht jahrelang zusammen, und ich war erst seit Kurzem ein Teil seines Lebens. Aber ich wollte doch die Frau an seiner Seite sein. Die Frau, die ihm Halt und Kraft gab, auch wenn es einmal schwierig wurde. Leider konnte ich in diesem Moment gar nichts tun. Das begriff ich letztlich. Ich schrieb ihm nur zurück, dass ich an ihn dachte, und sprach ihm mein tiefstes Beileid aus.

Und eine große Umarmung für dich.

Das war´s. Mit mehr Input wollte ich ihn nicht ablenken. Wie traurig er wohl gerade war? Ich hätte ihn so gerne in den Arm genommen, einfach so, ohne etwas zu sagen. Nur eine enge, liebevolle Geste. Ich war mir sicher, das hätte ihm jetzt gutgetan. Doch Orlando befand sich immer noch am anderen Ende des Ozeans.

Den ganzen Abend hörte ich nichts mehr von Peter, aber ich war in Gedanken bei ihm. Diese vielen Kilometer zwischen uns hatte ich bisweilen eher verdrängt, und genau in solchen Situationen merkte man, dass uns das *wirkliche Leben* miteinander nicht gegeben war. Es zählten die Kleinigkeiten, die eine Beziehung ausmachten. Und was machten wir. Jeder von uns saß auf seinem Kontinent fest, versuchte den Alltag allein zu meistern, und diese dauerhaften Videochats sollten dann alles gewesen sein. Es war klar, so würde das auf Dauer definitiv nicht ausreichen. Unsere Verbindung war so intensiv geworden, und trotzdem war es schwer vorstellbar, wie wir eines Tages vielleicht zusammenleben konnten. Einer von uns musste wohl oder übel irgendwann in den sauren Apfel beißen, sein gewohntes Umfeld verlassen und einen neuen Weg einschlagen. Puh, das war ein leicht erschreckender Gedanke.

Ich ließ es für diesen Moment gut sein und hörte auf, alles zu analysieren. Gegenwärtig konnte ich die Lage nicht greifen und musste ihm seinen Freiraum lassen. Ob ich wollte, oder nicht.

Meine wunderbare Laune, die ich den ganzen Tag über gehabt hatte, war mit diesen News absolut dahin. Gerade, als ich erneut in ein kleines Tief abrutschte, rief mich meine Soph an.

»Lust auf einen kurzen Absacker mit mir?«, klang aus dem Hörer.

»Du kommst wie gerufen, Süße!« erwiderte ich mit einem lauten und erleichterten Schnaufen.

Wir trafen uns wie immer in unserer Stammbar *22nd* und bestellten heute zur Abwechslung einmal etwas Stärkeres. Soph war noch leicht angeschlagen, da sie von den Eltern der Kinder mehr als nur die Schnauze vollhatte. Sie arbeitete nämlich als Kinderpflegerin und hatte es nicht immer leicht. Sie sollte pädagogisch wertvoll erziehen, wie man so schön sagte. Und das bei so rotzfrechen, überhaupt nicht erzogenen Kindern, bei denen sie den Eltern liebend gerne ab und zu ein paar Einläufe verpasst hätte! Das erinnerte mich stark an meinen Bruder und seine Knirpse. Selbst waren sie nicht in der Lage, ihre Kiddies im Zaum zu halten und ihnen zu zeigen, wie der Hase lief. Man konnte deswegen leicht andere Personen zur Verantwortung ziehen. Kinderpfleger oder Erzieher zum Beispiel. Die, die täglich ihr Bestes taten und sich in sämtlichen Situationen nicht unterkriegen ließen. Doch Soph gab der Job auch einiges zurück. Sie sagte oft: »Diese kleine, süße Prinzessin hat dies und das angestellt, aber dann setzte sie ihr herzallerliebstes Lächeln auf, und schon war alles wieder vergessen.«

Ich bewunderte sie. Anscheinend war das ihre Berufung, und sie wollte es niemals missen, trotz der häufigen Turbulenzen. Sie liebte diesen Job. Für mich wäre er nicht in Frage gekommen. Ich vermutete, ich würde den Wunsch nach einem eigenen Kind ratzfatz über Bord werfen, wenn ich so viele freche Dreikäsehochs jeden Tag in meiner Nähe hätte.

Wir bestellten uns also einen *Vodka on the rocks*, und sobald er auf dem Tisch stand, stießen wir an und kippten ihn uns so schnell wie möglich hinter die Binde. Wir mussten zwar morgen beide wieder zur Arbeit, doch was machten schon ein paar Kurze. Wir brauchten es an diesem Abend einfach, um uns ein bisschen abzulenken. Anfangs quatschte jeder über seine Probleme, aber die hatten wir dann schnell mit dieser durchsichtigen Spirituose weggespült. Wir widmeten uns Wichtigerem. Dem Tanzen zum Beispiel. Wir wünschten uns von Mike, der an dem Abend wieder im Einsatz war, ein paar Lieblingssongs. Er reichte die Tracks an den DJ weiter, und sobald der erste davon abgespielt wurde, gingen wir auf die Tanzfläche. Unseren Füßen ließen wir freien Lauf. Der Beat drang in unsere Ohren und Körper und wir fühlten uns lebendiger und gelöst. Mit unseren Moves und der guten Laune hatten wir, so wie es wirkte, alle um uns herum in den Bann gezogen. Es tat so unfassbar gut, sich abzulenken und einfach nur Spaß zu haben. Der Alltag war anstrengend genug, da sollte man sich ab und an eine kleine Auszeit gönnen. Klar ging das nicht immer, aber darauf achtzugeben, freier zu sein, schadete sicher nicht.

Nach einer Weile fühlten wir uns wie auf dem Präsentierteller und beschlossen, ein Päuschen einzulegen und uns noch etwas an der Bar zu bestellen. Leicht rastlos und verschwitzt setzten wir uns wieder auf unsere Plätze und auf einmal kam Mike mit zwei Gläsern der heutigen Mischung zu uns.

Er meinte keck: »Die sind von den beiden Herren dort drüben aus der Lounge. Ihr habt wohl mit euren Tanzeinlagen einen bleibenden Eindruck bei ihnen hinterlassen!«

Mike zwinkerte uns frech zu. Sein Finger zeigte zu einem Eck in der Bar, wo zwei adrette Männer mit Anzügen saßen und ihre Gläser in unsere Richtung in die Luft hielten, um mit uns auf die Entfernung anzustoßen. Soph freute sich und nahm das Geschenk gerne an.

»Wir können uns doch unsere eigenen Getränke bestellen«, flüsterte ich ihr in das linke Ohr. Sie antwortete mir in einem sanftmütigen Ton: »Jetzt entspann dich mal, meine Liebe, es sind doch nur zwei harmlose Drinks. Genieß den Abend und lass es dir gut gehen!«

Sie nickte mit dem Kopf, um ihre Aussage zu untermauern. Sie hatte recht. Es war nicht viel dabei. Wir hoben also ebenfalls unsere Gläser, stießen, zu den Anzugträgern blickend, in der Luft mit ihnen an und bedankten uns mit einem Lächeln. Soph war so etwas bereits gewohnt, doch mir war es ein wenig unangenehm. Wie sollte es auch anders kommen, standen die beiden Typen daraufhin auf und kamen zu uns herüber. Ich befolgte Sophs Rat und versuchte, es mir nicht anmerken zu lassen, dass ich nur mit ihr allein den Abend verbringen wollte. Sie freute sich über die zusätzliche männliche Gesellschaft, und ich ließ mich, etwas unfreiwillig, darauf ein.

Die zwei waren unerwartet höfliche und angenehme Gesprächspartner und wir konnten miteinander lachen und redeten über alltägliche Dinge. Beide Männer arbeiteten in einer nahegelegenen Bank und hatten nach einem langen Schulungstag den Abend noch gemütlich ausklingen lassen wollen – zumindest, bis sie uns entdeckt hatten. Sie waren sofort angesteckt worden von unserer lebensfrohen Art und wollten uns daher näher kennenlernen. Irgendwie hatte ich schon ein mulmiges Gefühl im Magen, da Peter mir natürlich in den Sinn kam. Aber ich versuchte, es zu genießen und mich nicht von negativen Gedanken ablenken zu lassen.

Der Abend verging wie im Flug und auf einmal war es halbeins geworden. Ich flüsterte erneut in Sophs Ohr: »Es ist nun wirklich Zeit, nach Hause zu gehen. Schließlich müssen wir morgen wieder arbeiten. Oder besser gesagt, später.«

Sie guckte mich etwas bekümmert an, doch sie wusste, dass ich recht hatte. Wir verabschiedeten uns daraufhin bei den zwei Verehrern. Soph gab ihrem Fan noch einen Kuss auf die Wange und schrieb ihm ihre Nummer auf ein kleines Blatt Papier, welches ihr Mike gereicht hatte, und steckte dieses ganz unauffällig in sein Jackett. Diese Frau – immer auf Männerfang. Aber die beiden hatten wirklich gut harmoniert und sich angeregt ausgetauscht. Ich verstand schon, warum sie auf ihn flog. Selbst hatte ich mich eher zurückgehalten und war in dieser Konversation mehr Zuhörerin und passiver Part gewesen. Doch auch mit dem anderen Kerl hatte ich lachen und mich gut unterhalten können. Es war sehr angenehm gewesen, die beiden bei uns zu haben. Dominik war derjenige, der mich im Visier hatte, nutzte die Gunst der Stunde und nahm meinen Arm in seine Hand. Ich zuckte erst erschrocken zurück, aber als er den Arm daraufhin wieder mit leichtem Druck zu sich schob und mir dabei zuzwinkerte, ließ ich ihn einfach widerstandslos machen. Ich verdrehte meine Augen. Leicht genervt beobachtete ich ihn weiter. Er schrieb seine Telefonnummer mit einem Stift aus seiner Tasche direkt auf meine Haut und beendete das mit dem Satz: »Ich freue mich, bald von dir zu hören!«

Mit einem beklommenen Blick sah ich ihn an und wusste nicht, was ich sagen sollte. Wie so oft in letzter Zeit. Damit hatte ich nicht gerechnet! Ich war etwas peinlich berührt. Und außerdem verwirrt. Soph erkannte meine verzwickte Lage, schnappte sich noch schnell unsere Lederjacken und zog mich nach draußen in die dunkle Nacht.

Zu Hause angekommen dachte ich noch über den Abend nach und bemerkte, dass ich tatsächlich flüchtig ins Zweifeln geriet. Doch mein Herz gehörte in Wirklichkeit nur einem – Peter!

Total überfordert und von der Rolle zog ich die Klamotten aus, schminkte mich ab und legte mich etwas niedergeschlagen mit einem neuen flauschigen Schlafanzug für die kalten Tage ins Bett. Es dauerte nicht lange und mein Kater hüpfte zu mir unter die Decke und holte sich seine Streicheleinheiten ab. Mit einem lauten Miau, beschwerte er sich. Ich war den ganzen Abend nicht zu Hause gewesen, da konnte ich ihn wenigstens jetzt ein bisschen verwöhnen und mich um ihn kümmern.

Mein Kopf hörte nicht auf zu grübeln, sodass überhaupt nicht daran zu denken war, müde zu werden. Der Körper war zwar erledigt, doch der Geist dafür hellwach und ließ mich nicht einschlafen. Schon wieder. Die Sache mit den beiden Anzugträgern von heute Abend beschäftigte mich leider immer noch, und ich hatte bisher nie an meiner Liebe zu Peter gezweifelt. Vielleicht lag das auch daran, dass ich heute nichts von ihm gehört hatte. Was in seiner Situation aber mehr als verständlich war. Doch dadurch fühlte ich mich noch ein wenig weiter von ihm entfernt. Allerdings hatte ich auch ein schlechtes Gewissen. Mein Herz war voll und ganz bei Peter und ich wollte nichts anderes, als mit ihm glücklich zu sein. Ich war sogar so verzweifelt, dass ich meinen Wunsch an das Universum schickte. Ich stand auf, kniete mich auf den Boden und sprach in Richtung Himmel. Normalerweise machte ich so etwas nie, aber so wurde mir bewusst, wie durcheinander ich in dieser Nacht war. Laut gab ich von mir: »Bitte gebt mir ein Zeichen, sodass ich weiß, was ich tun soll! Ich habe keine Ahnung, wo ich gerade stehe und muss wissen, wohin es gehen soll. Bitte – helft mir!«

Mit verschlossenen Händen öffnete ich die Augen, verharrte einige Sekunden in dieser Position und hoffte, irgendein kleines Zeichen zu erkennen, das man mir sandte. Jeder noch so minimale Hinweis hätte mir eine Hilfe sein können. Ich sah mich im Zimmer um. Leider hatte sich überhaupt nichts verändert und ich stand wieder auf und machte mich danach fast selbst ein wenig über mich lustig. Kopfschüttelnd lief ich herum und war überrascht, dass ich wirklich gedacht hatte, Wunschträume ins All zu senden, würde an meiner momentanen Lage irgendetwas ändern. Soph wäre stolz auf mich gewesen.

Doch als ich ein wenig später auf mein Laken blickte, erkannte ich einen horrenden Unterschied zu vorher. Lauthals fing ich zu lachen an und konnte nicht glauben, was ich da sah. Jerry hatte sich zur Gänze in Peters Shirt geschmiegt, welches ich neben dem Kissen abgelegt hatte, und lag schnurrend darin. Nachdem er frech durch den Kragen zu mir aufgeschaut hatte, leckte er diesen kurz ab und schlief wieder seelenruhig ein. Dies war doch wohl ein eindeutiges Zeichen! Anscheinend brauchte es nur einen winzigen Hilferuf und einen Kater, um mich davon zu überzeugen, dass ich meinem Herzen folgen sollte und nicht dem kleinen Sturköpfchen, das ich definitiv manchmal hatte.

Mit einem heiteren Hopser und sichtlich erleichtert, warf ich mich grinsend aufs Bett und legte den Kopf zu Jerry und somit auf Peters Shirt. Ich merkte, dass ich mich wieder beruhigt hatte. Wir Frauen machten uns oft selbst das Leben schwer, indem wir alles, das wir aufnahmen, bis ins Kleinste analysierten. Ich versuchte, den Verstand auszuschalten, löschte das Licht, und nach einer Weile war ich im Land der Träume angekommen – mit Peters Duft und ein paar Haaren meines Katers in der Nase.

Total zerknittert wachte ich am nächsten Tag auf. So, wie ich mich in letzter Zeit morgens fühlte, war das kein Wunder. Als ich langsam aufstand, bemerkte ich, dass meine Decke auf dem Boden lag. Anscheinend war mir in der Nacht zu warm darunter geworden, sodass ich sie aus dem Bett geschmissen hatte. Im Bad blickte ich in den Spiegel und erschrak kurz vor meinem eigenen Spiegelbild. Ich war kreidebleich, gepaart mit fetten Augenringen, die ihre Schwestern und Brüder mit dazu eingeladen hatten. So fertig hatte ich zuletzt ausgesehen, als ... ach, was redete ich denn da? So kaputt hatte ich mich selbst noch nie gesehen. Quer auf dem Gesicht hatten sich Knitterfalten von meinem Kopfkissen abgezeichnet. Als ob das nicht bereits gereicht hätte, war die Haut unter dem linken Auge über Nacht deutlich angeschwollen, und es hatte sich eine Rötung entwickelt, die man nicht mehr verstecken konnte. Wahrscheinlich war es nur ein Gerstenkorn, das sich eingenistet hatte. Aber in Kombination mit meinem faltigen, blassen Gesicht und dem wenigen Schlaf, den ich bekommen hatte, wirkte ich an diesem Morgen mindestens zehn Jahre älter. Jetzt gerade war es ausnahmsweise gut, dass Peter nicht neben mir aufgewacht war, sonst hätte er sich das mit uns vermutlich noch einmal überlegt. Bei diesem Gedanken musste ich in mich hineinschmunzeln und entdeckte beim Händewaschen plötzlich wieder Dominiks etwas verwischte Nummer auf meinem Arm. Ich hatte sie völlig vergessen und musste auch nicht lange weiter über sie nachdenken. Entschieden wusch ich sie mit der Seife ab. Diese Zahlen brauchte ich mit Sicherheit nicht mehr. Ich wusste, wen ich wirklich wollte.

Ich ging meiner Bad- und Schminkroutine nach, die heute dank des Gerstenkorns und der dunklen Ringe unter meinen winzigen Äuglein etwas länger dauerte als gewöhnlich, und wandte mich danach selbstbewusst zum Kleiderschrank. Kurz schaltete ich den Laptop an, um nachzusehen, ob nicht doch eine Nachricht von Peter eingetroffen war. Doch das Postfach blieb unverändert. Also widmete ich mich weiter meinen Klamotten. Heute sah es nach einem sehr sonnigen Tag aus, daher wusste ich genau, was ich anziehen wollte. Mein pinkes kurzes Kleid, den schwarzen Hüftgürtel dazu, eine festere Strumpfhose und meine neuen dunklen Pumps, welche ich mir vor einem Monat nicht hatte verkneifen können zu kaufen. Sie waren so entzückend im Schaufenster von Lucys Laden präsentiert worden, dass ich nicht hatte daran vorbeigehen können. Überraschenderweise hatte an dem Tag eine Sales-Aktion stattgefunden und die gewünschten Schuhe waren auch rein zufällig exakt in meiner Größe auf Lager gewesen. Schicksal nannte ich das. Auf jeden Fall war ich bisher nicht dazu gekommen, sie auszuführen und freute mich darauf, sie nun endlich in die Welt hinaustragen zu können.

Gerade, als ich noch in Unterwäsche vor meinem Kleiderschrank stand, um mir Klamotten und Accessoires herauszusuchen, vernahm ich ein leises, sich wiederholendes Klingeln. Zuerst dachte ich ernsthaft, ich hatte mich verhört, doch dann ertönte es erneut.

Ich folgte dem Läuten und bemerkte, dass mein Laptop die Quelle dessen war. Als ich auf den Bildschirm sah und endlich verstand, um was für ein Geräusch es sich handelte, machte mein Herz kleine Freudensprünge und ich drückte sofort die Anruf-Annahme-Taste. Peter wollte videochatten. Morgens um halb sechs deutscher Zeit. Mit seinen weißen Zähnen und einem lieblichen Grinsen begrüßte er mich und ich nahm daraufhin meine Hand wie ein Teenager an den Mund, küsste sie und schickte ihm einen Luftkuss in die Kamera des Laptops. Ich wusste, dies war ein wenig kindisch, aber wenn man liebte, gab es nun einmal kein Alter. Mir war vor lauter Freude einfach danach gewesen und Peter erwiderte tatsächlich meinen Kitschanfall. Er fing den virtuellen Kuss sogar symbolisch mit seiner Hand auf und drückte ihn sich daraufhin auf seinen Mund. Er war glücklich, dass ich abgehoben hatte und er mich nun endlich wiedersah.

»Hello, my love«, begrüßte er mich. Nach diesem süßen Start unserer Unterhaltung konnte er aber nicht mehr anders und erzählte mir von dem tragischen Tod seines Vaters und wie alles ablief.

Es war ihm ein Bedürfnis, mit mir darüber zu reden, und oftmals verschlug es ihm dabei die Sprache.

»Sie haben mich ins Krankenhaus gerufen, um einige Sachen zu unterschreiben, da mein Vater seine letzten Atemzüge machte. Als die Ärzte mich kontaktiert hatten, bin ich selbstverständlich so schnell ich konnte, dorthin gefahren. Ich habe Vater noch ein letztes Mal lebend gesehen und seine Hand gehalten, während seine Seele friedlich in den Himmel hinaufschwebte. Er ist jetzt bei Grandma«, gab Peter schwermütig von sich.

Sein Vater hatte nicht mehr viel sagen können, da der Krebs bereits seinen Kehlkopf befallen hatte.

»Er hat noch einmal seine letzte Kraft zusammengenommen und mich zu sich gezogen. Leise hat er mir ins Ohr geflüstert, dass er stolz auf mich ist und ich auf die Familie und die Firma achten soll. Natürlich habe ich ihm das augenblicklich versprochen und ihn noch ein letztes Mal auf die Stirn geküsst. Das war immer unser Ritual, wenn wir einmalige Erlebnisse miteinander geteilt oder einen großen Deal mit einem Geschäftskunden abgeschlossen hatten. So zeigten wir einander unsere Liebe.«

Peter erwähnte dieses Detail mit ganzem Stolz. Die beiden hatten immer eine besondere Bindung zueinander gehabt, auch wenn es später ein wenig zu oft um Geschäftliches gegangen war. Aber sie waren jederzeit füreinander da gewesen und hatten sich auf den jeweils anderen verlassen können. Peter schwelgte in den schönsten Erinnerungen, die er mit seinem Vater gehabt hatte, und ich hörte gespannt zu. Es war sehr erfreulich, dass er so positiv von ihm redete. Dies zeigte mir, dass ihm die Familie über alles ging und einen wichtigen Platz in Peters Leben einnahm. Das beruhigte mich.

Kapitel 8
Hol dir deinen Mann

Als er mir alles über seinen verstorbenen Vater berichtet hatte, holte er tief Luft. Man sah ihm direkt an, wie nahe es ihm ging, und dass er es noch nicht ganz begreifen konnte. Während er mir von dem herzzerreißenden Abschied erzählte, hatte er Tränen in den Augen, und ich fühlte so sehr mit ihm mit, dass ich mich zusammenreißen musste, nicht auch plötzlich loszuheulen. Ich wollte jetzt stark sein. Für Peter.

Ich schluckte den Kloß in meinem Hals also hinunter und konzentrierte mich wieder auf unser Gespräch. Die letzten Worte seines Vaters empfand ich als sehr bewegend, und man merkte Peter an, dass sie ihn ebenfalls unglaublich berührt hatten. Für ihn war sein Vater ein Leben lang ein Wegweiser und ein Vorbild gewesen, und Peter konnte sich nicht vorstellen, ihn in Zukunft nicht mehr um Rat fragen zu können. Im Geschäfts- sowie auch im Privatleben.

»Wie geht es mit eurer Firma weiter, ohne deinen Vater?«, hakte ich vorsichtig nach. Peter wusste, dass in den Papieren und im Nachlass seines Vaters ganz klar geregelt war, dass er nach dessen Ableben mit sofortiger Wirkung alleiniger Geschäftsführer werden würde und vollkommene Handlungsbefugnis hatte. Sämtliche Entscheidungen liefen in Zukunft also nur noch über seinen Tisch und er konnte überhaupt nicht einschätzen, was das alles für ihn hieß. Mit einem so schnellen Verlauf hatte keiner gerechnet, aber leider entwickelte dieser aggressive Krebs ein Eigenleben. Oft konnte man ihn besiegen, aber manchmal, so wie in diesem Fall, ging es eben rasanter, als es der Familie lieb war.

»In fünf Tagen ist die Beerdigung angesetzt und dank unserer Sekretärin Olivia, muss ich nicht alles Firmeninterne allein regeln«, erwiderte er mit bedrückter Stimme. Er sprach sehr leise und es war deutlich, dass es ihm ganz und gar nicht leichtfiel, über den Tod seines Vaters und dessen Folgen zu reden. Schließlich musste er nun gemeinsam mit seiner Familie das Begräbnis und die Trauerfeier planen.

Trudy, seine Schwester, war gleich nach diesen tragischen Nachrichten ins Krankenhaus gefahren. Sie hatte es leider nicht früher geschafft, da sie sich, als der Anruf der Krankenschwester gekommen war, am anderen Ende der Stadt aufgehalten hatte. Sie war sehr bedrückt gewesen, ihn an diesem Tag nicht noch einmal lebend gesehen zu haben, so erzählte es mir Peter. »Aber sie war glücklicherweise die Tage davor oft zu Besuch gewesen und hatte noch einige Zeit mit ihrem Vater verbringen können. Darüber ist sie erleichtert.«

Die beiden mussten jetzt zusammenhalten und sich gegenseitig unterstützen.

Peter war froh, dass Trudy sich, so wie auch Olivia, um viele Erledigungen bereits gekümmert hatte, sodass er sich selbst mit seiner Trauer ein kleines bisschen hinter dem Schreibtisch verstecken konnte.

Unser Gespräch beruhigte ihn, und als er seinen Bildschirm in einem stillen Moment einfach nur anhimmelte, richteten sich seine Mundwinkel plötzlich wieder nach oben. Er schmunzelte.

»Es tut so gut, dein bezauberndes Gesicht zu sehen«, sagte er und hörte dabei nicht auf, mich mit seinen Blicken zu fixieren. Er wollte jetzt nicht mehr über all das Negative reden und konzentrierte sich von nun an nur noch auf unser Telefonat. Als er mich dann aber mit einem Mal von oben bis unten musterte, bekam er große Augen. Ich wusste erst nicht genau, was los war. Doch als ich anschließend an mir herabsah, verstand ich, warum ihm die Kinnlade heruntergefallen war. Da ich mich ja kurz vor dem Anziehen vom Klingeln des Laptops hatte ablenken lassen, hatte ich eines in der ganzen Aufregung komplett vergessen – mir etwas anzuziehen! Ich saß also total lässig vor dem Bildschirm und telefonierte mit meinem Traummann – in Unterwäsche!

Schnell und leicht peinlich berührt griff ich hinter mich und zog eilig das Erstbeste an, das ich in die Finger bekam. Peters Shirt lag in unmittelbarer Nähe und musste daher herhalten. Als ich es fix über meinen Kopf zog, merkte ich, wie dieser auf einmal ganz warm wurde. Das passierte immer dann, wenn ich rot anlief, was in dieser Situation mehr als verständlich war. Die Hitze schoss mir so schnell in den Schädel, ich musste gerade lächerlich aussehen. Leicht beschämt blickte ich zurück zu Peter in ein etwas betrübtes Gesicht.

»Was ist auf einmal los mit dir?«, fragte ich überrascht.

Er meinte daraufhin: »Mein Shirt steht dir unfassbar gut, aber diese Aussicht würde ich jetzt lieber gerne live genießen, nicht über diesen nervigen Bildschirm.«

Natürlich hatte ihm das gefallen. Welches männliche Wesen hätte hier nicht den ein oder anderen Blick gewagt und sich an der nackten Haut erfreut. Anscheinend hatte er sein Oberteil bisher nicht vermisst, und es machte ihm nichts aus, dass es nach wie vor in meiner Wohnung lag. In diesem Moment war er in seinen Gedanken versunken.

»Joyce, ich will dich – vom Kopf bis zum Zeh! Ich vermisse dich so unglaublich. Dich und deinen unverkennbaren Geruch.«

»Heißt das, ich stinke?«, fragte ich mit einem geschockten, etwas quietschenden Ton, »wie hast du das denn gemeint?«

»Ganz einfach, ich habe dir gerade gesagt, wie sehr ich dich vermisse, und du bist gar nicht darauf eingegangen. Es war nur positiv gemeint. Du hast so einen betörenden Duft an dir, schade, dass ich zu weit weg bin, um ihn öfter riechen zu können!«

Jetzt lief ich definitiv erneut rot an. Ein wenig schämte ich mich dafür, die Komplimente überhört und mich nur auf meinen eingebildeten Gestank konzentriert zu haben. Gleichzeitig war ich geschmeichelt. Er hatte absolut recht, wir Ladys wollten zwar jederzeit das Süßholzgeraspel hören, aber wenn es dann tatsächlich kam, waren wir oft nicht fähig, es anzunehmen. Typisch Frau.

Ich vermisste Peter so sehr. Vor allem abends, während ich allein im Bett oder auf der Couch lag. Das wäre der perfekte Zeitpunkt gewesen, um sich mit seinem Partner gemeinsam unter der Decke zu vergraben und gegenseitig zärtlich zu berühren. Traurigerweise konnten wir überhaupt nicht abschätzen, wann es wieder so weit sein würde.

»Du bist momentan mein einziger Lichtblick. Wenn ich an dich denke, bekomme ich am ganzen Körper eine Gänsehaut, und ich erwische mich dabei, wie ich in eine Traumwelt abtauche, in der wir jeden Tag zusammen verbringen, bis wir alt und grau geworden sind.«

»Ein schöner Traum«, erwiderte Peter. Wir waren uns beide einig, nicht mehr ohne den anderen sein zu wollen. Wie die Zukunft aussehen würde, wussten wir nicht. Dafür war unsere Beziehung einfach noch zu frisch.

Als wir voller Liebe miteinander flirteten und uns anschmachteten, riss uns ein lautes *It´s my life* aus der romantischen Stimmung. Peters Handy hatte geklingelt. Er legte den Zeigefinger auf seine Lippen und machte kurz ein leises »Sh!«

Er zeigte mir das Display seines Handys und darauf war zu erkennen, dass ihn sein Cousin Scott, wie so oft in letzter Zeit, mitten in der Nacht anrief. Ein wenig genervt ging er ran und besprach mit ihm auf Englisch noch ein paar Firmeninterna, und wann und wo denn nun die Beerdigung stattfinden würde. Als das Gespräch beendet war und er ihn endlich wegdrücken konnte, sah ich, wie er die Augen missmutig nach oben verdrehte. Offensichtlich war er von diesem Anruf nicht begeistert gewesen. Er erklärte mir im Anschluss, warum das so war. Skurril. Sein Cousin hatte sich wohl im letzten Monat etwas zu sehr bemüht und Peters Vater ausgesprochen übertrieben umsorgt. In der Vergangenheit hatte er nicht sonderlich interessiert an ihm oder seinem Leben gewirkt. Lediglich in beruflichen Angelegenheiten hatte Scott seine Nase wirklich in alles gesteckt, in das er sie nur hatte stecken können. Er war die letzte Zeit wie ein Parasit umhergeschlichen, der sich überall einnisten wollte. Daher konnte ich Peters Augenrollen absolut nachvollziehen.

Scott hatte seinen Onkel, Peters Vater, ständig bombardiert mit Problemen seiner Mandanten, obwohl dieser damit beschäftigt war, mit seiner Krankheit klarzukommen und deren Konsequenzen zu akzeptieren. Dauernd war Scott um ihn herumgeschlichen und hatte ihn nicht mehr aus den Augen gelassen. Peter empfand es so, als hätte sein Vetter ihm seinen Posten streitig machen wollen. Er sagte das mit einem skeptischen Gesichtsausdruck, den ich nicht so richtig deuten konnte und bisher auch nicht von ihm kannte. Mit einem kurzen Abwinken mit seiner rechten Hand revidierte er aber seinen Kommentar gleich wieder und versuchte, das Gesagte mit einem falschen Lächeln zu entschärfen. Er verteidigte Scott daraufhin sogar: »Es war bestimmt nur eine komische Phase. Scott hatte schon immer eine etwas andere Art an sich, bei der man nur schwer durchblickt.«

So erklärte Peter es mir und wollte sich wohl selbst mit diesen Worten davon überzeugen. Ich wurde das Gefühl nicht los, dass er es nicht so meinte, wie er es sagte, aber ich ließ ihn in Ruhe zu

Ende erzählen und war einfach eine gute Zuhörerin. Er hatte so viel durchgemacht, da wollte ich ihm nicht auch noch mit meiner Skepsis auf die Nerven gehen.

Als er so sprach, wanderte mein Blick flüchtig nach rechts unten auf den Laptopbildschirm. Ich hatte kurz auf die Uhr gesehen, dann wieder zu Peter. Als ich erneut schnell zurückstarrte, wurde mir schlecht.

»Joyce ...? Was ist passiert?«, erkundigte Peter sich fürsorglich.

»Hier ist es acht Uhr – acht Uhr morgens, Peter!«, sagte ich mit einem schockierten Ton und Schweißperlen bildeten sich auf meiner Stirn. Es waren über zwei Stunden vergangen, während wir über sämtliche Themen und unsere Gefühle gesprochen hatten. Ich kam zu spät zur Arbeit!

Seit sechzig Minuten hätte ich schon auf dem Bürostuhl sitzen und meine Kollegen unterstützen sollen. Doch ich saß seelenruhig da, mit fast nichts an, und hatte die Zeit total ausgeblendet. In der Eile zog ich mir schnell das pinke Kleid an und legte die dazugehörigen Accessoires an, die ich mir vorher ausgesucht hatte. Den schwarzen Gürtel hatte ich vor lauter Hektik allerdings vergessen, aber da niemand meinen Ankleide-Plan für heute kannte, würde dies sowieso keinem auffallen. Ich musste Peter nun schnellstmöglich abwürgen. Er war deswegen nicht böse. Nachdem ich mich hastig verabschiedet hatte, sah er mich mit seinen niedlichen Lachfältchen an und guckte noch einmal verträumt. »See you soon, baby – und vergiss nicht, ich bin immer bei dir!«

Als ich endlich im Auto saß und die Zündung eingeschaltet hatte, blinkte ein Symbol auf dem Display auf. Mein Tank war leer. Natürlich!
Ich war gestern Abend wieder einmal zu faul gewesen, noch bei der Tankstelle abzubiegen, und hatte mir gedacht, ach, das mache ich schnell morgen früh. Nun ja, für *schnell* war es jetzt definitiv zu spät, da machten die weiteren fünf Minuten, die ich an der Tanke verplemperte, das Kraut auch nicht mehr fett. Mit voller Benzinfüllung war ich dann endlich auf dem Weg. Während der gesamten Fahrt überlegte ich, welche Ausrede ich meinem Chef auftischen konnte, die auf der einen Seite plausibel klang und auf der anderen rechtfertigte, dass ich mich über eineinhalb Stunden verspätete. Mir fielen tausend Sachen ein, wie zum Beispiel: Mein Auto hatte

einen Platten. Oder: Der Wecker hatte nicht geläutet.

Ziemlich plumpe Ausreden. Ich musste mir etwas Besseres einfallen lassen und total überzeugend herüberkommen. So sehr, dass der dicke Boss nicht einmal nachfragen würde und mich ohne weiteres an meinen Arbeitsplatz gehen ließ. Bis zum Parkplatz war mir nichts eingefallen – doch dann kam mir ein Gedankenblitz und ich schlenderte beruhigt und selbstbewusst in das Gebäude.

Als ich die Tür zum Büro öffnete, fielen zahlreiche Blicke auf mich und meine Kollegen musterten mich, mal wieder, fragend. Ich ließ mir nichts anmerken und begrüßte alle ganz herzlich, mit einem wohlwollenden Lächeln auf den Lippen. Kurz bevor ich am Schreibtisch ankam, stand plötzlich ein grob schnaubender Mann im blauen Anzug vor mir und äußerte sich ungeduldig: »Fräulein Miller ...«, er räusperte sich absichtlich, »was verschafft uns denn die späte Ehre?«

Er grunzte fast schon vor lauter Blasiertheit und man konnte deutlich sehen, dass er direkt erwartete, dass ich einknicken würde.

»Sehr geehrter Chef, erstens einmal, ich bin kein Fräulein. Zweitens, ich konnte heute leider nicht früher antanzen«, antwortete ich trotzig, »da meine Katze einen Notfall hatte und ich sie in die Tierklinik bringen musste. Sie wäre sonst gestorben, da sie stark röchelte und keine Luft mehr bekam. Meine Mutter hat mich dann dort abgelöst, sodass ich in meiner Angst um meinen Kater trotzdem so schnell wie möglich in die Arbeit fahren konnte.«

Auf einmal verwandelte sich sein wütender und aufbrausender Blick in einen besorgten, etwas peinlich berührten Ausdruck. »Oh. Das tut mir sehr leid für Sie, ich hoffe, Ihre Katze ist bald wieder bei Kräften!«

Als ich mich dafür bedankt hatte, ging er mir endlich aus dem Weg und ich hatte freien Zugang zu meinem Platz. Kleinlaut schlich er sich zurück in sein separat gelegenes Büro und hoffte, dass nicht alle Mitarbeiter unser Gespräch mitbekommen hatten. Es war ihm sichtlich unangenehm. Natürlich wusste ich, dass es eine sehr makabre Notlüge gewesen war, aber sie hatte ihren Zweck erfüllt.

Als ich meine *Kiste* hochfuhr, musste ich mich zusammenreißen, das innerliche Lachen nicht zu sehr nach außen zu tragen. Ich war schon ein wenig stolz auf mich selbst. Der Plan hatte hervorragend funktioniert! Er hatte darin bestanden, an des Chefs Mitgefühl zu appellieren und ihm gleichzeitig ein schlechtes Gewissen einzureden. Dies war nun einwandfrei geglückt und ich war sozusagen aus dem Schneider. Jedoch war mir selbst nicht ganz wohl dabei, meinen geliebten Kater so etwas Negatives anzuhängen. Einige Kollegen zerrissen sich kurz danach in der Kaffee-Ecke das Maul, aber ich tat so, als hätte ich es nicht mitbekommen und arbeitete mein Soll gemütlich und leichten Herzens ab.

Erst jetzt, nachdem ich die kleine Schwindelei erfolgreich hinter mich gebracht hatte, kam mir Peter in den Sinn. Vor lauter Stress hatte ich ihn vorhin nicht angemessen verabschieden können und er war doch so lieb und offen zu mir gewesen. Ich würde ihn so gerne einmal wieder berühren und seinen warmen, sanften Atem in meinem Nacken spüren, während wir uns aneinanderkuschelten und liebevoll ansahen. In den letzten Tagen kam mir ständig die gemeinsame, heiße Nacht in den Sinn und der darauffolgende, wundervolle Morgen, an dem wir offiziell und unverhofft ein Paar geworden waren. Diese Gedanken holten mich auf den Boden der Tatsachen zurück und stimmten mich erneut traurig. Gerade war noch alles in Ordnung und auf einmal hatte ich ein dermaßen schlimmes Tief, aus dem ich dann leider auch nicht mehr so schnell herauskam. Ich versuchte, mich mit einem größeren Arbeitspensum abzulenken, aber das klappte nicht wirklich.

Als ich mit allem Wichtigen fertig war und die Zeiger der Uhr an der Bürowand beide gleichzeitig auf der zwölf lagen, ging ich erst einmal etwas essen. Nachdem ich zu spät gekommen war, hatte ich es heute zwar noch nicht verdient, mich mit einem leckeren Schnitzel zu belohnen. Aber ich hatte bisher nichts gegessen und somit war es dringend nötig, das Frühstück, oder besser gesagt, den Brunch, zu mir zu nehmen. Unsere kleine Kantine war mit langen Tischen ausgestattet, und hier bekam man immer den neuesten Klatsch und Tratsch von den Kollegen mit, die gerade bei einem saßen. Diesen Halbwahrheiten und üblen Nachreden hatte ich in der Vergangenheit noch nie besonders viel Beachtung geschenkt, aber wenn man sich nicht an den Gesprächen beteiligte, gehörte man einfach nicht dazu.

Nach der deftigen Mahlzeit war ich wieder in Richtung Schreibtisch unterwegs und wartete einige Sekunden auf den Aufzug. Als endlich die

Türen aufgingen, stand meine Lieblingskollegin Nadine in der Kabine.

»Hallöchen. Schön, dich zu sehen«, begrüßte ich sie.

Ich freute mich riesig und das beruhte auf Gegenseitigkeit. Wir waren uns schon einige Zeit nicht mehr über den Weg gelaufen, da sie nicht in jeder Pause ihren Posten verließ. Sie war ein kleiner Workaholic und benötigte nicht unbedingt alle Tage eine Ruhephase. An ihrem Arbeitsplatz fühlte sie sich sehr wohl, denn dort sah es eher aus wie in einer grünen Oase. Die unterschiedlichsten Pflanzen schmückten ihren Schreibtisch. Morgens war sie immer die Erste im Bürogebäude. Sie aß manchmal den ganzen Tag nichts vor lauter Stress, doch sie hatte stets gute Laune, und das gefiel mir seit jeher am meisten an ihr.

»Wie geht es dir, Joyce? Ist alles in Ordnung bei dir?«

Wir stiegen im gleichen Stockwerk aus dem Aufzug aus. Sie musste nicht in die gleiche Richtung wie ich, also machten wir kurz Halt.

»Danke, bei mir ist alles paletti. Arbeit läuft soweit, aber es gibt in meinem Privatleben tatsächlich etwas Neues«, spitzte ich sie an.

»Jetzt bin ich aber gespannt. Los, erzähl!« Sie konnte es gar nicht mehr abwarten, die Neuigkeiten zu erfahren.

Etwas schüchtern brachte ich sie auf den neuesten Stand. »Da gibt es einen Mann ... ich glaube, ich bin ganz schön verknallt und er geht mir auch nicht mehr aus meinem Kopf!«

Als sie hörte, dass ich frisch verliebt war, jubelte sie überschwänglich und drückte mich daraufhin fest an sich. »Das ist ja wunderbar. Ich hoffe, du hast endlich den Richtigen gefunden, der sieht, was für eine tolle Frau du bist!«

Sie konnte sich jederzeit für alles und jeden freuen, das war eine bewundernswerte Eigenschaft von ihr. Neugierig und ungeduldig war sie allerdings auch, aber auf eine nette, sympathische Art. Ich sah mich oft selbst in ihr. Sie war Single, doch hatte sie einen zuckersüßen Jungen auf die Welt gebracht. Nadine war daher länger zu Hause geblieben und erst vor ein paar Monaten, als ihr kleiner Mann fünf Jahre alt geworden war, hatte sie sich wieder ins Arbeitsleben stürzen wollen.

»Ich möchte für meinen Zwerg da sein und die wichtigsten Dinge in seiner Kindheit nicht verpassen«, hatte sie damals gesagt. »Darum bleibe ich bei ihm zu Hause, bis er alt genug ist und ein bisschen mehr selbstständig!«

Sie hatte sich immer dafür rechtfertigen müssen, warum sie nicht nach einem Jahr wieder arbeiten ging, also hatte sie diesen Satz auswendig gelernt, um damit nervigen und unnötigen Fragen der Gesellschaft erfolgreich aus dem Weg zu gehen. Wir kannten uns schon, bevor ihr Sohn geboren wurde, da wir beide in diesem Konzern unsere Ausbildung gemeinsam absolviert und uns damals zusammen auf die Prüfungen vorbereitet hatten. Während ihrer Abwesenheit hatten wir uns alle paar Wochen zum Kaffeetrinken getroffen, den neuesten Klatsch aus der Firma ausgetauscht und diesen bis ins kleinste Detail durchleuchtet. Sonst gab ich nicht viel darauf, aber mit ihr hatte es in jener Zeit wirklich Spaß gemacht, die Dinge einmal von außen zu betrachten.

Kurz bevor sie in die Arbeitswelt zurückgekehrt war, hatte sie sich unendlich gefreut, wieder unter Menschen zu kommen. Es hatte ihr gefehlt, mit Erwachsenen zu sprechen. Einfach nicht immer nur Mama zu sein. Ihren Jungen liebte Nadine über alles, aber es war an der Zeit, etwas Abwechslungsreicheres zu tun. Sie war von diesem Zeitpunkt an jeden Tag von sieben bis vierzehn

Uhr im Büro und befand sich gerade auf einem Botengang für ihren Diktator. Ich meinte natürlich ihren Boss. Wobei Ersteres ihn, meiner Meinung nach, vortrefflich beschrieb. Er war ein absolutes Ekel, sodass ich niemals nur im Entferntesten für ihn arbeiten wollen würde. Ich bewunderte sie, dass sie ihn nicht bereits umgebracht und irgendwo heimlich verscharrt hatte. Wenn ich für ihn Aufgaben oder das Kaffeebringen in den Konferenzraum hätte erledigen müssen, wäre der Plan schon längst ausgereift. Ich müsste lediglich noch einen Auftragskiller damit beauftragen. So ein Widerling war ihr Vorgesetzter! Wahrscheinlich hätte ich jedes Mal in seinen Kaffee gespuckt und gesagt: »Dieser hier ist extra nur für Sie ... mit besonders viel Liebe gemacht!« Mit dieser Spezial-Zutat wäre er bestimmt vorzüglich im Abgang gewesen. Okay, zugegeben, ich übertrieb es ein wenig, aber ich konnte diese Art von Mensch überhaupt nicht leiden. Für ihn waren alle anderen nur Abschaum und das niedere Volk.

Mit ihrer liebenswerten Art hatte Nadine es jedenfalls irgendwie geschafft, eine Basis zu finden, um ihm nicht bei der nächstmöglichen Gelegenheit den Hals umzudrehen. Sie erledigte alles Auferlegte gewissenhaft und war glücklich, wieder einen andersartigen Bereich im Leben pflegen zu können. Sie war zufrieden und hatte nie etwas auszusetzen. Ab und zu sollte ich mir in der Hinsicht ein Scheibchen von ihr abschneiden, denn ich war leider nicht immer so positiv gestimmt wie sie. Wahrscheinlich waren das aber auch nur wenige Menschen auf dieser Welt. Doch ich bewunderte sie und schätzte es sehr, sie in meinem Leben zu haben und eine Freundin nennen zu dürfen.

»Hast du denn mittlerweile deine ganzen Überstunden von damals abgebaut, als einige deiner Kollegen alle auf einmal gekündigt haben?«, fragte sie mich interessiert. »Du könntest doch bestimmt allein durch diese Zeit drei oder gar vier Wochen am Stück zu Hause bleiben, hab ich nicht recht?«

Sie hatte recht. Circa hundertdreiundachtzig Plusstunden standen auf meinem Gehaltszettel, und bisher hatte ich noch nicht wirklich Zeit gefunden, diese abzubauen. Natürlich war ich in den letzten Wochen ein paarmal früher nach Hause gegangen. Oder ich kam zu spät, weil *die Katze einen Notfall gehabt hatte – hüstel*. Aber die paar Stunden waren nur Peanuts gewesen und machten in der Summe keinen sonderlichen Unterschied.

»Nein, leider hatte ich bisher kaum Gelegenheit gehabt, sie zu nehmen. Ich dachte schon daran, sie mir eventuell ausbezahlen zu lassen, aber das bisschen, was dann unterm Strich noch übrigbleibt, ist wirklich nicht der Rede wert. Dafür waren die vielen Arbeitsstunden erheblich zu mühsam. Ich werde mir daher eines Tages einen langen und entspannenden Urlaub gönnen und in die Sonne fliegen.«

»Und wie lange willst du noch darauf warten, Joyce?«, fragte sie mich mit einem auffordernden, fast durchbohrenden Blick, der mir sofort ein schlechtes Gewissen machte. Kurz überlegte ich, was ich darauf antworten sollte. Schweigen umhüllte uns. Doch dann reagierte ich einsichtig auf ihre Aufforderung. »Da hast du den Nagel auf den Kopf getroffen. Ich weiß es nicht, Nadine! Genau ... worauf warte ich eigentlich noch?«

Ehrlich gesagt hatte ich die Überstunden im Alltag wieder vergessen. Es war auch einige Zeit vergangen, als ich so übertrieben viele Stunden in meiner Firma verbringen musste. Mittlerweile hatte sich alles eingependelt, ich konnte den neuen Kollegen und Kolleginnen endlich einigermaßen etwas zutrauen und sie machten ihre Sache selbstständig und meist auch verantwortungsbewusst. Zwar musste ich ihnen ab und zu einmal, bildlich gesprochen, auf die Finger hauen, aber im Großen und Ganzen konnte man sich auf sie verlassen. Das hatte mir sehr geholfen, da ich schließlich nicht für immer die *Mutter* meiner Kollegen spielen und alles tausendmal erklären wollte. Nadine sah mich mit ihren bemerkenswerten braun-grünen Augen an und fragte im Spaß, was mich davon abhielt, gleich zu meinem Vorgesetzten zu gehen und ihn um sofortigen Urlaub zu bitten. Ich lachte laut und demonstrierte ihr damit, dass ich mir das gehörig abschminken konnte. Wir mussten unsere Urlaubspläne immer bereits im Vorjahr abgeben, wie das in einer größeren Firma so üblich war. Niemand sollte sich bestmöglich dabei überschneiden, und es war Pflicht, die Planung der meisten Tage bis Anfang November einzureichen. Ehrlicherweise war ich von dieser Regelung nicht gerade begeistert, aber so waren nun mal die Vorschriften und ich hielt mich daran.

»Denk wenigstens darüber nach, versprich es mir.« Sie warf mir einen hoffnungsvollen Blick zu, der nur darauf wartete, erwidert und bestätigt zu werden.

»Ich verspreche es dir, ich werde es in Betracht ziehen und mich ernsthaft mit dem Thema auseinandersetzen, Liebes!« Ich zwinkerte ihr abschließend zu. Sie schien zufrieden mit dieser Antwort und beide mussten wir zurück ans Werk. Eine herzliche Verabschiedung folgte.

Wieder an meinem Platz angekommen, klickte ich schwungvoll die E-Mails durch. Ich dachte darüber nach, was mir Nadine gerade ans Herz gelegt hatte. Urlaub. Das wär's jetzt! Einmal so richtig lange auszuspannen, ein paar Wochen nicht an die Verpflichtungen des Alltags denken zu müssen und sich treiben zu lassen. Ich verlor mich in diesen Gedanken und war abwesend. Was würde ich tun, wenn ich so viel Freizeit hätte und nicht fünf von sieben Tagen fix irgendwo hinmüsste, um Geld zu verdienen? Ausgiebig frei hatte ich schon einige Jahre nicht mehr gehabt und die richtige Erholungsphase setzte bei mir erst immer ab der dritten Urlaubswoche ein. Ich schweifte erneut von den Pflichten ab und war total versunken.

Plötzlich schoss mir ein Geistesblitz in den Kopf! Für einen Augenblick vergaß ich das Atmen und mein Herz fing gleichzeitig an, wie wild zu rasen. Es war so naheliegend, aber doch so fern, dass ich bis jetzt noch nicht ein einziges Mal daran gedacht hatte. Was es mir bringen würde, eine längere Zeit frei zu haben und machen zu können, was immer ich auch wollte? Peter zu besuchen – natürlich!

Warum war mir das nicht vorhin schon bei unserem Gespräch in den Sinn gekommen, als die Worte Überstundenabbau und Urlaub gefallen waren? Meine Sehnsucht war doch so enorm, und ich war so unglücklich damit, dass wir nicht einmal wussten, wann wir uns das nächste Mal sehen würden. Aber wie konnte ich es anstellen, dass dieser Traum Wirklichkeit wurde? Da gab es leider nur einen Weg und dieser führte in das separate, triste und karge Büro, in das niemand freiwillig hineinging, wenn es nicht unbedingt nötig war.

Wollte ich das wahrhaftig riskieren und mir diese Blöße geben? Unsicherheit machte sich breit. Ob das wirklich eine gute Idee war? Aber was konnte ich schon verlieren, mehr als ein Nein konnte er mir nicht entgegnen, also warum hatte ich nur solche Angst, mit dieser Frage herauszurücken? Ich fühlte mich unwohl und mein Bauch grummelte nervös. Schließlich entschied ich, zuerst auf die Toilette zu gehen und die Sache erneut zu überdenken. Letztlich war es nur ein

Blitzgedanke, der noch nicht ganz ausgereift und zu Ende gedacht war.

Wieder zurück am Schreibtisch, der sich verdächtig nahe an dem Büro meines Chefs befand, hatte sich die Euphorie über diese Idee bislang nicht gelegt. Ich war immer noch aufgeregt. Vor allem darüber, dass ich diese Möglichkeit tatsächlich in Betracht gezogen hatte. Peter war ein einzigartiger Mann. Er verkörperte das volle Programm, das ich begehrenswert fand. Doch reichte dies, um sich extra frei zunehmen und ihm sozusagen hinterherzufliegen? Das war in meiner Vergangenheit nie ein gutes Omen gewesen. Am Ende war ich jedes Mal die Leidtragende gewesen und sitzen gelassen worden, weil ich es den Männern immer zu leichtgemacht hatte. Und nun wollte ich fliegen? Innerlich war ich total unschlüssig. Als ich erneut vorgab, den Posteingang durchzusehen, merkte ich, wie sich auf einmal meine Arme auf den Stuhl lehnten und ich im Affekt unerwartet aufstand. Anscheinend zog mich dieses Büro an und ich war drauf und dran, mir diese *Klatsche* abzuholen. Zumindest wollte ich versuchen, dem Vorhaben eine Chance zu geben.

Eine Minute später stand ich vor dem angeklebten Türnamensschild von Herrn Matuschek. Meine Hand zitterte ein wenig, als ich sie anhob, um anzuklopfen. Was hatte mir Nadine da nur geraten? Eigentlich wollte ich die nächsten zwei Tage im Büro verbringen und anschließend entspannt ins Wochenende starten. Aber nun stand ich vor diesem unheimlichen Zimmer und war von seinem grimmigen Gesichtsausdruck von heute früh, als ich zu spät dran gewesen war, immer noch etwas verängstigt. Nichtsdestotrotz kniff ich die Arschbacken zusammen und klopfte mit meinen leicht unruhigen Händen an die kalte Glastür.

»Herein«, forderte jemand kühl und sachlich vom hinteren Ende des Raumes aus. Ich trat ein und Herr Matuschek, alias zeitweiliger Hypochonder, begrüßte mich von seiner neuen Bürocouch aus. Sie war kackbraun und alles andere als ansehnlich. Hauptsache, die Betuchteren unter uns bezeichneten sie als die aktuelle Mode, das machte allerdings den schlechten Geschmack nicht wett. Hässlichkeit war anscheinend wieder *in* geworden!

»Wie kann ich Ihnen helfen? Ist etwas mit Ihrer Katze?«, fragte er in einem leicht spöttischen Unterton. Ach ja, Jerry und die Lügengeschichte hatte ich zwischenzeitlich schon total vergessen. Fragend sah er mich an, allerdings diesmal mit einem relativ normalen Blick.

Das gab mir die Kraft, Folgendes zu sagen: »Herr Matuschek. Sie wissen ja, ähm, ich habe damals sehr viele Überstunden aufgebaut und diese, ähm, würde ich gerne demnächst abbauen, wenn das für Sie möglich wäre?«

Etwas eingeschüchtert und hilflos stand ich vor diesem Fehlgriff von Möbel und wartete auf seine Antwort. Im Grunde hatte ich bereits vor der Fragestellung gewusst, was ich für eine Rückmeldung bekam. Aber ich hatte trotzdem all meinen Mut zusammengenommen und mich in die Höhle des Löwen gewagt. Jetzt bloß nicht weinen, dachte ich und wusste, falls anschließend eine negative Reaktion kommen würde, musste ich die Tore meiner Tränendrüsen sofort schließen. Als sogenannter Wutweiner konnte mir das ganz leicht passieren, wenn ich etwas unbedingt wollte und es mir dann verwehrt wurde. Was in diesem Fall eigentlich schon so gut wie vorprogrammiert war. Er sagte mit einem bestimmenden, aber dennoch gemäßigten Ton: »Wie gut sind Ihre Kollegen bisher eingelernt?«

»Ich traue ihnen mittlerweile alles zu, was auch in meinen Aufgabenbereich fällt«, antwortete ich augenblicklich und bestimmt. Ich war selbst von mir überrascht. Mein Chef stand auf und ging an seinen Rechner, tippte irgendetwas ein und klickte leicht unbeholfen mit seiner Maus herum. Er war wohl nicht das Computergenie, das man eigentlich von ihm erwartet hätte. Mit einem Zwei-Finger-Suchsystem forschte er auf der Tastatur nach den passenden Buchstaben. Ich wartete gespannt ab und wusste nicht genau, was er mit diesem Hokuspokus seiner Hände bezwecken wollte. Als er offensichtlich endlich fündig geworden war, hob er den Kopf, sah mich direkt an und nickte zuversichtlich. Leider war ich so angespannt, dass ich die Situation noch immer nicht einschätzen konnte. Sein freudestrahlendes Gesicht nahm ich zuerst nicht wahr.

»Ihre beiden Kollegen haben demnächst keinen Urlaub eingetragen, sehe ich hier«, stellte er fest, während er an seinem PC herumtippte. »Frau Miller, Ihre Überstunden sind immens. Sie haben ab morgen drei Wochen frei. Kann ich das so eintragen?«

Fassungslos sah ich ihn an und brachte zunächst keinen Ton heraus. Konnte es wirklich sein, dass ich aus Jux und Tollerei wahrhaftig einen Urlaub mit einer solchen nie dagewesenen Länge am Stück genehmigt bekam? Mir fiel die Kinnlade bis zum Boden hinunter und ich war schlicht sprachlos. Kurze Zeit später fing ich mich wieder, nickte ihm nur entgegen und bestätigte ihm somit meine Zusage.

»Dann wäre das ja geklärt. Eine schöne Zeit und kommen Sie gesund zurück.«

Immer noch wie gelähmt verließ ich das Büro und war baff, dass er so großzügig auf mich eingegangen war. Es war selten, dass man sich nach einem Gespräch mit ihm nicht komplett als Versager fühlte. Normalerweise liebte er es, den Angestellten seine Macht zu demonstrieren, aber heute hatte er wohl einen guten Tag. Was mir nur recht war.

Ich hatte nun drei Wochen Urlaub – am Stück! Als ich es endlich registriert und meine direkten Kollegen darüber in Kenntnis gesetzt hatte, musste ich Nadine gleich Bescheid geben. Ich rief die Durchwahl 338 an, erzählte ihr ganz aufgekratzt vom verrückten, spontanen Gang zu *Matuschke*, wie wir ihn gerne untereinander nannten, und konnte nicht aufhören, mich zu freuen. Enthusiastisch informierte ich sie, dass ich zu Peter wollte und ihn nun tatsächlich auch für eine längere Zeit besuchen konnte.

»Ich bin dir so dankbar für deinen Denkanstoß!« Eine so tolle Kollegin konnte man nicht zweimal haben.

Sie quietschte mir laut ins Ohr, und ich konnte fast hören, wie sie in die Luft sprang. Sie sagte lachend: »Unfassbar mutig von dir, Joyce, du kannst stolz auf dich sein. Und jetzt – hol dir deinen Mann!«

Kapitel 9 One-Way

Meine Kollegen schienen nicht sonderlich begeistert, als ich ihnen erzählte, dass ich ab morgen für so lange Zeit quasi die Flucht ergriff. Mit einem skeptischen Blick wünschten sie mir gute Erholung und ließen mich in den Feierabend und in den, wie ich fand, verdienten Urlaub ziehen. Meine Vorfreude war unübertroffen, und ich zeigte dem Gebäude, dem ich im letzten Jahr viel zu viel Freizeit geopfert hatte, innerlich beim Hinausgehen den Stinkefinger. Zuvor hatte ich Peter noch schnell eine E-Mail geschickt und gefragt, ob er sich denn heute Abend Zeit für ein Online-Date mit mir nehmen könnte, da ich überaus erfreuliche Neuigkeiten zu verkünden hätte. Als ich die Nachricht tippte, kamen mir plötzlich Zweifel, ob er überhaupt wollte, dass ich ihn besuchte. Schließlich stand die Beerdigung vor der Tür und er hatte mit Sicherheit etliche Sachen im Kopf, die erledigt und gemanagt werden mussten. An diese Option hatte ich, als ich vorhin bei meinem Chef im Büro gestanden war, gar nicht gedacht. Peter könnte auch sagen, ich sollte lieber in Frankfurt bleiben. Nun war die Mail aber bereits unterwegs zu ihm, und ich hoffte, dass er sich abends über meinen Einfall freuen und mich herzlich bei sich empfangen würde.

Als ich zu Hause fertig geduscht hatte und am ganzen Körper eingecremt war, machte ich leider einen falschen Schritt und rutschte vor lauter Überschwänglichkeit auf dem nassen Badezimmerboden aus. Ich landete mit einem lärmenden Knall direkt auf meinem Steißbein. Es ziepte schlagartig ausgesprochen schlimm. Sofort wusste ich, dass dieser Schmerz sich einige Tage hinziehen würde. Bedauerlicherweise war mir das nicht zum ersten Mal passiert, da der Boden dort wirklich sehr glatt war. Ich ärgerte mich kurz über meine Tollpatschigkeit, stand aber dann langsam auf und schüttelte vor lauter Schusseligkeit den Kopf.

»Bist du blöd, Joyce«, brabbelte ich zu mir selbst. Wie kann es ein Mensch mehr als einmal fertigbringen, an ein und derselben Stelle auszurutschen?

Säuerlich ging ich zum Kleiderschrank und suchte mir etwas Schickes zum Anziehen heraus. Ich wollte Peter schließlich gefallen. Vor allem, wenn ich so gute News in petto hatte. Als die schwarze Hose und der beige glitzernde, dünne Pulli angezogen waren, sah ich fix ins Postfach, ob er sich schon auf meine Anfrage hin gemeldet hatte. Vor einer halben Stunde war seine Antwort bereits gekommen – in ein paar Minuten war er startbereit für unser Internet-Date. Freudig und aufgeregt brühte ich mir noch schnell einen Kaffee auf. Abends eine Tasse zu trinken machte mir nichts aus, da ich nach wie vor wunderbar einschlafen konnte. Er war für mich nicht nur ein Wachmacher, ich trank ihn gerne, weil er mir einfach unfassbar gut schmeckte. Vor allem die Sorte *Cappuccino* von meinem Lieblings-Kaffeepad-Hersteller. Allerdings brauchte ich immer etwas Süßes dazu.

Vorsichtig setzte ich mich damit aufs Bett und schaltete den Laptop an. Mein Steißbein war vom Sturz noch sehr empfindlich, und bei der kleinsten Berührung musste ich mir einen Schrei verkneifen und schluckte ihn verbissen hinunter. Immerhin wurde ich so jedes Mal daran erinnert, was für ein Trottel ich wieder einmal gewesen war, dass ich doch endlich etwas daraus lernen und mir das in Zukunft nicht erneut passieren sollte. Auch in meinem Alter konnte man sich ja noch weiterentwickeln.

Ich hoffte, dass Peter gut gelaunt und nicht allzu sehr in seine momentane Trauer verfallen war. Lange musste ich nicht warten – als er bemerkte, dass ich online war, funkte er mich schon an. Mit einem fetten Grinsen sah ich meinen außergewöhnlich charismatischen Schatz an, und er konnte nicht anders, als glücklich zurückzustrahlen.

»Hey, Honeybee«, begrüßte er mich wie fast jedes Mal. »Wie geht es dir?«

»Mir geht es unfassbar gut, weil ich dich endlich wiedersehen darf und große, wunderbare Neuigkeiten habe. Ich weiß genau, sie werden dir gefallen«, erklärte ich ihm.

Er quetschte mich daraufhin aus: »Worum geht es bei deinen News? Jetzt hast du mich neugierig gemacht. Na los, raus mit der Sprache!«

Lange konnte ich es sowieso nicht vor ihm verbergen, also hielt ich damit nicht weiter hinter dem Berg. »Ich habe heute mit meinem Chef geredet und ihm klargemacht, wieviele Überstunden ich bereits angesammelt habe.«

»Und ...?«, bohrte Peter mit leicht ungeduldiger Miene nach.

»Ich habe eine positive Antwort auf eine Urlaubsanfrage erhalten!«

»Joyce, willst du mich mit Absicht ärgern? Warum tust du so geheimnisvoll? Jetzt sag mir endlich, worum es hier genau geht!« Peter wurde schon ganz unruhig, weil ich so nervös herumdruckste und er nicht wusste, warum ich in unserem Gespräch so hibbelig reagierte. Es war irgendwie amüsant, ihn so hinzuhalten.

»Na gut, ich werde es dir in einem Turbo-Speed erzählen, und ich will nur etwas von dir hören, wenn deine Antwort *Ja* lautet, okay?«

»Ich verspreche es dir«, sagte er unaufdringlich, um mich wahrscheinlich zu beruhigen.

Ich nahm meinen Mut zusammen und sprach es ganz schnell aus: »Er bewilligt mir ab morgen drei Wochen Urlaub und ich würde dich gerne währenddessen besuchen kommen und einen Flug in Richtung Orlando buchen, wenn du damit einverstanden bist? Ich vermisse dich nämlich wie verrückt, Peter! Ich will nicht mehr länger von dir getrennt sein.«

Vor lauter Scham konnte ich nach diesem Gefühlsausbruch nicht gleich in den Bildschirm gucken und fühlte mich auf einmal wieder wie sechzehn. Ich wollte seine Reaktion lieber nicht sofort sehen, sonst würde ich eventuell enttäuscht werden.

»Baby«, erwiderte er mit leiser Stimme und ich blickte daraufhin zu ihm. »Du kannst jederzeit zu mir kommen. Ich kann nicht glauben, dass du das überhaupt auf dich nimmst, da es schließlich eine beschwerliche Reise ist. Ich kann dir gar nicht sagen, wie glücklich du mich damit machen würdest!«

Wir schauten uns einen Moment lang an, und meine negativen Gedanken verschwanden mit einem Mal.

»Bist du dir ganz sicher?«, stammelte ich.

»Absolut! Es ist jederzeit ein Platz in meinem Bett für dich frei. Wann immer du dich danach fühlst, hole ich dich am Flughafen in Orlando ab.«

So erleichtert war ich seit einer Ewigkeit nicht mehr gewesen.

»Und wenn ich so schnell wie möglich zu dir komme? Dann könnte ich vielleicht bei der Beerdigung deines Vaters an deiner Seite und für dich da sein, wenn du das möchtest. Ich müsste nur jemanden organisieren, der sich während der Zeit um meine Katze kümmert.«

»Es wäre mir eine Ehre, dich dort an meiner Seite zu haben. Wenigstens ein kleiner Sonnenschein an diesem trüben Tag«, sprach er mit einem stolzen Grinsen, und man sah ihm an, dass er nun auch ein wenig nervös war, da er nicht mit solch großartigen News gerechnet hatte.

Ich erklärte ihm, dass ich mich gleich auf die Suche nach einem Flug sowie einem Aufpasser für Jerry machen würde. Erst danach könnte ich ihm mitteilen, wann meine Ankunft bevorstand. Peter reagierte ganz aufgedreht auf alle darauffolgenden Kommentare und wollte, dass ich mich schnellstmöglich in einen Flieger setzte. Er schlug vor, sich an den Flugkosten zu beteiligen, aber ich sagte ihm, dass das nicht nötig sei. Auf meinem Konto lag noch das Ersparte – die eiserne Reserve musste diesmal einfach dran glauben. Was gab es denn für einen besseren Grund, um diese aufzubrauchen, als die Liebe?

»Darüber sprechen wir noch einmal, wenn du da bist«, entgegnete er bestimmt. Unkommentiert ließ ich das im Raum stehen und wir philosophierten weiter, wie lange ich denn bleiben und was wir gemeinsam vor Ort unternehmen könnten. »Lass uns nach der Trauerfeier etwas Schönes machen, damit du auf andere Gedanken kommst. Ist das auch in deinem Sinne?«, fragte ich ihn und hoffte, er würde es positiv aufnehmen.

Peter erwiderte erfreut: »Das klingt nach einem guten Plan. Ablenkung ist das, was ich jetzt am besten gebrauchen kann. Und wenn meine Herzensdame dann auch noch ganz nah bei mir ist, kann eigentlich nichts mehr schiefgehen!«

Immerhin konnte er mir daraufhin ein kleines Lachen schenken. Zugegeben, eine Beerdigung war nicht gerade das erstbeste Ausflugsziel, das ich mir vorstellen konnte. Aber ich wollte für ihn da sein und wusste, wie schwer dieser Tag für ihn werden würde. Lauter traurige Menschen um einen herum, während man doch selbst am meisten trauerte. Das war nicht die beste Ausgangslage, um sich zu beherrschen. Ich hoffte, dass es nicht zu deprimierend werden würde. Auch, weil ich seine Familie bei so einem unangenehmen Anlass kennenlernen würde. Aber das war nun mal so, und ich war froh, die Möglichkeit zu haben, tatsächlich für ihn da zu sein – und das vor Ort!

Nachdem wir uns noch über die kleinen Details ausgetauscht hatten, würgte ich Peter ab, da ich mich auf die Suche nach einem Flug und dem Verpfleger für Jerry machen wollte. Schließlich strebte ich an, bald eine Maschine Richtung

Orlando zu ergattern und nicht die ganze Zeit zu verplempern, um nur davon zu träumen.

Nach einer liebevollen Verabschiedung stürzte ich mich in das World Wide Web.

Ich versprach Peter, sofort Meldung abzugeben, wenn es Neuigkeiten gab. Leider konnte ich nicht einschätzen, ob ich heute noch etwas ausrichten konnte. Ich rief Soph an, die schon öfter Katzensitter gespielt hatte. Sie war die ganze nächste Woche bei einem Seminar und dies fand dazu über eine Stunde entfernt statt. Sie hatte dort ein nettes Zimmer in einer Pension und fuhr während ihres gesamten Aufenthaltes nicht zurück. Daher fiel sie schon einmal weg. Böse war ich ihr nicht, aber es musste ein Alternativplan her. Als ich erneut eine Nummer wählte, ging zunächst niemand ran. Kurz bevor ich auflegte, hob Mama den Hörer doch noch ab. Nachdem ich ihr mein Anliegen erklärt hatte, hoffte ich, eine erfreuliche Antwort von ihr zu bekommen. Zwei Wochen wollte ich voraussichtlich dort verbringen, so war es zumindest mit Peter vereinbart. Mama legte mich kurz weg und redete im Hintergrund mit meinem Papa, der sicherlich wieder in seinem Ohrensessel saß und sich ein Gläschen Rotwein beim täglichen Durchzappen der heutigen Quizsendungen gönnte, während er entspannt ein Sudoku-Rätsel löste. Kurz darauf nahm sie den Hörer nochmals auf und schrie hinein: »Kein Problem, Joyce, du kannst ihn jederzeit einfach vorbeibringen. Solange du willst, passen wir gerne auf ihn auf. Wir sind zu Hause.«

Erleichtert und voller Tatendrang dankte ich ihr mehrmals. »Super. Ihr seid einfach klasse. Ich bringe Jerry die Tage zu euch, mit all seinem Spielzeug und dem Fressen.«

Wann genau dies sein würde, wusste ich noch nicht.

Das war die Freigabe für mich, nach dem nächstbesten Flieger zu suchen. Eine halbe Stunde später wurde ich bereits fündig. Wenn ich Samstagmittag losfliegen würde, gab es die Option einen Flug im noch dreistelligen Bereich ergattern zu können. Ich schrieb Peter kurz, ob er denn übermorgen schon ready wäre, mich zu sehen, und er antwortete schnurstracks mit einer äußerst freudigen Nachricht.

Das klingt perfekt. Buchen – und ab zu mir!

Ich musste nicht groß überlegen und sicherte mir den Flug. Allerdings entschied ich mich dann doch erst einmal für ein One-Way-Ticket, um mich mit dem Rückflug nicht zu sehr einzuschränken. Vielleicht gefiel es mir ja dort so gut, dass ich noch ein paar Tage länger bleiben wollte, als zwei Wochen. Daher ließ ich mir diese Option offen. Nachdem ich den Button Jetzt buchen bestätigt und all meine Daten und Kreditkarteninformationen eingetippt hatte, fing ich an, in der Wohnung wie eine Gestörte herumzuspringen. Ich schaltete meine Favoriten-Playlist ein und hüpfte fröhlich zu den Beats hin und her. So gut gelaunt war ich schon lange nicht mehr gewesen. Es war alles so schnell passiert. Heute früh hatte ich noch gar nicht geahnt, dass ich ab morgen Urlaub haben würde, geschweige denn, dass ich Peter bald wiedersehen konnte. So eine spontane Veränderung meiner Pläne hatte ich in der Vergangenheit noch nie erlebt. Ich tat etwas für mich, und es fühlte sich unglaublich gut an. So gut, dass man sich eigentlich hätte zwicken müssen, um zu verstehen, dass alles doch kein Traum war. Und das war es nicht. Ich hatte mein Schicksal selbst in die Hand genommen, etwas Verrücktes gewagt, und nichts auf dieser Welt hätte mich davon abbringen können! Zugegeben, Nadine hatte mich in die richtige Richtung geschubst, und ich war ihr so dankbar dafür.

Per E-Mail bekam ich relativ rasch die Bestätigung des Fluges und das Ticket befand sich im Anhang. Ich fotografierte es gleich ab und sandte es an meinen Geliebten, sodass er genau wusste, wann ich wo ankommen würde. Schließlich musste eine Lady auch auf Händen getragen werden. Nun ja, eine waschechte Dame war ich nicht so ganz, aber ich hoffte, er schätzte es wirklich, dass ich den weiten Weg für ihn, beziehungsweise für uns, auf mich nahm.

Er freute sich wie ein Honigkuchenpferd und wir telefonierten noch einmal per Video vor dem Schlafengehen miteinander. Mittlerweile war es ziemlich spät geworden an diesem Donnerstagabend, doch ich wollte einfach alles erledigt haben. Beide waren wir aufgeregt wie kleine Kinder, die sich an Weihnachten auf die vor ihnen liegenden Geschenke freuten. Peter war natürlich noch betrübt aufgrund seines Vaters. Daher entschuldigte er sich, dass ich es nicht falsch verstehen solle, falls er nicht komplett enthusiastisch wirkte und wegen meines Besuchs förmlich aus den Latschen kippte. Aber das brauchte er nicht. Das war mehr als verständlich, und ich sah ihm an, dass er mich bereits sehnlichst erwartete.

»Ich bin da für dich, mein Schatz. Du kannst auf mich zählen!«

Er machte daraufhin sogar einen Scherz. »For better for worse?«

»Wir sind nicht verheiratet, du Spinner«, erwiderte ich lachend und himmelte ihn dabei verliebt an.

Peter fuhr mit einer spaßigen Antwort fort: »Was nicht ist, kann eines Tages ja noch werden.«

»Jetzt genießen wir erst einmal die Zeit auf Wolke sieben und machen Orlando gemeinsam unsicher, okay?«, versuchte ich ihn von seinem scherzhaften Übermut zu befreien.

»So machen wir das, Chefin.« Er zwinkerte mir zu. »Kann´s kaum erwarten!«

Am Morgen suchte ich schon einmal das Wichtigste für meinen Koffer zusammen. Zumindest das, was ich vorerst nicht mehr brauchen würde. Als ich im Bad stand, um Shampoo und eine Spülung einzupacken, guckte ich flüchtig in den Spiegel. Als ich genauer hinsah, bemerkte ich, dass mein Haaransatz bereits ganz schön rausgewachsen war, und mir war nicht klar, ob ich Peter so unter die Augen treten wollte. Kurz entschlossen rief ich beim Friseur meines

Vertrauens an und fragte, ob er denn zufällig spontan einen Termin für mich frei hätte.

»Sie haben Glück! Heute, sechzehn Uhr?«

Das war wirklich ein glücklicher Zufall. Ich verbrachte noch einige Zeit mit dem Haushalt und dem Stubentiger, bevor ich mich dorthin aufmachte.

Heute war zwar leider nicht meine Lieblingshaarkünstlerin im Einsatz, aber ich war dankbar, überhaupt so schnell noch einen Termin bekommen zu haben. Normalerweise waren sie immer für mindestens vier Wochen im Voraus ausgebucht. Anscheinend hatte ich momentan einfach einen Lauf, denn es hatte jemand kurz zuvor abgesagt. Die Beraterin war ebenfalls nett und wusste genau, was ich wollte. Zuerst kam die blonde Farbe auf meinen Kopf mit einer anschließenden Kopfmassage beim Auswaschen – wer sagte dazu schon Nein. Solche Massagen könnten auch eine halbe Stunde länger sein, da würde sich jeder Kunde freuen. Leider war sie nach ein paar Minuten vorbei und es ging mir, wortwörtlich, an die Haare. Es war schon ein Weilchen her, dass ich zuletzt beim Friseur gesessen hatte. So sahen meine Spitzen anscheinend auch aus.

»Ich müsste ein bisschen mehr abschneiden, sodass Ihre Haare wieder gesund und glänzend wirken. Ein kleiner Longbob wäre sehr passend bei Ihrer Kopfform. Ich muss dafür nicht allzu viel von der Länge wegnehmen«, überredete sie mich. Ich war heute so voller Freude, dass ich sie einfach machen ließ und ihrer langjährigen Erfahrung Vertrauen schenkte. Bei diesem Friseur war ich bisher noch nie enttäuscht worden und die Preise waren mehr als fair. Daher vertraute ich ihrem Können.

Als sie fertig war, bewunderte ich ihr Werk. Ich sah jung, frisch und knackig aus und meine Haare schimmerten im Licht durch ihre Wundermittel-Pflege. Mehr als zufrieden bezahlte ich am Empfang und bedankte mich noch einmal von Herzen für den schnellen Termin.

Auf dem Rückweg schaute ich kurz bei Soph daheim vorbei und brachte ihr vom Bäcker ums Eck eine kleine heiße Schokolade mit. Die liebte sie zwischendurch, also kaufte ich eine, um ihr etwas Gutes zu tun. Schließlich war sie auch immer für mich da, wenn ich sie brauchte. Sie wirkte euphorisch, und ich informierte sie über die genauen Pläne, da ich ihr am Telefon bereits, als ich wegen Jerry nachgefragt hatte, bloß in aller Kürze mitgeteilt hatte, Peter besuchen zu wollen. Soph war im positiven Sinn schockiert von meiner spontanen Idee. So impulsiv kannte sie mich bisher nicht. Aber sie war stolz und hoffte, ich würde dort eine unvergessliche Zeit erleben. Sie genoss ihren heißen Kakao und bedankte sich dafür mit einem kleinen Kuss auf meine Wange.

»Jetzt muss ich aber los nach Hause, alles Restliche einpacken und mich auf den Flug vorbereiten«, verabschiedete ich mich. Es war schon wieder halb acht Uhr abends und wie immer packte ich im letzten Augenblick meine Sachen ein. Morgen früh holte mich das Taxi bereits um neun ab, da der Flug mittags ging. Der Flughafen lag nur dreißig Minuten von zu Hause entfernt, aber trotzdem wollte ich es nicht riskieren, das Gate zu spät zu erreichen. Eifrig packte ich alles ein und versuchte dabei, mich nur auf das Notwendigste zu konzentrieren, da sonst der gesamte Koffer überquellen würde. Sicher hatten wir in Orlando auch einmal Zeit, die Stadt zu erkunden und shoppen zu gehen. Da musste ich nicht sämtliche Outfits in das Gepäck quetschen. Eine kleine Auswahl reichte aus.

Als ich zufrieden mit meinen eingepackten Sachen war, legte ich mir noch die Klamotten raus, die ich mir für den Flug anziehen wollte. Ich hatte mir mit dem Suchen und Abgleichen der mitgenommenen Kleidungsstücke so viel Zeit gelassen, dass es bereits wieder nach dreiundzwanzig Uhr war. Außerdem rief meine Mutter zwischendurch noch einmal kurz durch und bat mir an, Jerry sofort abzuholen. Sie wollte mir damit die zusätzliche Fahrt ersparen und hatte all sein Futter eingepackt, damit er auch ja nicht bei ihnen verhungerte. Da machte ich mir bei ihr gar keine Sorgen.

Ich hatte nun alles soweit erledigt und war zufrieden. Mein Willkommenskleid, das kleine Schwarze, und der rote, leichte Cardigan darüber sollten ihm schon einmal einen Vorgeschmack darauf geben, was ihn mit mir in seiner Heimatstadt erwartete.

Als ich ins Bett wanderte, betrachtete ich nochmals das Bild unseres Kennenlernens auf der Parkbank am Handy. Es brachte mich fast zum Weinen und ich konnte danach glücklich und ausgelassen einschlafen. Peter tat mir einfach so unheimlich gut. Morgen ging es endlich los, und ich konnte wieder bei ihm sein. Womit hatte ich das nur verdient?

Der Taxifahrer drückte Punkt genau um neun Uhr auf die Klingel. Das Gepäck hatte ich schon vor die Tür gestellt. Top gestylt und mit meinen leuchtenden, neuen Haaren fühlte ich mich begehrenswert und presste dem Fahrer lächelnd den Koffer in die Hand. Ab ging es zum Flughafen.

Nach der Sicherheitskontrolle im abgesperrten Bereich holte ich mir erst einmal einen völlig überteuerten Kaffee und kaufte mir im Shop ein paar Zeitschriften für die Reise. Es lagen schließlich über zehn Stunden Flugzeit vor mir, da musste ich mich währenddessen ein bisschen ablenken. Es war erstaunlich wenig los für die Mittagszeit. Anscheinend gingen die meisten Flüge an diesem Tag bereits am frühen Vormittag, sodass es ziemlich ruhig war. Aber das hatte auch etwas für sich. So musste ich nicht ewig wegen eines Cappuccinos anstehen und konnte ihn entspannt auf einer Sitzbank vor dem Gate genießen. Da es noch dauerte, bis das Boarding anfing, las ich ein wenig in einem Klatschblatt und sendete Peter die aktuellsten Informationen. Genauer gesagt, wo ich mich gerade aufhielt und dass es nun bald losging. Los zu ihm!

Mein Handgepäck hätte ich etwas größer wählen sollen. Die kleine Tasche war so übervoll, dass ich das neu Erworbene aus dem Shop in der Hand tragen musste. Endlich konnten die Fluggäste in die Maschine einsteigen und nahmen nach und nach ihre Plätze ein. Eine gefühlte Ewigkeit später saßen endlich alle auf ihrem rechtmäßigen Sitz. Der Pilot sprach seine üblichen Grußworte und die Sicherheitshinweise wurden von den Stewardessen erläutert, während der dazugehörige Film auf den Bildschirmen der Passagiere abgespielt wurde.

Ich saß am Fenster, direkt neben einem älteren Ehepaar. Sie hatten mich beim Einsteigen freundlich begrüßt und schienen angenehme Sitznachbarn für diesen langen Flug zu sein. Darüber war ich dankbar. Keine kleinen Kinder, die sich nicht ruhig halten konnten und die ganze Zeit rumzappelten, wie es die unerzogenen Gören meines Bruders getan hätten. Allein diese Vorstellung – was für ein Albtraum! Vor allem bei meiner aktuellen Nervosität.

Ich hatte mich bereits eingerichtet und das Handgepäck ordnungsgemäß verstaut. Auf einmal fühlte ich so ein komisches, kleines Zwicken in der Magengegend. Ich zuckte kurz zusammen und hielt die Hand auf meinen Bauch.

»Ist alles in Ordnung bei Ihnen?«, fragte mich die ältere Frau neben mir.

»Ja, ich denke schon, vielleicht habe ich den Flughafen-Kaffee nur einfach nicht vertragen.«

Sie war beruhigt und kümmerte sich wieder um ihren Mann. Nach ein paar Minuten waren die drückenden Schmerzen vorbei. Wahrscheinlich hatte ich meine Flugangst doch nicht so in den Griff bekommen wie vermutet. Als kleines Kind hatte ich große Angst vor dem Fliegen gehabt und das hatte sich erst gelegt, als ich älter wurde. Ich riss mich zusammen und nach dem Start war alles wieder in bester Ordnung. Gott sei Dank gab es ein ausgiebiges Filmangebot in der Mediathek, und als wir auf Flughöhe waren, durchsuchte ich gleich einmal die Auswahl an dem vor mir angebrachten Display. Ich sah mir anschließend zwei Filme nacheinander an, zuerst einen Actionstreifen, danach eine kitschige Schnulze mit Happy End. Es sollte zumindest auch ein wenig Abwechslung dabei sein. So ein glückliches Ende wünschte ich mir für mein Privatleben ebenfalls.

Zwischendurch wurden wir mit Snacks und Getränken versorgt und es gab eine warme Mahlzeit. Frischer Lachs mit Nudeln und einem kleinen Kuchen als Nachspeise. Für ein Flugzeug-

Catering war es kein schlechtes Essen. Danach ging ich erst einmal zur Toilette und auf dem Weg dahin beobachtete ich die anderen Passagiere. Eine bunte Mischung befand sich an Bord. Der Punk mit den grünen Haaren, die aufgedonnerte Tussi mit ihren blitzenden Klunkerchen, der schüchterne Nerd mit der Brille und natürlich auch ein paar finstere Gestalten. Einer sah mir so tief und mystisch in die Augen, dass ich den Blick sofort von ihm abwandte. Nicht, dass er mich noch verfluchte oder sonst etwas mit meiner Seele anstellte. Voodoo wurde ja auch immer beliebter.

Zurück in der Reihe beobachtete ich, wie das Ehepaar nach einigen Minuten einschlief, nachdem sie mich wieder auf meinen Sitzplatz gelassen hatten. Sie sahen so friedlich und harmonisch aus und hielten außerdem miteinander Händchen. Das war ein Bild für Götter. Ich träumte ein wenig und hoffte, dass Peter und ich auch so eine einzigartige gemeinsame Zukunft vor uns hatten.

Nachdem ich die Zeitschriften alle durchgeblättert, noch einen Snack verputzt und einen weiteren Film angesehen hatte, ging es endlich an den Landeanflug. Ich war froh, dass es bald geschafft war, denn mein Rücken fühlte sich von dem Sturz im Bad weiterhin leicht angeschlagen an. Darum wurde es Zeit, sich etwas mehr zu bewegen. Leider konnte ich in Flugzeugen nicht sonderlich gut schlafen, daher war es mir wichtig, genug Ablenkung an Bord zu haben, ab und zu einmal aufzustehen und mir die Beine vertreten zu können.

Es war mittlerweile nach halb elf Uhr abends deutscher Zeit, das hieß, es war erst halb fünf nachmittags in Orlando, also noch mitten am Tag und hell. Auf diesem Flughafen herrschte allerlei Trubel, und man kannte sich beim Aussteigen nicht recht aus, wo genau man seine Koffer abholen konnte. Nach dem ersten Schritt aus der Maschine war ich bereits so aufgewühlt, dass ich kein Blatt Papier mehr zwischen meinen Fingern hätte halten können. Die Anspannung war während des Fluges so gut wie weggeblasen gewesen, da ich sowieso nichts hatte ausrichten können, solange wir nicht gelandet waren. Aber nun war es so weit, und ich spürte, dass ich mich nicht mehr richtig konzentrieren konnte. Meine Hände zitterten unkontrolliert und ich war innerlich total aufgewühlt.

Endlich an der passenden Kofferabladestation angekommen, begegnete ich erneut dem netten Ehepaar, welches ihren Sohn einmal im Jahr in

Florida besuchten. Jedenfalls hatten sie mir das, während wir in der Luft gewesen waren, so erzählt. Ich half ihnen ihre Koffer zu suchen und von der fahrenden Rollbahn zu hieven, und wir wünschten uns gegenseitig alles Gute. Nach zusätzlichen zehn Minuten Wartezeit kam endlich auch mein, mit einem pinken Gurt gekennzeichneter, schwarzer Koffer angerollt.

Ich nahm ihn an mich und stolzierte zielstrebig weiter. Los zu Peter – meinem hoffentlich zukünftigen Mann. Die schwitzigen Hände machten es mir nicht leichter, den doch schweren Koffer hinter mir her zu ziehen. Immer wieder musste ich ihn kurz absetzen und die feuchten Handinnenflächen an meinem Oberteil abreiben.

Jetzt lag nur noch der Ausgang vor mir. Ich wurde etwas langsamer und meine Atmung vor lauter Anspannung und Ungeduld immer schwerer. Ganz vorsichtig machte ich kleine Schritte, und auf einmal stand ich am *Exit*. Angespannt trat ich in die helle, tageslichtdurchflutete Eingangshalle und freute mich schon auf die aufregende Zeit, die mich dort erwartete!

Kapitel 10 Von der Bildfläche verschwunden

Fertig mit den Nerven und aufgeregt zugleich betrat ich den öffentlichen Bereich und wusste nicht, ob ich weinen oder lachen sollte, wenn ich endlich meinem Peter begegnete. Wir hatten eine so große Sehnsucht nacheinander, dass ich vielleicht sogar beides tun musste. Ich war so gespannt auf seine Reaktion und wie er aussehen und riechen würde. Wie wir uns begrüßen und uns nicht mehr loslassen würden. Mit diesen Gedanken im Kopf war ich bereits die ganze Zeit während des Flugs beschäftigt gewesen und konnte es kaum noch erwarten, meinen Mann in die Arme zu nehmen und endlich wieder bei ihm zu sein.

Fernbeziehungen waren definitiv nichts für schwache Nerven, da man einiges durchmachen musste, um irgendwann das Glück greifen zu können. Peter und ich hatten es bisher, wie ich fand, sehr problemlos gemeistert, unseren Kontakt nicht abbrechen zu lassen und versucht, so gut es eben ging, für den anderen da zu sein. Trotz der vielen Kilometer, die zwischen uns lagen. Es gehörten immer zwei Parteien dazu, und nur, wenn sich beide gleich bemüht an der Beziehung beteiligten, konnte man in Zukunft glücklich werden und einen gemeinsamen Weg finden.

Als ich über die mit Streifen gekennzeichnete Bodenfläche trat, welche den Sicherheitsbereich von der Eingangshalle trennte, wurde mir heiß und kalt. In Orlando war das Klima definitiv angenehmer als in Deutschland. Mit über zwanzig Grad konnte man in Frankfurt um diese Jahreszeit noch nicht rechnen. Ich fing an zu schwitzen und wollte einfach nur in diese bezaubernden braunen Augen meines Schatzes blicken und darin für die nächsten Wochen versinken. Es ging ganz schön turbulent zu, und es waren viele Menschen aus der Maschine gestiegen, die hier, genauso wie ich, ihre Liebsten suchten, welche auf sie warteten, um sie abzuholen. Als ich nach Peter Ausschau hielt, erkannte ich am Ende der Halle das ältere Paar, das vorhin neben mir gesessen hatte. Sie hatten gerade ihren Sohn, seine Frau und die Enkel in die Arme geschlossen. Sie alle wirkten glücklich und zufrieden, sodass man sich an diesem Bild einfach nicht sattsehen konnte. So viel Harmonie und Freude konnte man am Flughafen wohl an jedem einzelnen Tag vorfinden. Es war so rührend, wie sich alle miteinander freuten.

Als sie hinausgegangen und nicht mehr zu erkennen waren, schenkte ich dem Raum wieder meine volle Aufmerksamkeit, um Peter endlich zu entdecken. Auf den ersten Blick konnte ich ihn nicht erspähen und ich lief ein wenig konfus umher, mit dem schweren schwarzen Koffer in der Hand. Ich merkte deutlich, dass mich die lange Reise und der Zeitunterschied etwas mitgenommen hatten und ich fast keine Kraft und Energie mehr übrighatte. Normalerweise würde ich mich um diese Uhrzeit auch schlafen legen und nicht auf fremden Flughäfen stehen und nach meinem Geliebten Ausschau halten.

Aber wie das Schicksal so spielte, hatte ich heute andere Pläne. Atemberaubende Pläne mit einem außergewöhnlichen Mann, der mir das Herz gestohlen hatte. Allmählich wurde ich nervös. War ich möglicherweise am Ausgang an ihm vorbeigelaufen?

So hatte ich mir unser Wiedersehen jedenfalls nicht vorgestellt. Ein wirres Umherirren an einem fremden Ort, an dem ich mich nicht auskannte, um Peter in der Menge zu entdecken. Es war Zeit, ihn aufzuspüren. Als ich Peter nach einer halben Stunde verzweifelten Suchens immer noch nicht gefunden hatte und der Bereich sich mit jeder Minute mehr und mehr leerte, beschloss ich kurzerhand, meinen Koffer abzustellen und die Nachrichten auf dem Handy zu checken. Ich suchte nach einem freien W-Lan, hier auch Wifi genannt, um überhaupt Internet-Empfang zu ergattern. Mit Glück fand ich endlich einen kostenlosen Zugang und loggte mich dort ein. Es waren ein paar Mitteilungen von Soph und meiner Mutter angekommen, in denen sie fragten, ob ich gut gelandet sei. Außerdem ein verpasster Anruf eines Kollegen, aber der interessierte mich gerade herzlich wenig. Schließlich hatte der Urlaub bereits begonnen, und ich hatte erst einmal keinen Kopf mehr für das Geschäftliche. Als ich mein E-Mail-Postfach öffnete und dieses aktualisierte, überkam mich mit einem Mal ein komisches Gefühl – keine neuen Nachrichten! Peter hatte mir auch noch nicht auf das letzte geantwortet, das ich ihm am

Flughafen in Deutschland geschickt hatte, kurz bevor es für mich losgegangen war. Merkwürdig.

Ich versuchte, das ungute Gefühl gleich wieder loszuwerden und sah mich weiterhin um, ob er nicht doch von draußen hereingestürmt kam und sich dafür entschuldigen würde, dass er so spät dran war. Leider stand ich aber immer noch allein da.

Was konnte ich jetzt tun? Er ließ mich bestimmt nicht achttausend Kilometer weit fliegen, um mich dann am Flughafen sitzen zu lassen. Das war nicht sein Stil. Zumindest hatte ich in der kurzen Zeit, seitdem wir uns kannten, nicht den Eindruck gehabt, dass er in irgendeiner Weise unzuverlässig oder böswillig war. Ich probierte, ihn anzurufen, doch es ging nur seine Mailbox ran.

Als ich nicht weiterwusste, schlurfte ich nach einer Weile zu einem Informationsschalter und fragte die nette, grauhaarige ältere Dame, die dort saß, ob sie Peter nicht kurz ausrufen lassen könnte. Außerdem erkundigte ich mich, ob es noch eine andere Empfangshalle für ankommende Passagiere gab. Sie erklärte mir auf Englisch, dass dies das einzige Gate der Flüge aus Deutschland sei, bei dem man die ankommenden Fluggäste willkommen heißen konnte. Die Durchsage machte sie natürlich gerne in meinem Namen, und daraufhin wartete ich an ihrem Schalter darauf, dass Peter mich endlich finden und mitnehmen würde.

Mittlerweile war seit der Landung über eine Stunde vergangen – und ich wurde sichtlich zappelig. Das konnte doch nicht unser Start in den gemeinsam geplanten Urlaub gewesen sein? Bitte nicht! Ich zupfte vor lauter Anspannung an meinen Fingern und kaute auf den Nägeln herum, da ich in diesem Moment nichts anderes tun konnte und langsam die Geduld verlor. Die Dame wiederholte den Aufruf, da sie mir ansah, wie aufgelöst und hilflos ich in der Zwischenzeit geworden war.

Als nach weiteren fünf Minuten keine Menschenseele an den Schalter gekommen und Peter ebenfalls weit und breit nicht zu sehen war, senkte ich enttäuscht den Kopf. Die Traurigkeit konnte ich nicht mehr verbergen und eine dicke Träne kullerte mir über die linke Wange. Niedergeschlagen nahm ich meinen Koffer und setzte mich erst einmal auf eine Sitzgelegenheit neben dem Schalter. Ich war fassungslos und verstand die Welt nicht mehr. Kopfschüttelnd und mittlerweile von einigen Tränen bedeckt, saß ich wie ein Häufchen Elend da und konnte es einfach nicht begreifen. Was passierte hier? Gerade hatte ich noch euphorisch bei meinem Landeanflug aus dem Fenster gesehen und mich auf dieses Abenteuer gefreut, und nun heulte ich auf einer Bank, an einem völlig fremden Ort, mit völlig fremden Menschen um mich herum. Ich hatte nicht erwartet, dass ich mich in Orlando schon zu Beginn so allein fühlen würde. Liebe und Zuneigung hatte ich mir erhofft – und nicht dieses Drama ohne positiven Ausgang.

Als ich mit diesen negativen und düsteren Gedanken dort saß, vernahm ich plötzlich etwas. Die Tränenproduktion stoppte schlagartig und ich wartete ab, ob ich die Situation richtig deutete. Es waren Schritte zu hören, die immer eindeutiger in meine Richtung kamen. Da mein Blick noch gesenkt war und ich mich am liebsten gerade vor allen versteckt hätte, konnte ich nicht gleich erkennen, ob tatsächlich jemand auf mich zutrat. Ich traute mich nicht, nach oben zu sehen und wartete ab, was passieren würde. Ein Schaudern machte sich breit. Es lief durch meinen gesamten Körper. Gänsehaut ließ mich schütteln. Die Schritte wurden immer lauter, und man konnte deutlich hören, dass die Person sich zu mir begab. Ich wischte eilig die Tränen ab, war plötzlich sehr aufgeregt und hoffte, dass ich mir zuvor umsonst Sorgen gemacht hatte. Auf einmal konnte ich schwarze Männerschuhe und eine Anzughose vor mir erkennen. Die Person befand sich nun direkt vor mir und wartete anscheinend darauf, dass ich sie ansah. Erleichtert und voller Hoffnung stand ich auf, bewegte meinen gesenkten Kopf langsam nach oben und sagte, während ich mich erhob, aus tiefstem Herzen: »Endlich bist du da, Peter!«

Doch als ich meinen Kopf auf Normalhöhe gebracht hatte, wurde ich eines Besseren belehrt. Es war nicht Peter, der vor mir stand, sondern ein völlig Fremder! Verdutzt und leicht gekränkt wich ich einen Schritt zurück und starrte den Mann vor mir verwirrt an. Er konnte meine Tränen bestimmt noch erkennen, machte aber nicht den Anschein, als ob er mit mir Mitleid gehabt hätte. Ich bemerkte seinen beißenden Geruch nach Rauch und hielt mir kurz mit dem Finger die Nase zu, sodass ich den fürchterlichen Gestank, den man als Nichtraucher als noch unangenehmer empfand, nicht mehr riechen musste. Außerdem blitzten von seinem schwarzen Kopf durch das Licht die grauen Haare hervor, welche er mit Gel nach hinten geschleckt in einem Pferdeschwanz zusammengebunden trug.

Der Unbekannte blieb aber weiterhin vor mir stehen und starrte mich unentwegt an. Er zuckte nicht einmal, sondern war nur mit Glotzen beschäftigt. Was ging in diesem Kerl nur vor, und vor allem – warum war er nicht Peter? Ich fühlte mich so niedergeschlagen und dieser Typ machte es mir im Moment nicht leichter, an das Gute im Menschen zu glauben.

Auf einmal bewegte er sich und ich beobachtete ihn vorsichtig und unauffällig dabei, da er ziemlich unheimlich wirkte. Er holte einen Zettel aus seiner Hosentasche und fing tatsächlich an, mit mir zu sprechen.

»Are you Joyce Miller?«, fragte er, ohne dabei jegliche Miene zu verziehen. Verdutzt sah ich ihn an und wusste erst nicht, ob ich mich mit ihm ernsthaft unterhalten wollte. Er machte nicht gerade den sympathischsten Eindruck. Natürlich war ich Joyce Miller, aber war es unbedingt nötig, dass er das auch wusste? Unter diesen Umständen hatte ich allerdings keine wirkliche Wahl, also ließ ich mich auf ein Gespräch mit ihm ein.

Ich antwortete nur mit einem fragenden: »Yes?«

Er atmete tief ein und fing daraufhin an zu reden wie ein Wasserfall. Zuerst erklärte er mir, dass sein Name Scott Winters sei und er mich bereits gesucht hatte. Scott? Das kam mir bekannt vor! Als er weitersprach, wusste ich auch wieder ganz genau, wer er war. Peters Cousin. Derjenige, der uns letztens mit einem Anruf auf Peters Handy gestört hatte. Derjenige, der seinem Onkel sozusagen schöne Augen gemacht hatte, nur um sich das Erbe in irgendeiner Weise zu erschleichen. Als ich ihn fragte, warum er denn auf der Suche nach mir sei, was mir bis dahin unerklärlich war, sagte er etwas, mit dem ich absolut nicht gerechnet hatte.

»Peter wrote a farewell letter«, fing Scott an zu erzählen. Moment, was für ein Abschied?

Er fuhr fort: »He said goodbye and wanted to start a new life somewhere else in the world, because he could not handle the responsibility of running the entire company on his own.«

Uff ... Der Druck war ihm zu groß geworden?

Angeblich war es ein Abschied für immer, so erklärte es mir Scott zumindest. Peter hatte ihm von mir erzählt und dass er mich heute abholen wollte. Als der Brief dann gefunden worden war, kam ich Scott in den Sinn und dieser war gewillt, meine Wenigkeit über die Entwicklung in Kenntnis zu setzen. Also fuhr er zum Flughafen, um mich wieder nach Hause zu schicken, da ich wohl umsonst angereist war.

»Peter was too cowardly«, meinte er. Das half mir gerade aber nicht weiter. Als ich diese Neuigkeiten an den Kopf geschmissen bekam, ohne auch nur im Geringsten über ihren Inhalt vorgewarnt worden zu sein, musste ich mich dringend setzen. Der Kreislauf machte schlapp und mein Bauch sich erneut bemerkbar. Ich fühlte mich kaputt. Leer. Kurze Zeit später wusste ich nicht mehr, warum ich eigentlich hierhergekommen war. Es war nötig, einen Schluck von dem Wasser aus der Handtasche zu nehmen, um wieder klar denken zu können.

Scott war die ganze Zeit abgebrüht und undurchschaubar. Falls er Peters Verschwinden jemals als Verlust gesehen hatte, hätte man es ihm definitiv nicht angemerkt. Er schien normal darüber reden zu können. Fast so, als wäre es kein Problem für ihn, dass mein zukünftiger Partner komplett von der Bildfläche verschwunden war. Viel mehr sagte er zu dem Thema nicht. Nur, dass der Brief in Peters Büro gefunden worden war und er alles stehen und liegen gelassen hatte. Auch seine Wohnung war noch genauso, wie sie bisher immer ausgesehen hatte. Seine Schwester hatte angeblich einen Zweitschlüssel und ihn dort gesucht, leider aber nicht aufgefunden.

Er fragte, ob er mir beim Rückflug irgendwie behilflich sein könnte, oder ob ich das allein hinbekäme. Dann musterte er auffällig meinen Körper von oben bis unten und wackelte daraufhin ungestüm mit seinen Augenbrauen wie bei einem üblen Flirtversuch. Die Worte, die er anschließend sagte, erschütterten mich wahrhaftig bis ins Mark:

»You are really hot. Since you're already here, wouldn´t you rather come with me, sexy?«

War das gerade wirklich sein Ernst? Dachte er ohne Witz, dass ich mit einem gebrochenen Herzen gleich wieder mit dem nächstbesten Widerling ins Bett stieg? Was war nur in dieser Welt los – und was stimmte mit den Gehirnzellen dieses Mannes denn nicht? Völlig überfordert sagte ich erst einmal nichts, da ich zu beschäftigt mit mir selbst und meinem Unglück war. Und dann auch noch diese Frechheit!

»Definately not, you creep«, herrschte ich ihn abwertend an und wandte mich von ihm ab.

Unbeeindruckt und desinteressiert drehte er sich danach um und ging. Er stolzierte zielgerichtet davon und ließ mich eiskalt zurück. Was war das bitte nur für ein abstoßender Kerl? Kein Wunder, dass Peter oft schlecht über ihn gesprochen hatte. Der negative Eindruck, den er bei mir gerade hinterlassen hatte, war nicht in Worte zu fassen. Jeder andere hätte mir diese neuen, wirklich tragischen Informationen mit mehr Gefühl und zumindest mit ein wenig Mitleid mitgeteilt. Sicherlich hätte es keiner so hinuntergerattert wie ein auswendig gelerntes Gedicht und sich dann bei der erstbesten Gelegenheit wieder aus dem Staub gemacht. Absolut lächerlich. Ich war nur noch fassungslos und wusste nicht mehr, wo links und rechts war. Voller Liebe hatte ich mich auf diesen erlebnisreichen Ausflug gefreut und nun wurde ich bitter enttäuscht. Da war sie wieder – die Joyce von früher. Diejenige, die sich ärgerte, dass sie sich erneut auf einen Mann eingelassen hatte, der ihr sowieso nur das Herz brechen würde. Immer und immer wieder machte ich diese Erfahrung durch, und nach meinem letzten Ex hatte ich mir geschworen, dass mir das nie mehr passieren würde. Dann wurde mir klar, dass ich mich ein weiteres Mal mittendrin befand. Genau dort, wo ich nie wieder hatte sein wollen!

In der Sekunde, als mir das bewusstwurde, heulte ich los wie ein Schlosshund. So qualvoll und tief, wie es nur die Liebe mit einem machen konnte.

Ich packte schnell meine Sachen zusammen und lief zu den nächsten sanitären Anlagen. Ich klappte den Deckel des WC-Sitzes hinunter und musste mich erst einmal setzen. So aufgelöst und klein, wie ich mich gerade fühlte, wollte ich nicht auch noch in einer Flughafentoilette umkippen und Schaulustige um mich herum haben. Die Tränen flossen nur so dahin und waren einfach nicht zu stoppen. Ständig putzte ich mir die Nase. Während ich auf der Toilette war, was mir ziemlich lange vorkam, kam zum Glück niemand herein, und ich konnte meinen Gefühlen freien Lauf lassen. Ich war von der Situation und ebenso von mir selbst enttäuscht und wusste ehrlich nicht, wie genau ich wieder in so beschissene Zustände hatte hineingeraten können. Hatte mich Peter keine Sekunde lang geliebt? War das nur ein Spiel oder gar Berechnung von ihm gewesen?

Das konnte ich einfach nicht glauben. Aber der Moment gab meinen Zweifeln recht. Peter war angeblich in ein anderes Land gereist, nur um seinem Leben zu entfliehen. Warum wollte er mich nicht mehr, und wieso hatte er nicht die Eier in der Hose und sagte es mir selbst am Flughafen. Er wusste doch, dass ich extra seinetwegen eingereist war. Es war unbegreiflich. So schnell würde ich sicher keinem Mann mehr mein Vertrauen schenken können. Was er gerade mit mir gemacht hatte, war unverzeihlich. Ich fragte mich, warum er denn so überfordert mit der Übernahme der Firma war? Er hatte zwar mir gegenüber Bedenken geäußert und nicht genau gewusst, was auf ihn zukommen würde, aber er hatte nie den Anschein erweckt, als ob er das Erbe nicht antreten wollte oder gar könnte. Er hatte es seinem Vater sogar am Sterbebett versprochen und war außerdem jahrelang ausreichend von ihm darauf vorbereitet worden. Es standen tausende Fragen im Raum, und nachdem ich nahezu eine Stunde auf diesem stillen Örtchen verbracht hatte, war es Zeit für mich, die Heimreise anzutreten. Was sollte ich denn bitte sonst noch hier machen? Nur zu gerne hätte ich jetzt Soph bei mir gehabt, doch sie war tausende Kilometer entfernt und ich wollte sie nicht schon wieder mit meinen Problemen belästigen. Auch wenn ich sicher war, dass sie immer für mich da sein wollte, entschied ich mich bewusst dagegen. Ich musste selbst einen Weg aus dieser Bredouille finden.

Als ich mein Gesicht am Waschbecken zum Auffrischen mit kaltem Wasser abwusch, sah ich die total verwischte Schminke im Spiegel und versuchte, mich bestmöglich zu säubern. Zwar war ich danach fast ungeschminkt, aber gerade war mir das so etwas von egal. Hauptsache, ich würde endlich wieder aufhören zu weinen. Zumindest vorübergehend. Gedemütigt trottete ich zurück in Richtung der Schalter, bei denen man einen Rückflug buchen konnte. Nachdem ich mich angestellt hatte und den Ausweis aus meinem Handgepäck holen wollte, entdeckte ich rechts neben mir ein Werbeplakat mit der Aufschrift *Amanda can do it* aufleuchten. Darauf war eine hübsche Rothaarige zu sehen, die gerade am Strand ihren Urlaub genoss. Sofort dachte ich an unsere Bekannte, die meine Familie ein paarmal in Deutschland besucht hatte. Sie und ihr Mann Jake waren alte Freunde von Papa und lebensfrohe Menschen, mit denen man gerne Zeit verbrachte. Da machte es schlagartig Klick bei mir. Sie wohnten ganz in der Nähe von Orlando!

An die beiden hatte ich bis gerade eben überhaupt nicht gedacht. Einzig und allein Peter hatte meine gesamte Aufmerksamkeit gegolten – dieser Umstand musste sich jetzt ändern.

Amanda und Jake besaßen ein eigenes Holzhaus zwischen Florida und Orlando. Das kleine Nest nannte sich Davenport. Den Namen hatte ich immer schon bezaubernd gefunden, daher konnte ich ihn mir über die Jahre hinweg auch so gut merken. Leider war ich bisher noch nie dort gewesen, hatte aber mit den beiden per E-Mail Kontakt gehalten. Hauptsächlich mit Amanda – wir hielten uns immer gegenseitig auf dem Laufenden. Daher kannte ich auch die netten Bilder von ihrem Haus. Sie wohnten buchstäblich im Nirgendwo auf dem Land, doch sie fühlten sich dort ausgesprochen wohl. Sie genossen die Stille und die Natur. Wenn sie Action erleben wollten, brachen sie in die Stadt auf und unternahmen etwas, aber zu Hause war es für sie immer noch am schönsten.

An diese tollen Erzählungen zurückerinnert und wissend, dass wir uns bereits ein paar Jahre nicht mehr gesehen hatten, beschloss ich, die beiden zu besuchen. Ablenkung war nötig, und wenn ich jetzt zurückflog, würde mir bei all der Trauer, die ich verspürte, sowieso nur die Decke auf den Kopf fallen. Froh über diese spontane Eingebung nahm ich auf der erstbesten freien Sitzfläche Platz und suchte mit dem Handy nach dem Örtchen Davenport und der Telefonnummer der beiden. Sie wohnten tatsächlich nur sechzig Kilometer von meinem jetzigen Standort entfernt. Die Gelegenheit musste ich beim Schopf packen und das Beste daraus machen. Auch, wenn mir gerade nicht wirklich zum Lachen zumute war, nutzte ich die Inspiration, die durch das Plakat entstanden war, und verließ Orlando nicht gleich wieder per Flugzeug.

Es war mittlerweile schon dunkel geworden und ich wusste nicht recht, ob ich die beiden so spät noch belästigen sollte. Schließlich waren sie Vollzeitangestellte und wollten ihren Samstagabend mit Sicherheit nicht damit verbringen, mitten in ihrer Zweisamkeit gestört zu werden. Als ich ihre Nummer tatsächlich online im Telefonbuch fand, konnte ich mich allerdings nicht mehr zurückhalten. Ich rief einfach an. Was hatte ich denn jetzt noch zu verlieren? Außer meiner Einsamkeit wirklich absolut nichts.

Eine leicht müde klingende Frau ging an den Apparat und sprach etwas überfordert: »Hellou?«

Ich mochte Amandas Stimme, sie klang so sanft, und ich fühlte mich sofort besser, als ich sie hörte. »Hi, Amanda«, sprach ich schluchzend in das Telefon, denn ich konnte die Verzweiflung nicht verbergen, »ich bin's, Joyce. Ich bin in Orlando.«

»Joyce? You? Here?«, fragte sie energischer, dennoch heiter. Als sie mich an meiner Stimme erkannt hatte und wusste, wer sie so spät noch ans Telefon geholt hatte, wurde sie ruckartig hellwach. Sie freute sich sehr über meinen Anruf, und als ich mich erkundigte, ob sie denn einem Besuch von mir zustimmen würden, fackelte sie nicht lange und zog sich quasi schon an. Trotz meiner Widerworte bestand sie darauf, sofort loszufahren, um mich am Flughafen abzuholen.

»I´m on my way«, teilte sie mir entschieden mit, kurz bevor sie auflegte. Jake sollte weiter auf der Couch schlummern, er hätte im Schlaf sowieso nichts mitbekommen, meinte sie. Ich schmunzelte.

»Thank you so much!« Tausendmal dankte ich Amanda und heulte schon wieder. Sie fragte nicht einmal, warum ich so traurig klang. Ich war mir sicher, sie hatte es bereits herausgehört und wollte deswegen sofort aufbrechen, um für mich da zu sein. Wir hatten einen Treffpunkt am Parkplatz ausgemacht, und nachdem ich einen Happen zu mir genommen hatte, nur um nicht mehr komplett energielos zu sein, war Amanda auch schon da. Wir umarmten uns voller Freude und es tat so gut, jemand Vertrautes um mich zu haben. Leider konnte ich in diesem Moment die Tränen erneut nicht zurückhalten und drückte Amanda noch fester an mich. Das hatte ich jetzt gebraucht.

Unbeschreiblich, wie gut das tat. Verwundert über meine Reaktion ließ sie mich nicht mehr los. Als wir unsere Umarmung schließlich doch gelöst hatten, packten wir erstmal den Koffer in ihr Auto, und als wir darin saßen, wollte sie, dass ich ihr das, was mich so unglücklich machte, sofort erzählte. Natürlich nur, wenn mir das recht war. Und das war es. Vor ein paar Stunden war ich so unglaublich einsam gewesen. Es half mir, die Story von Peter und mir mit jemandem aus meinem bekannten Umfeld teilen zu können. Vielleicht würde mich das wieder ein wenig beruhigen, dachte ich insgeheim.

»He just didn't show up«, wimmerte ich.

»What do you mean?« Amanda war, wie ich, komplett überfordert und gespannt auf weiteren Input. Ungeduldig klopfte sie auf ihrem Lenkrad herum und lauschte meinen Worten.

»He left everyone behind and ran away – just like that.«

»Are you kidding me?« Ihre Bestürzung darüber zeigte sich durch ihren fast kreischenden Tonfall.

Die ganze Fahrt über weihte ich sie in unsere Geschichte ein. Sie wollte jedes noch so winzige Detail erfahren. Es war schön, gleichzeitig aber auch dramatisch, erneut alles Revue passieren zu lassen.

Etliche Tränen später und endlich in Davenport angekommen, konnte Amanda nicht fassen, was mir passiert war. Während der Fahrt hatten wir viel geredet, hauptsächlich ich, und sie verstand ebenfalls nicht, warum sich Peter davongeschlichen hatte. Irgendwie passten die Puzzleteile nicht zusammen. Er war doch so verliebt gewesen. Oder hatte ich ein völlig falsches Bild von ihm? Ich wusste gar nichts mehr!

Nachdem mich Jake auch herzlichst begrüßt hatte, genoss ich die Stille, die die Natur und die leeren, weiten Felder um ihr Haus herum ausstrahlten. Das würde mir jetzt helfen. Wir tranken noch einen heißen Pfefferminztee zusammen, und dann bezog ich das Gästezimmer. Es war klein und urig, dafür aber sehr warm und mit vielen schnuckeligen Details eingerichtet. Über dem Bett war ein Moskitonetz gespannt, das aussah wie die Vorhänge oberhalb der Schlafstuben der Könige in den alten Filmen. Ich fühlte mich fast wie eine Prinzessin in diesem Raum. Einzig und allein der Prinz fehlte mir.

Einige Zeit lag ich noch wach, da das, was ich heute erlebt hatte, einfach keinen Sinn ergab. Es war alles so skurril und unwirklich. Dass ich mich schon wieder komplett in einem Menschen geirrt hatte, ließ mich sehr stark an mir und meiner Menschenkenntnis zweifeln. Hatte ich denn überhaupt noch eine?

Dank des leichten Jetlags, der langen Reise und der Kraft, die mir durch das viele Weinen verloren gegangen war, konnte ich irgendwann meine Gedanken abschalten und endlich einschlafen.

Morgen war ein neuer Tag. Hoffentlich ein besserer.

Kapitel 11
Schwarzer Sonntag

Am darauffolgenden Tag wachte ich auf und wusste erst einmal nicht, wo ich mich befand. Es war ein düsterer Morgen, denn der Himmel wurde von einem grauen Schleier überdeckt. Davenport war sonst eher ein helles und sonniges Plätzchen, nur heute hatte es der Wettergott nicht so gut mit uns und dem niedlichen Örtchen gemeint. Offensichtlich passte das Wetter sich einfach meiner Stimmung an. Ab und zu kämpfte sich aber ein kleiner Sonnenstrahl durch die trüben Wolken. Dies konnte ich alles vom Bett aus beobachten, da sich das schräge Dachbodenfenster direkt über meinem Schlafplatz befand. Wahrscheinlich, um abends die Sterne betrachten zu können. Gestern hatte ich das Fenster allerdings überhaupt nicht bemerkt. Der Kummer war so immens, dass ich nicht mehr viel um mich herum wahrgenommen hatte. Ich war nur froh gewesen, an einem sicheren Platz zu sein und im Schlaf den Tag hoffentlich, wenigstens vorübergehend, vergessen zu können. Nur leider war mir das nicht geglückt. Sofort, als ich die Augen geöffnet hatte, kam mir Peter wieder in den Sinn und meine damit verbundene, tiefsitzende Enttäuschung. Dies war ein schwarzer Sonntag für mich!

Ich überlegte in alle Richtungen, wie ich das Geschehene verstehen konnte. Aber das war nicht machbar. Es passte nicht zusammen. Wie hatte Peter mich nach unseren tiefen und innigen Gesprächen und der, zwar kurzen, dennoch überaus intensiven, gemeinsamen Zeit nur so bitter vor den Kopf stoßen können? Ich konnte mir keinen Reim darauf machen. Es war einfach nicht möglich, dass ich mich so sehr in uns geirrt hatte. Wir hatten erst kürzlich von einer Zukunft miteinander geträumt. Seite an Seite. Von Peter war ebenfalls so viel Liebe und Zuneigung gekommen, und seine Sehnsucht nach mir fühlte sich so groß an, das konnte doch nicht alles vorgespielt und erfunden gewesen sein! Richtig?

Völlig in Gedanken versunken stand ich auf und schleppte meinen niedergeschlagenen Körper in das Badezimmer. Der Geruch von frisch gebrühtem Kaffee und Aufgebackenem lag in der Luft, und dieser Duft hatte sich bereits im ganzen Haus verteilt. Ich beeilte mich mit der Morgenroutine und zog mir schnell das Erstbeste über, dass ich in meinem Koffer oben aufliegend fand. Die bequeme Jogginghose und der fliederfarbene Hoodie waren jetzt ein perfektes Outfit für das Frühstück. Es war schon zehn Uhr morgens, aber sonntags konnte man das durchgehen lassen. Vor allem mit einem Jetlag und einer gewaltigen Portion Kummer im Gepäck.

Amanda und Jake saßen am Esstisch, und als ich zu ihnen stieß, umarmte meine Bekannte mich erneut und gab mir ein kleines, wahrscheinlich als Trost gemeintes, Küsschen auf die rechte Backe. Sie wollte wissen, was ich mir für einen Kaffee wünschte, lief dann gleich zu ihrem Vollautomaten und bereitete mir meinen wohltuenden Cappuccino zu. Darauf freute ich mich jetzt. Im Haus war es unglaublich gemütlich und die vielen Duftkerzen, die gerade den Geruch von Orangenblüten verbreiteten, boten ein angenehmes Flair und weckten das Wohlgefühl in mir. Es lagen leckere Croissants und Bagels auf dem Tisch. Dazu jede Menge Marmeladen und Butter, gepaart mit frischen Früchten und einem gerade gepressten Orangensaft. Ein perfekter Brunch für meinen Geschmack. Bei den beiden fühlte ich mich sehr gut aufgehoben und war froh, dass mir gestern Abend diese spontane Idee gekommen war. Großer Dank an das Plakat und ein Hoch an die Werbeindustrie!

Natürlich war der Aufenthalt in Orlando anders geplant gewesen, aber das Schicksal konnte ich nun nicht mehr ändern. Ich war dankbar, dass die beiden mich so herzlich, und ohne etwas zu hinterfragen, in ihr Haus eingeladen hatten. Amanda war für mich wie eine liebevolle Tante, die immer alles mir zuliebe stehen und liegen ließ, und wollte, dass es mir an nichts fehlte. Jedes Mal, wenn ich sie traf, was leider viel zu selten vorkam, tat sie mir gut, und ich wünschte mir oft, dass ich mehr Zeit mit ihr verbringen könnte. Immerhin waren wir diesmal so unplanmäßig zusammengekommen und hatten jetzt die Möglichkeit, unser kurzes Beisammensein zu genießen. Allerdings erklärte ich ihnen, dass ich morgen zurückreisen wollte, sofern ich spontan einen Flug nach Deutschland bekommen würde.

»No!«, schrie mich Amanda fast an. Jake protestierte gleichermaßen. Beide zielten partout darauf ab, dass ich meine Pläne noch einmal überdenken sollte, um ein bisschen mehr Zeit vor Ort auszukosten. Schließlich hatte ich genug Urlaub übrig, und die Rückreise musste ich nicht zu überstürzt angehen. Hätte ich die Reklame mit Amandas Namen nicht entdeckt, säße ich vor lauter Selbstmitleid wahrscheinlich schon wieder in einem Flieger zurück und würde bald zu Hause ankommen. Jetlag nach Jetlag sozusagen.

Während des köstlichen Frühstücks machte ich mir Gedanken darüber, und als wir den Tisch abräumten, erklärte ich Amanda und Jake, dass ich doch noch nicht so gleich abreisen wollte. Mir war klargeworden, dass es so oder so nichts an dem momentanen Stand ändern würde, also war der Plan, Orlando und seine Umgebung ein bisschen zu erkunden, wenn ich schon einmal hier war. Der Flug war doch stressig gewesen. Zwei Tage nacheinander musste ich mir und meinem Körper das nicht antun.

Am heutigen Sonntag war Marktsonntag in Davenport und viele Einwohner hielten sich dort auf. Anscheinend war das einmal im Monat so Brauch in diesem putzigen Örtchen. Deshalb waren auch alle so erfreut, sich gegenseitig zu sehen. Einige Leute fragten mich, wer ich sei und woher ich Jake und Amanda denn kannte. Es tat gut, so viele interessierte, aufgeschlossene Menschen auf einmal kennenzulernen und wieder etwas Neues zu erleben. Außerdem lenkte es mich hervorragend von meinen eigentlichen Problemen ab. Neben Essensständen und niedlichen Schnapshäuschen gab es knackiges Obst und Gemüse zu kaufen. Frisch geerntete Kartoffeln und Eier vom ortsansässigen Bauern und natürlich Süßigkeiten für die kleinen Bewohner, die sich unter uns befanden.

Nachdem wir uns stundenlang dort aufgehalten und viele Gespräche und Essensproben hinter uns gebracht hatten, gönnten wir uns noch einen Absacker, um die gute Stimmung weiter zu vertiefen. Jake konnte leider nur ein Bier trinken, da er sich heute als unser Fahrer zur Verfügung gestellt hatte. Wir waren mittags angekommen, und jetzt war es halb fünf am Abend, fast schon Zeit für das Abendessen. Aber da wir so viel gefuttert und uns durchprobiert hatten, waren wir alles andere als hungrig.

Nur unser Durst musste weiterhin noch ein wenig befriedigt werden, also machten wir Halt am Stand von *Spike´s Spirits* und gossen uns ein paar Kurze hinter die Binde. Spike brannte seine Schnäpse selbst. Sie waren zwar sehr stark, sodass es einem fast die Schuhe auszog, aber auch ausgesprochen lecker und einzigartig im Geschmack. Wahrscheinlich würde ich nie wieder so schmackhafte, kleine Fusel trinken wie bei diesem lebensfrohen und versoffenen Kerl Spike. Meine Güte, hatte der eine Fahne! Seine Nase war knallrot und seine Bewegungen gingen ihm bereits nicht mehr so leicht von der Hand. Da wurde das ein oder anderen Glas schon einmal aus Versehen umgeschmissen und die Hälfte musste wieder aufgefüllt werden. Ihm machte das nichts aus, er schüttete einfach beschwingt weiter ein und verteilte seine Edelbrände mit viel Freude an seine Gäste. Er war wohl selbst sein bester Kunde! Aber es war sehr lustig bei ihm und als wir uns dann gegen achtzehn Uhr nach Hause aufmachten, waren Amanda und ich von dem Frischluftschock ein wenig wackelig auf den Füßen. Wir merkten, dass in den letzten zwei Kurzen wohl ein Rausch mit drinnen gelegen hatte. Gerne hätte ich uns von außen betrachtet, denn mit Sicherheit hatten wir ausgesehen wie damals als Jugendliche, als wir den Alkohol noch nicht hatten einschätzen können und versuchten, irgendwie zu Fuß zurückzukommen. Jake kümmerte sich um uns, worüber wir sehr dankbar waren, und half uns besoffenen Weibern, ins Auto zu steigen. Wir bestanden darauf, uns selbst anzuschnallen, was uns nach einer Ewigkeit dann endlich gelang. Wir mussten über uns beide lachen, als wir diese verflixte Schnalle nicht in das Loch der Halterung bekamen. So betrunken kannte ich mich selten. Aber wir hatten uns so wohl dort gefühlt und eine schöne Zeit erlebt, da gönnten wir es uns einfach, dies ein wenig zu feiern.

Sicher zu Hause angekommen, machte uns der aufmerksame Jake erst einmal eine große Kanne Pfefferminztee und ließ uns gackernde Hühner allein im Wohnzimmer. Er konnte uns wohl nicht mehr länger ertragen, aber das war in Ordnung. Wir kuschelten uns zusammen, tranken die alkoholfreien Tassen voll natürlicher Kräuter und versuchten, den Rausch wieder ein wenig loszuwerden. Wir redeten über Amandas und mein Leben und die bisherigen Erfahrungen, und es tat so gut, unsere tiefen Gefühle gemeinsam zu teilen. Einige Zeit später, nachdem der Tee allmählich seine entgiftende Wirkung zeigte, wurden wir beide ruhiger und hörten dem Knistern des verbrannten Holzes ihres Kamins zu. Über viele interessante Details hatten wir uns ausgesprochen, da war eine kleine Pause zum Hinunterkommen genau das Richtige.

Gerade, als ich mich entspannt hatte und einfach nur den Moment genoss, fragte Amanda: »How do you feel about Peter?« Peter. Diesen Namen wollte ich eigentlich, so schnell es nur möglich war, vergessen und aus meinen Gedanken und Gefühlen streichen.

»Are you one hundred percent sure, that he has really ran off and is on his way into a new life?«, erkundigte sie sich noch einmal bei mir.

Darauf konnte ich nicht antworten. Ich kannte Peter zwar schon gut, zumindest dachte ich das, doch diese Aktion war mir selbst mehr als unbegreiflich. Vor allem, nachdem er sich so sehr gefreut hatte, als ich mit der Idee um die Ecke gekommen war, ihn für längere Zeit zu besuchen. Schnell war ich wieder in meinem verwirrten Zustand und konnte nicht sagen, warum ich nicht glaubte, dass er fortgegangen war. Amanda gab mir ihren Beistand und konnte Peters Beweggründe ebenfalls nicht nachvollziehen, nachdem ich ihr alles bis ins kleinste Detail erzählt hatte. Unsere einzigartige Lovestory.

»Are you sure, he won't show up at his father's funeral?«, fragte sie und zog dabei ihre Augenbrauen nach oben, während sie auf meine Antwort wartete.

Darüber hatte ich ehrlicherweise noch nicht nachgedacht, da ich mit mir selbst und dem Ablenken beschäftigt war. Doch ihre Frage war berechtigt. Würde Peter wahrhaftig nicht auf der Beerdigung seines eigenen Vaters auftauchen? Das wäre sehr untypisch und feige von ihm, das konnte ich mir beim besten Willen nicht vorstellen, so wie er ihn verehrt hatte. Ich verneinte, und gleichzeitig kamen mir einige Fragen. War er sicher außer Landes, oder würde er morgen am Grab seines Vaters stehen? Warum verschwand er noch davor, und wieso verabschiedete er sich nicht einmal von seiner geliebten Schwester Trudy? Als ich über diese Tatsache philosophierte und versuchte, die zahlreichen Unklarheiten in meinem Kopf zu beantworten, wusste ich, dass ich mehr darüber herausfinden musste. Würde er morgen dort stehen und anschließend wieder ins Nirwana verschwinden und wirklich alle, die ihm wichtig waren, zurücklassen? Würde er die Trauerrede von der Ferne aus beobachten und so seinem Vater die letzte Ehre erweisen? Es wühlte mich ziemlich auf, was Amanda mir eben eröffnet hatte, und ich konnte nicht anders. Ich beabsichtigte, morgen in Richtung Orlando zu fahren, um die offenen Fragen beantworten zu können. Schließlich war ich für Peter hierhergereist und wollte ihn, falls er sich dort aufhielt, definitiv nach der Beisetzung zur Rede stellen und ihm die Meinung geigen. Er hatte mich tief verletzt, und auch wenn es nicht der richtige Anlass war, ihm gehörig den Marsch zu blasen, so war es für mich einfach wichtig, meine Gedanken ihm gegenüber zu äußern und aufzuzeigen, wie sehr er mich gekränkt hatte!

Amanda gefiel der Plan, und sie stellte mir sogar ihr Auto dafür zur Verfügung. Sie und ihr Mann arbeiteten nämlich in derselben Polizeistelle, nur dass er im Außendienst unterwegs war und sie einen Platz im Büro hatte und die ganzen Fälle an ihrem Schreibtisch bearbeitete. Jake war eher der praktische Typ und hätte mit dem Papierkram auf Dauer nur einen Krieg angefangen. Daher war er lieber mit seinem Partner auf Streife und holte Amanda zum Feierabend hin wieder ab. Sie waren in meinen Augen ein Traumpaar und ergänzten sich in jeder Hinsicht. Trotz ihres Bürojobs war Amanda jedoch die lautere Person der beiden. Jake wirkte eher ruhig und gelassen, sie war hingegen aufbrausend, allerdings auf eine sehr neckische Art und Weise. Ich war glücklich um die Option des Autos, da ich höchstwahrscheinlich nicht so schnell einen Mietwagen aufgetrieben hätte. Peter hatte mir bei unserem letzten, mit Liebe vollgepackten Gespräch genau beschrieben, wo die Beerdigung stattfinden würde. Exakt um zwölf Uhr mittags.

Als ich am nächsten Morgen aufstand, waren Jake und Amanda bereits außer Haus. Ich machte mir einen koffeinhaltigen Wachmacher, schickte Soph ein kurzes Update per Nachricht, und aß noch einen Joghurt mit frischen Himbeeren und Blaubeeren darin. So konnte jeder Tag gerne beginnen. Das Frühstück brachte mir Energie, und nun war auch gefühlt der letzte Tropfen Alkohol aus meinem Körper verschwunden. Jake hatte gestern wohl einen Wundertee für uns aufgesetzt, denn normalerweise war ich nach so einem Suff nicht so schnell wieder auf den Beinen und vor allem nicht so fit und fidel wie gerade eben. Ich hatte circa eine Stunde Fahrt vor mir zu besagtem Friedhof und startete früh genug, um mich vorher noch etwas umzusehen. Für mich war es völlig klar, dass Peter dort sein musste. Aber das hatte ich vorgestern ebenfalls gedacht, als er mich eiskalt am Flughafen hatte sitzen lassen. Ich machte mir nicht allzu große Hoffnungen und begab mich auf eine unerwartete Entdeckungsreise. Leider im Zuge eines traurigen Anlasses. Amanda hatte mir noch eine Good-Luck-Karte auf den Esstisch gelegt. Darüber freute ich mich herzlichst und hatte für sie als Dankeschön einen Kussmund mit meinem Lippenstift daneben gedrückt, falls ich erst nach den beiden zurückkommen würde. Ich hoffte, sie verstand meine Antwort darauf.

Als ich den riesigen Geländewagen startete, merkte ich, dass sich meine kleine Knutschkugel zu Hause dagegen fast wie ein Auto-Scooter-Fahrzeug fuhr. Wie ein Zwerg saß ich in diesem mächtigen weißen Dodge RAM mit dreihundertfünfzig PS und war überrascht, wie schwer zu lenken und breit ein Wagen sein konnte. Nach ein paar Kurven hatte ich aber den Dreh heraus und fühlte mich wie die Königin der Straßen. Man saß so weit oben und konnte so viel mehr erkennen. Das war mit meinem kleinen Schluchtensauser gar nicht zu vergleichen. Natürlich musste man bei dem Gesamtgewicht etwas fester und früher bremsen, vor allem wenn es bergab ging, aber es war ein großer Fahrspaß, und ich wollte nie wieder aussteigen und meinen fahrbaren Untersatz definitiv nicht mehr hergeben. Viele Pferdestärken hatten mir schon immer Spaß gemacht, doch dieser Dodge wurde am heutigen Tag mein neues Traumauto, und ich wünschte, in Deutschland würde es für solche Schlitten ebenfalls

Parkplätze geben. Da war es mit meiner süßen Schüssel *Kitty* schon wesentlich einfacher, sich in die noch so kleinste Parklücke hineinzuquetschen.

Ich genoss die Fahrt, und als ich am Friedhof angekommen war, zog ich mir den dunklen Schal über den Kopf, um nicht gleich gesehen und entlarvt zu werden. Mein Puls stieg leicht an und ich wurde nervös. Allerdings konnte mich höchstens Scott entdecken, oder auch Peters Schwester Trudy, deren Gesicht ich bereits von einem Foto kannte und die vielleicht auch eines von mir gesehen hatte. Also hatte ich nicht viel zu befürchten. Trotzdem versteckte ich mich hinter einem Baum und beobachtete die Menschen, die hinter dem Pfarrer zum Grab gingen. Ich fühlte mich ein wenig wie bei Scotland Yard, da ich mich bisher noch nie so getarnt und auf die Lauer gelegt hatte. Außerdem bemerkte ich in mir die steigende Anspannung.

Es waren sehr viele Personen anwesend, mit Sicherheit hundert, und die komplette Rede und der Abschied wurden draußen am Grab vollzogen und nicht, wie bei uns zu Hause üblich, in der Kirche. So kannte ich das gar nicht, aber vielleicht hatte sein Vater das so gewollt, oder es gab dafür religiöse Hintergründe. Jedenfalls beobachtete ich alles genau, konnte Peter in der Menge jedoch nicht entdecken. Ich erkannte Trudy. Sie stand allein dort, und neben ihr war Scott, zu dem sie aber einen, wie mir schien, größeren Abstand hielt, als dieser sich zuvor ungefragt zu ihr gestellt hatte. Offenbar war er auch bei den anderen in der Familie nicht sonderlich beliebt. Selbst als ich die gesamte Umgebung analysierte und meinen Standort öfter heimlich und leise schleichend verlegte, konnte ich Peter nirgendwo entdecken. Es machte den Anschein, als ob er wirklich nicht erschienen war. Ich wollte es einfach nicht glauben, dass ich mit meinem Gefühl so falschgelegen und mich so in seinem Wesen getäuscht hatte.

Als die ausführliche Trauerzeremonie vorbei war und alle bereits verschwunden schienen, ergriff ich die Initiative und ging ebenfalls an das Grab, um mich von diesem, mir leider unbekannten, Toten zu verabschieden. Ich stand nostalgisch davor und hätte deren Vater so gerne noch kennengelernt. Sein aufgestelltes Sterbebild sah sehr freundlich aus. Peter hatte immer stolz von ihm erzählt, er war mit Sicherheit ein großartiger Mensch gewesen. Ich warf ebenfalls ein wenig Erde auf den Sarg, und schon kullerten wieder winzige, salzige Wässerchen aus meinen

Augen und glitten mir direkt über die Wangen. Es lagen so anstrengende und sensible Tage hinter mir, ich konnte diese feinfühlige Seite nicht verbergen. Manchmal wünschte ich mir, dass ich ein kleines bisschen härter im Nehmen wäre und manche Dinge somit besser wegstecken konnte. Aber dann begegneten mir so gefühlskalte Menschen wie zum Beispiel dieser unheimliche Scott und ich wusste wieder, warum es gut war, so wie ich zu sein. Lieber vergoss ich ein paar Tränen mehr und zeigte Mitgefühl, als dass ich verbittert und abgebrüht durch die Welt lief.

Als ich mich gerade umdrehen und zum Auto zurückgehen wollte, stand auf einmal eine Frau in meiner Nähe und hob ihren vergessenen Regenschirm auf. Es war ein sehr kühler und trüber Tag gewesen, es hätte auch plötzlich zu regnen beginnen können. Ich hoffte, dass mich die fremde Frau nicht wahrnahm und wollte mich so schnell wie möglich aus dem Staub machen. Kurz war ich etwas erschrocken, dass sich doch noch jemand dort aufhielt. Schließlich war mir bisher das Verstecken gut gelungen. Als sie den Schirm in der Hand hielt und sich wieder aufrichtete, versuchte ich eilig neben ihr vorbeizuhuschen und mich unauffällig zu verdrücken. Doch sie bemerkte natürlich, dass ich an ihr vorbeigeschlichen war, und rief mir nach mit einem lauten, auffordernden »HEY!«

Schlagartig stoppte ich und blieb stehen, ohne mich umzudrehen. Ich hörte durch die Schritte auf den kleinen Steinchen am Boden, dass sie immer näherkam. Mir war mulmig zumute und ich wusste nicht, ob ich warten wollte, bis sie hinter mir stand, oder ob ich schnell die Beine in die Hand nehmen und einfach losrennen sollte.

Ich entschied abzuwarten, was passierte, da mich ja hier niemand kannte. Meine Augen waren geschlossen und ich kniff sie fest zusammen. Als die Person hinter mir ankam und ich nicht wusste, wie ich reagieren sollte, spürte ich, wie sich eine warme Hand auf meine Schulter legte und die Frau mit einem leichten Akzent zu mir sprach: »Joyce, bist du das?«

Verwundert darüber, dass hier jemand überhaupt Deutsch konnte und noch dazu meinen Namen kannte, wuchs die Neugier. Wie war das möglich? Unsicher drehte ich mich um, um der Dame hinter mir in die Augen sehen zu können. Was war hier nur los? Ich wollte doch eigentlich Peter zur Rede stellen und nicht von einer Fremden angesprochen werden. Allerdings klang ihre Frage sehr weich und einfühlsam und in meiner momentanen Verfassung tat es gut, dass mir jemand mit seiner sanften Hand ein wohliges Gefühl gab.

Als ich endlich vor ihr stand, wusste ich augenblicklich, wer sie war, und der herzlichen Umarmung zufolge, die sie mir daraufhin gleich schenkte, musste sie mich auch sofort erkannt haben. Es war Trudy – Peters Schwester!

Erleichtert und in keiner Weise mehr aufgeregt ließ ich die liebenswerte Begrüßung zu und drückte sie fest zurück. Sie war selbst in Trauer – und das um gleich zwei wichtige Menschen, die kürzlich aus ihrem Leben verschwunden waren. Ich merkte ihr an, dass sie komplett am Ende war und spürte ihre Tränen durch den dicken Pulli an meiner Schulter durchsickern. Sie tat mir so leid, und ich hoffte, dass wir uns noch ein wenig unterhalten konnten. Trudy war total aufgelöst, und da Peter ihr anscheinend ausführlich von mir berichtet und ihr auch unser Foto mehrmals vors Gesicht gehalten hatte, hatte sie mich sofort erkannt.

Als ich ihr im Schnelldurchlauf erzählte, wie Scott mir die Nachricht am Flughafen überbracht hatte, war sie außer sich. Er hatte keine

Menschenseele davon in Kenntnis gesetzt, und niemand wusste, ob Peter nicht mit mir zusammen geflüchtet war. Sie konnte es nicht fassen, dass Scott das für sich behalten hatte und jeder glaubte, er hätte, gemeinsam mit mir, sein angeblich neues Leben begonnen. Doch leider, oder Gott sei Dank, war dies nicht der Fall. Trudy war anscheinend mitten in der Nacht noch zum Flughafen in Orlando gefahren, um mich zu suchen. Sie hatte darauf gehofft, mich zu finden und dadurch einen Anhaltspunkt zum Verschwinden ihres Bruders zu bekommen. Diesbezüglich musste ich sie nun enttäuschen.

Trudy offenbarte mir, dass ihre Mutter vor mehr als fünfundzwanzig Jahren tragisch ums Leben gekommen war. Peter und ich hatten bisher nie über sie gesprochen, da er das Thema anfangs bereits im Keim erstickt hatte. Ich hatte nicht unhöflich sein wollen und abgewartet, bis er so weit war, mir alles von ihr zu erzählen. Dies hatte nun aber schon seine Schwester übernommen.

»Sie wurde damals auf offener Straße von einem Fremden überfahren, der dann Fahrerflucht beging und bedauerlicherweise niemals geschnappt wurde. Ein Fußgänger hatte sie dann halbtot aufgefunden, und nachdem dieser den Notruf gewählt hatte und sie ins Krankenhaus eingeliefert worden war, erlag sie einige Zeit später leider ihren extremen Verletzungen. Laut Gutachten musste der Fahrer innerorts mindestens mit hundertzwanzig Sachen auf sie zugebrettert sein, anders wären die schweren und akuten Brüche nicht zustande gekommen«, erzählte Trudy mir mit einem tiefen Schmerz in ihrer Stimme. Sie atmete laut auf, bis sie schließlich fortfuhr. »Damals waren Peter und ich noch in der Anfangszeit der Schule, und es war schwer, sich nach diesem Schicksalsschlag wieder in das normale Leben einzufinden. Aber dank unseres Vaters und den lieben Freunden der Familie haben wir es alle zusammen gemeistert. Jedoch ist unsere Mutter niemals in Vergessenheit geraten!«

Trudy war genauso alt wie ich. Das hatte ich von Peter in einem der unzähligen Gespräche erfahren. Sie und ich waren uns gleich sympathisch und machten uns um denselben Mann Sorgen – ihren Bruder und meinen angeblich festen Freund. Sie war ebenfalls fassungslos über sein Verschwinden und ziemlich sauer auf Peter. Einerseits konnte sie es überhaupt nicht glauben, dass er das Weite gesucht hatte, andererseits war sie so enttäuscht, dass er ihr gerade nicht zur Seite stand, da sie bereits alles organisiert hatte, um ihn ein wenig zu entlasten.

»Ich muss jetzt weiter zum Leichenschmaus und darf dort nicht fehlen. Das Restaurant befindet sich gleich um die Ecke. Die Leute reden und philosophieren so viel über Peters Verschwinden. Ich sollte ihre Theorien besser schon im Vorfeld abblocken, also muss ich los.«

Wir wollten uns später weiter unterhalten und vereinbarten ein Treffen für spät nachmittags im nahegelegenen *Café Linger* in Orlando. Wir trennten uns. Bis dahin beschäftigte ich mich in der Stadt mit ein wenig Sightseeing und Bummeln. Zwar war mir nicht sonderlich danach zumute, aber ich musste die Zeit totschlagen und brauchte auch noch ein paar Kleinigkeiten aus der Drogerie, an die ich beim Packen zu Hause nicht gedacht hatte.

Als ich zur abgemachten Uhrzeit in diesem gemütlichen Café saß, kam Trudy pünktlich hereingeschneit und umarmte mich wieder genauso herzlich, wie zuvor auf dem Friedhof. Wir bestellten beide einen Kaffee und ein saftiges Kuchenstück aus Schokolade dazu und begannen zu reden. Wir unterhielten uns über die Entwicklungen, seitdem ihr Vater gestorben war, wie sie aufgewachsen waren und was Scott dabei bisher für eine Rolle gespielt hatte.

Trudy klärte mich auf: »Er ist schon immer, gemeinsam mit seinem Erzeuger, der Miesepeter der Familie gewesen, aber man kann sie schließlich schlecht daraus verbannen, daher arrangieren wir uns seit jeher mit der Situation und versuchen, einigermaßen normal miteinander umzugehen. Peter ist bereits einige Male mit Scott zusammengerasselt, deswegen hat sein Vater beide in verschiedenen Abteilungen untergebracht, sodass sich die Reibungspunkte weiterhin im Rahmen halten. Er war selbst nie ein Fan von Scott gewesen, doch er wollte ihm eine Chance in der Firma geben – Familienehre sozusagen. Tatsächlich macht er sich anfangs nicht schlecht in seinem Aufgabenfeld. Nicht so gut wie Peter, aber es war soweit tragbar. Scott hat nicht viele Angestellte unter sich, die er herumkommandieren kann, daher war sein Onkel froh, ihn überhaupt irgendwo unterbringen zu können, damit sich nicht weiterhin jeden Tag Dramen abspielten.«

»Verstehe.« Mehr fiel mir dazu gerade nicht ein.

Trudy zog mich nach einer Weile näher zu sich hin, und ich merkte, dass sie mir etwas zuflüstern wollte. Ihr deutscher Akzent war angenehm anzuhören.

Sie sagte leise zu mir, nachdem sie sich noch einmal im Raum umgesehen hatte, damit sie auch kein bekanntes Gesicht hören konnte: »Ich glaube nicht, dass Peter absichtlich verschwunden ist!«

Sie biss sich danach auf die Lippen und sagte es mit einer Überzeugung und ohne ihren Tonfall dabei zu ändern.

Vorsichtig erkundigte ich mich: »Was genau meinst du damit, Trudy?«

Als sie anfing zu reden, bestätigte sich nur alles, was ich bis zu meiner Ankunft in Orlando über ihn gedacht hatte. Peter war schon immer familienbezogen und loyal gewesen, und man konnte sich jederzeit auf ihn verlassen.

»Er war noch nie ein Feigling!«, betonte Trudy recht häufig, und sie kannte ihren Bruder ja bereits ein Leben lang, also musste sie es wissen! Natürlich war ihm die plötzliche Übernahme der Firma etwas zu schnell gekommen, aber er hätte niemals das Handtuch geschmissen und damit alle, die er liebte, zurückgelassen. Daher wunderte sie sich auch, dass er mich am Flughafen nicht abgeholt hatte.

»Hätte er wirklich versucht zu fliehen, und das an dem Tag, an dem du ankamst, dann bin ich mir sicher, dass er dich auf die Reise mitgenommen hätte«, behauptete Trudy und hob dabei ihren Zeigefinger, um ihre Aussage damit noch zu bekräftigen. »Peter war so verliebt, und das Glitzern in seinen Augen, jedes Mal, wenn er von dir sprach, verriet mir, dass du ihm sein ganzes Herz gestohlen hast. Auf gute Weise!«

Sie nickte mir zu. Es war ihr anscheinend wichtig, das zu betonen. Als sie so erzählte, wurde ich erneut rührselig und sofort an die wunderschönen Momente erinnert, die ich mit Peter bisher durchlebt hatte. Es machte mich stolz, dass er so hingebungsvoll vor seiner Schwester von mir gesprochen hatte. Ich konnte nicht anders – ein paar schleichende Tränen verließen meine Augen. Es berührte mein Herz. Sehr sogar. Sie versuchte, mich zu beruhigen und war sichtlich ergriffen, dass mir das alles ebenfalls so naheging. Die Zweifel an Peters Verschwinden wurden, je mehr wir uns darüber austauschten, immer größer. Trudy und ich beschlossen, der Sache auf den Zahn zu fühlen. Beide hatten wir ein Bauchgefühl, dass irgendetwas an dieser Geschichte nicht stimmte und es einen tieferen Grund geben musste, warum Peter auf einmal nicht mehr auffindbar war.

Wir sahen keinen anderen Weg, als etwas zu unternehmen!

Kapitel 12 Auf den Spuren von Scotland Yard

Beide waren wir fest entschlossen, uns auf die Suche nach Peter zu begeben und zu verstehen, warum er sich nicht einmal bei der Beerdigung seines geliebten Vaters hatte blicken lassen. Trudy kräuselte vor lauter Anspannung die ganze Zeit mit dem Zeigefinger ihre Haare über dem Ohr zusammen, als wir einen geheimen, kleinen Plan schmiedeten. Wir waren uns mit dem Verdächtigen nicht zu hundert Prozent sicher, aber Scott war nun mal ein absolut unsympathischer Zeitgenosse und würde gewiss alles dafür geben, seinen Willen immer und überall durchzusetzen. Er war momentan der Hauptverdächtige, und da wir nicht daran glaubten, dass sich Peter selbst aus dem Staub gemacht hatte, musste ein Buhmann benannt werden und beide waren wir uns dabei relativ sicher, auf der richtigen Spur zu sein. Jetzt hieß es nur noch: nachforschen, analysieren, und es letzten Endes zu beweisen.

Wir wussten nicht genau, wo wir anfangen sollten. Schließlich war Peters Wohnung genauso aufgefunden worden, wie sie immer schon ausgesehen hatte, und Trudy war, als sie mit ihrem Zweitschlüssel darin nach einem Anhaltspunkt gesucht hatte, nichts Weiteres aufgefallen, was ungewöhnlich gewesen wäre. Als sie so mit ihren langen glänzend haselnussbraunen Haaren spielte, wusste ich, dass es ihr unangenehm war, jemanden aus ihrer Verwandtschaft zu verdächtigen. Scott war zwar ihr Cousin, aber sie hatten von klein auf nicht viel miteinander zu tun gehabt. Ihre Mutter hatte sich schon immer nicht sonderlich gut mit ihm und seinem Vater verstanden. Daher gab es wenige Berührungspunkte, man sah sich höchstens ab und zu bei einer Familien- oder Firmenfeier. Sonst liefen sie sich nicht oft über den Weg. Trudy erzählte mir deren ganze Vergangenheit.

»Scotts Vater Owen ist aus dem gleichen Holz geschnitzt wie er. Wie heißt es so schön – Wie der Vater, so der Sohn, oder der Apfel fällt nicht weit vom Stamm! Das trifft in diesem Fall auch absolut zu, und daher war unsere liebe Mutter mit den beiden auf Kriegsfuß. Sie mochte falsche Menschen ebenso wenig wie unser Vater. Also haben sie uns vor den beiden beschützt, so gut es ging. Familie kann man sich eben nicht aussuchen. Davon können sicher viele Menschen ein Lied singen. Wie ist das bei dir so, Joyce?«

»Ach hör bloß auf … mein Bruder …! Davon fange ich jetzt lieber nicht an. Wir haben wichtigere Themen zu besprechen und außerdem merke ich, wie unruhig du bist. Vielleicht gibt es eine plausible Erklärung für das Ganze?« Ich bemühte mich, Trudy zu beruhigen. Wir standen gerade erst am Anfang unserer Nachforschungen, eventuell stellte sich wirklich bald heraus, dass es komplett andere Gründe gab, warum Peter sich nicht mehr in Orlando aufhielt. Als sie mich bestürzt ansah, merkte ich, dass ich wohl mit dieser Vermutung nicht richtiggelegen hatte. Sie war fest davon überzeugt, dass Scott in die Sache verwickelt war und sagte, ohne lange zu fackeln: »Wir werden ihn drankriegen, Joyce, versprich mir das!« Mit diesem entschlossenen und harten Tonfall hatte ich bei ihr nicht gerechnet. Es war ihr anzusehen, dass sie ihren Bruder um alles in der Welt finden wollte. Man merkte, dass sie ihn sehr liebte. Er war der Einzige, der ihr aus der eigenen Familie noch geblieben war. Deshalb zeigte sich ihr energisches Verhalten vermutlich ausgeprägter als üblich.

»Wollen wir nicht zusätzlich die Polizei verständigen?«, erkundigte ich mich bei Trudy, da ich mir nicht sicher war, ob das Aufklären dieses Falls ganz allein in unserer Macht stand. Ihre Augen wurden groß und kugelrund. Ich wusste, das, was jetzt kommen würde, würde mich nicht unbedingt beruhigen.

Trudy ergänzte: »Mir wäre bei der Sache auch lieber, wenn uns die örtliche Polizei unterstützt, aber, Joyce, leider kennt Scott auf diesem Revier nahezu alle und hat sich dort schon einen guten Namen gemacht. Sein bester Freund, der genauso ein absoluter Kotzbrocken ist, ist dort ein ziemlich hohes Tier. Daher hätten wir vorerst schlechte Karten, ohne handfeste Beweise gegen Scott Hilfe zu erhalten.«

Sie schluckte. Ich ebenfalls.

»Wirst du also an meiner Seite sein und wir starten die Suche vorerst allein?«, vergewisserte sie sich noch einmal.

»Absolut!« Ich versprach ihr, sie in jeglicher Hinsicht zu unterstützen. Es war ja ebenso mein Wunsch, herauszufinden, was geschehen war, und warum. So viele Fragezeichen standen im Raum, und als wir genauer überlegten, wie wir nun weiter verfahren sollten, beschlossen wir, zuerst im Haus ihres Vaters nach Indizien zu suchen. Trudy hatte einen Schlüssel dafür, da sie eine vertrauenswürdige Seele war und den Männern ab und zu, wenn sie Zeit hatte, im Haushalt unter die Arme griff. Sie war seit über einem Jahr Single und wollte sich erst einmal auf die Familie und sich selbst konzentrieren, daher tat sie alles dafür, dass es jedem gutging und keiner auf der Strecke blieb – auch sie nicht.

Es war bereits Abend, als wir an dem Haus ankamen, welches am Rand der Stadt lag. Das Grundstück besaß eine eigene Einfahrt mit elektrischem Tor. Allmählich begriff ich, dass die Familie Nickel etwas vermögender war, als ich es vermutet hatte. Trudy öffnete uns mit einem Sensor den Weg. *Valentine Lane 1956* war die Adresse, in der sie und Peter aufgewachsen waren. Ob es dort auch so romantisch zuging, wie der Name es bereits versprach? Als wir durch die gepflegte Allee fuhren, die uns nach und nach zum Haus führte, war mir etwas unwohl zumute. Man konnte ein riesiges Anwesen entdecken, mit einem pompösen Garten, bei dem man nicht einmal das Ende erkennen konnte. Das Gebäude war dreistöckig und machte den Anschein, als hätte es unzählig viele Zimmer. In meinem Umfeld hatte niemand ein derartiges Zuhause. Als Laie könnte man denken, dass hier ein wichtiger Prominenter wohnte, da man von außen keinerlei Einsicht auf das Grundstück hatte und niemand hineinkam, der nicht hineinkommen sollte. Dass Peters Familie so gut betucht war, hatte ich wirklich nicht ahnen können. Er hatte nie den Anschein eines verzogenen oder verwöhnten Schnösels gemacht. Trudy war ebenfalls eine ganz normale Frau, die offen und mit einer Leichtigkeit durch die Welt spazierte, wie ich es selten erlebt hatte. Natürlich war sie noch in großer Trauer um ihren Vater und machte sich gleichzeitig Sorgen um ihren Bruder, doch ihre einzigartige Persönlichkeit konnte man auf den ersten Blick erkennen.

Sie ging mit den Schlüsseln in Richtung Haustür, als ob es das Normalste der Welt wäre, in so einen, in meinen Augen riesigen, Palast einzutreten. Für sie war es nichts Ungewöhnliches, sie war in diesem Haus aufgewachsen. Platz und Raum – davon gab es hier wirklich mehr als genug. Für mich fühlte es sich etwas befremdlich an, aber ich lief ihr einfach hinterher wie ein Schoßhündchen und bekam beim Eintreten den

Mund vor lauter Staunen gar nicht mehr zu. So eine mächtige Empfangshalle hatte ich bisher nur in Filmen gesehen. Alles war in Rot- und Goldtönen gehalten, die mittig ausgerichtete, übermäßig große Treppe, die in die oberen Stockwerke führte, konnte man gar nicht übersehen. Ich fühlte mich plötzlich fehl am Platz und außerdem underdressed, da sich in so einem Prachtbau in meinen Augen nur hochadelige oder besonders bekannte Personen aufhielten. Anscheinend gehörte auch deren Vater dazu. Dass ich so eine *Gute Partie* mit Peter gemacht hatte, war absolut neu für mich. Aber auf sein Geld war ich nie scharf gewesen, ich wollte nur ihn und nichts anderes. Mit Sicherheit hatte er schon genug schlechte Erfahrungen mit Frauen gemacht, die ihn nur wegen seines Wohlstandes kannten und daher immenses Interesse an ihm zeigten. Da konnte es schwierig werden, eine geeignete Partnerin zu finden. Deshalb hatte er bestimmt auch nicht damit angegeben. Trudy bemerkte die Fassungslosigkeit in meinem Gesicht und erkannte wohl an der Mimik, dass Peter mich diesbezüglich nicht eingeweiht hatte.

»Es freut mich, dass du dich nicht deswegen in meinen Bruder verliebt hast. Das habe ich von

Anfang an gewusst. Erst recht, als ich dich heute Mittag kennengelernt habe«, verkündete mir Trudy zufrieden.

Ich war beeindruckt, wie schnell wir beide uns angefreundet hatten und wie richtig sie mich bereits einschätzen konnte. Es tat gut, einen Menschen zu kennen, der genauso unkompliziert war wie ich und außerdem dasselbe Ziel verfolgte. Fast so, wie bei Soph und mir.

Wir gingen in die Mitte des Vorraumes. Man konnte von dort aus den wunderschönen Sonnenuntergang durchs Fenster beobachten, der seinen weichen orangen Schein über die Landschaft und das gesamte Anwesen legte. Es fühlte sich an wie in einem Traum. Im Flur angekommen, schalteten wir die Hausbeleuchtung an und es fiel uns dabei nichts Ungewöhnliches auf. Alles war ruhig und sauber. Als wir in die Küche traten, kam uns unerwartet ein kalter Luftzug entgegen. Der Wind wehte durch den ganzen Raum, und wir machten uns auf die Suche nach dem Grund dafür. Wenig später fiel uns dieser ins Auge – die Tür zum Garten war aufgebrochen und vermutlich absichtlich zerstört worden! Sämtliche Glasscherben lagen am Küchenboden verstreut herum, sowie auch auf der Terrasse.

»Vorsicht!«, rief Trudy mir zu, als ich beinahe versehentlich auf eine große Scherbe getreten wäre. Ohne Trudys Warnung hätte ich die komplett übersehen. Wir nahmen zuerst Schaufel und Besen in die Hand, um die Sauerei zu entfernen. Es überkam uns ein mulmiges Gefühl, und ich sah etwas ängstlich zu ihr hinüber und flüsterte leise: »Meinst du, es ist noch jemand im Haus?«

»Ich wollte dich gerade dasselbe fragen«, tuschelte sie zurück.

Wir schmissen schnell, dennoch so leise wie möglich, den aufgekehrten Abfall in den Müll und trafen uns kurz danach in der Ecke der Küche, um zu entscheiden, wie wir weiter vorgehen sollten.

»Sollen wir oben nachschauen?«, fragte Trudy in meine Richtung. »Hier unten ist auf jeden Fall niemand zu sehen oder zu hören.«

Ich antwortete mit einem zurückhaltenden Ton: »In Ordnung. Wenn du möchtest, gehe ich vor!«

Ihr Schnauben zeigte mir, dass sie erleichtert über meine Antwort war. Wir gingen Hand in Hand hintereinander langsam und schleichend die Treppe hinauf. Ich hielt mich mit der anderen bei jedem Schritt am Geländer fest und stellte mich auf eine plötzliche Flucht ein, falls uns ein Einbrecher entgegenkommen sollte. Beim Hinaufgehen schlotterten meine Knie, und beide waren wir aufgeregt und nervös. Eine fallende Feder hätte uns in diesem Moment wahrscheinlich schon zu Tode erschreckt.

Oben angekommen, pirschten wir uns geräuschlos nach rechts zum Schlafzimmer vor. Es war niemand zu sehen. Das Zimmer schien normal und ohne Vorkommnisse verlassen worden zu sein. Also suchten wir weiter.

»Am Ende des Gangs ist Vaters Büro«, meinte Trudy, als wir an der Toilette und dem großen Badezimmer vorbeigeschlichen waren und ebenfalls nichts entdeckt hatten. Kurz bevor wir dort ankamen, sahen wir, dass die Tür leicht offenstand und ein Blatt Papier vor dem Zimmer im Flur lag. Wir hielten unsere Hände noch fester zusammen und erwarteten das Schlimmste.

Todesmutig gingen wir gemeinsam dorthin, rissen sie auf und schrien beide einfach los, um denjenigen, der sich dort versteckte, zu erschrecken und den Überraschungseffekt zu nutzen. Als wir jedoch aufgeregt im Raum standen, mit rasend pochenden Herzen, wurde uns klar, dass sich hier niemand aufhielt. Offensichtlich war aber kürzlich jemand hier gewesen und hatte nach etwas gesucht. Als wir das Chaos entdeckten, welches dort herrschte, sahen wir uns kurz entgeistert an. Das ganze Zimmer war auseinandergenommen worden und es lagen sämtliche Papiere und Möbelstücke, Dekorationen und Bilder wüst am Boden. So ein Durcheinander hatte ich bisher noch nirgends vorgefunden, nicht einmal in den schlimmsten Zeiten meiner Wohnung, wenn ich keine Lust gehabt hatte, aufzuräumen. Wir waren schockiert und wussten erst gar nicht, wie wir uns verhalten sollten. Ich sah Trudy verstört an und fragte: »Was haben die hier nur gesucht?«

Sie schüttelte den Kopf und ihr blieb sichtlich die Spucke weg. Man sah ihr direkt an, wie es bei ihr ratterte, und sie überlegte, was ihr Vater denn ach so Wichtiges in seinem Besitz haben konnte, dass gleich jemand in sein Haus eindringen und danach suchen würde. Auf Anhieb fiel ihr nichts ein, er hatte alles in die Firma und in Immobilien gesteckt, soweit sie wusste. Der Rest lag wahrscheinlich auf der Bank. Das ergab für Trudy keinen Sinn. Für mich hingegen schon – ein Einbrecher konnte schließlich nicht ahnen, dass in einem so prunkvollen Haus keinerlei Wertgegenstände versteckt waren. Während sie mir vertrauensvoll erklärte, wie ihr Vater das Geld angelegt und verwahrt hatte, fiel ihr Blick mit einem Mal auf einen großen gelben Umschlag, der auf dem Boden lag – mit einem geöffneten roten Siegel. Trudy stand auf und bückte sich danach. Da sie nun ein schnelleres Tempo an den Tag legte, hatte sie diesen Brief zuvor wohl schon einmal gesehen. Sie hob ihn auf und ging damit zu dem großen Ohrensessel, war aber zu nervös, um sich dort hineinzusetzen. Vorsichtig öffnete sie den Umschlag und sah hinein, doch es war mittlerweile nichts mehr darin zu finden.

Ich konnte nicht anders und quetschte sie aus: »Was ist das, Trudy? Beziehungsweise, was war das einmal?«

Gespannt wartete ich auf ihre Antwort.

»Das war die notariell beglaubigte Vollmacht, die mein Vater und Peter aufgesetzt haben, lange bevor er so krank geworden ist. Schon vor zehn Jahren hatten sie beide einen Notar beauftragt, besagtes Schreiben anzufertigen, das im Falle eines Verlustes oder einer Krankheit alle Eventualitäten berücksichtigte und die Firma schützte!«

Sie erklärte mir, dass sie damals als Zeugin zu diesem Termin mitgekommen war, weil Peter und ihr Vater nichts vor ihr hatten verheimlichen wollen. Am Ende war es beglaubigt und dieser Umschlag fest mit dem Siegel verschlossen worden. Daher erkannte sie ihn sofort, obwohl er sich bereits lange in einem Versteck befunden hatte.

»Hat denn jemand durch den Tod eures Vaters einen Vorteil? Konnte sich irgendjemand daran bereichern und etwas erben, was sehr wertvoll war? Ich meine, mal abgesehen von diesem wunderschönen Anwesen hier?«, befragte ich sie neugierig.

Trudy sah mich verwirrt an. Es schien, als ob ihr gerade irgendwas dazu eingefallen war. Sie schluckte nach meiner Frage schwer und musste sich jetzt doch auf den lilafarbenen Lieblingssessel ihres Vaters setzen. Ich holte ihr kurz ein Glas Wasser aus der Küche und half ihr, sich etwas zu beruhigen. Ihre Hände zitterten, seitdem ich mich bei ihr über einen begünstigten Erben erkundigt hatte.

Nachdem sie einen großen Schluck getrunken hatte, klärte Trudy mich endlich auf. »Joyce, es kann nur einer davon profitieren, dass mein Vater nicht mehr lebt und Peter so plötzlich nicht mehr ausfindig zu machen ist. Peter ist im Normalfall der gesetzliche Erbe, das hat Vater so festgelegt seit etlichen Jah...«

Sie unterbrach ihren Satz und musste eine Pause einlegen, bevor sie fortfuhr. Sie bekam gerade kein Wort mehr heraus. Nach einem weiteren Schluck versuchte sie nicht komplett auszurasten. Ich saß ihr mit zu Fäusten geballten Händen gegenüber auf dem Boden und wartete auf die Enthüllung, die gleich folgen würde. Als sie sich fing und wieder Luft bekam, fuhr sie leise fort: »Scott! Scott ist der Einzige, der in diesem Fall das große Los zieht. Ich wurde schon früh aus den Geschäften herausgehalten, da ich merkte, dass Versicherungen nichts für mich waren. Deshalb bekam ich meine jetzige Wohnung als Entschädigung sozusagen geschenkt, um in Firmenangelegenheiten außen vor zu bleiben. So hatten wir uns damals alle geeinigt.«

»Und was hat das Ganze mit eurem Cousin zu tun?« warf ich ein.

»Nun ja«, begann sie etwas stotternd, »unser werter Scott erbt im Fall von Peters Tod oder seinem Austreten aus der Firma sozusagen das ganze Unternehmen und hätte damit volle Macht und Handlungsbefugnis über sämtliche Angelegenheiten und auch über das gesamte Kapital!«

Geschockt hielt ich die Hände vor meinen Mund und konnte nicht fassen, was ich da hörte. Nun hatten wir tatsächlich das Motiv gefunden, und es war uns quasi zusammen mit dem geöffneten Umschlag serviert worden.

Trudy hätte das schon früher einfallen können. Durch das verwüstete Zimmer, in dem jemand auf die Suche nach diesen wichtigen Dokumenten gegangen war, kamen wir nun auf die Antwort, die uns bisher gefehlt hatte. Scott war der Böse in diesem Spiel, und zu tausend Prozent stierte er nur hinter dieser hohen Position und dem Geld her. Wir waren zwar nun glücklich über die gewonnene Erkenntnis, machten uns aber gleichzeitig noch mehr Sorgen um Peter.

Hatte sein Cousin ihn eiskalt aus dem Weg geräumt? Oder war sein Verschwinden eventuell doch nicht nur Show, und er hatte sich in einem fremden Land niedergelassen? Erpresste Scott ihn vielleicht, und Peter konnte nicht anders, als ihm den Weg freizumachen?

Es war im Moment nicht leicht für uns, positiv zu bleiben. Niedergeschlagen und ein wenig besorgt um unseren Liebsten, ließen wir es für heute gut sein. Wir räumten das Zimmer noch oberflächlich auf, klebten die Tür in der Küche provisorisch zu und machten uns auf den Weg zu Trudys Wohnung. Ich hatte Amanda kurz eine Nachricht mit den wichtigsten Vorkommnissen geschickt, sodass sie sich keine Sorgen zu machen brauchte, weil ich an diesem Tag nicht zurückkam. Sie hatte mir das Auto für die ganze Woche geliehen, sofern ich es denn benötigte. Erleichtert schrieb sie mir zurück und freute sich, dass ich Anschluss gefunden hatte. Sie bat mich, sie die nächsten Tage weiterhin auf dem Laufenden zu halten. Das hatte ich vor.

Trudy hatte mich zum Übernachten bei sich eingeladen, da sie genug Platz in ihrem Wohnzimmer auf der Couch hatte, auf der sich, wie ich dort anschließend feststellte, locker auch vier Erwachsene hätten tummeln können. Sie war froh über Gesellschaft, da sie heute viele Angst- und Trauerphasen durchlebt hatte. Als wir auf dem Heimweg im Auto saßen und das Vergangene verarbeiten wollten, hatten unsere beiden Mägen fast gleichzeitig um die Wette geknurrt, und wir hatten kurzerhand beschlossen, Pizzen zu bestellen. Das Essen hatten wir vor lauter Aufregung komplett vergessen, und das Stück Schokokuchen von vorhin hatte nicht lang genug vorgehalten.

Als die Mafiatorten und der dazu bestellte Salat gewissermaßen an der Haustür klingelten, freuten wir uns, endlich den Hunger stillen zu können. Die Stärkung nach so einem nervenaufreibenden Tag kam wie gerufen. Morgen planten wir, noch weiter zu recherchieren und herauszufinden, was Scott im Schilde führte.

Ich stellte eine These auf: »Es muss irgendwo Beweise geben, die ihn als Täter und hinterlistigen Erbschleicher enttarnen.«

Was genau er auf dem Kerbholz hatte, konnten wir natürlich bisher nicht eindeutig durchschauen, aber wir wussten, es war jetzt unsere Aufgabe, das aufzuklären und auf die Suche zu gehen. Auf die Suche nach dem, was uns half, Peter wiederzufinden und seinen Cousin endgültig aus der Firma zu verbannen.

»Mein Vater würde sich im Grab umdrehen, wenn er wüsste, dass Scott die Aussicht auf seinen Firmenvorsitz hat«, bemerkte Trudy, während wir aßen, und schämte sich dennoch gleichzeitig ein wenig für diese Aussage. Sie entschuldigte sich bei mir, doch ich verstand absolut, warum sie diese Gedanken hegte. Es war nicht abwegig, dass Scott in naher Zukunft der Kopf des Unternehmens werden könnte. Von daher spürten wir den Druck, das Ganze so bald wie möglich aufzuklären.

Bereits am nächsten Tag machten wir uns voller Energie an weitere Nachforschungen und starteten bei *Owen Winters Insurances*. Wir wollten uns in der Firma und bei den Kollegen etwas umhören, ob denn jemandem irgendetwas in der letzten Woche *Spanisch* vorgekommen war, und ob Peter eventuell sein Vorhaben hatte durchblicken lassen. Da wir aber von seiner Unschuld überzeugt waren, gingen wir nicht davon aus, dass uns diesbezüglich andere Informationen zu Ohren kommen würden. Trudy hatte sich durch den Tod ihres Vaters vorübergehend freigenommen und wollte sich sammeln, bevor sie sich wieder in die Arbeit stürzte. Das kam uns sehr gelegen.

Wir sprachen mit Olivia, der Sekretärin von Peter. Sie war begeistert, dass Trudy und ich uns auf die Suche nach ihm machten. Er hatte sich ganz normal bei ihr verabschiedet, und sie konnte rein gar nichts sagen, was uns weiterbrachte. Olivia machte sich ebenfalls Sorgen, auch um die Zukunft des Unternehmens, falls Peter nie wieder auftauchen würde. Die beiden arbeiteten jetzt schon so viele Jahre täglich miteinander, es wäre sicherlich eine riesige Veränderung für sie, wenn nicht mehr er, sondern ein gewisser anderer Boss das Zepter in die Hand nehmen und dadurch alle kirre machen würde. Falls sie etwas hören oder ihr seltsame Dinge auffallen würden, wollte sie uns natürlich sofort kontaktieren. Jeder, mit dem wir über Peters Verschwinden sprachen, hatte genau diese Angst, die Olivia ebenfalls ins Gesicht geschrieben stand. So lange war die Firma unter einer *Nickel-Hand* geführt worden, keiner wollte diese voraussichtliche Umwandlung durchmachen müssen.

Als wir fast alle Kollegen mit unserer kleinen Befragung durchhatten, stießen wir noch auf einige von ihnen in der Firmenküche, wo sie gerade ihre Mittagspause begannen. Zwei Frauen und drei Männer trafen sich dort und verspeisten ihr mitgebrachtes Essen. Es roch wie in einem Restaurant, und alle wirkten entspannt, als wir uns kurz dazustellten. Trudy schenkte uns ein Glas Wasser ein, und wir starteten das Gespräch mit den Anwesenden. Die beiden Damen und zwei der Herren waren sehr aufgeschlossen und versuchten, uns einen Anhaltspunkt zu geben, warum ihr Chef Peter nicht mehr da war. Aber sie hatten nur Informationen, die den Klatsch und Tratsch betrafen. Diese hatten wir heute schon öfter gehört und nicht viel darauf gegeben. Der dritte Mann im Bunde verhielt sich allerdings verdächtig ruhig und wollte sich hinter seiner Hand und seinem Essen verstecken.

Ich stieß Trudy kurz in die Rippengegend und wippte mit dem Kopf zu ihm hinüber, als ich bemerkte, wie komisch er sich benahm und wie kreidebleich er im Gesicht wurde. Ich sah ihr an, dass sie die gleichen Gedanken hatte wie ich. Als wir ihn gerade direkt ansprechen wollten, stand er ruckartig auf, ohne ein Wort zu sagen, legte seine noch halbvolle Tupperdose einfach auf die Spüle und verdrückte sich, so schnell er nur konnte. Wir bedankten uns bei den anderen und wussten, wir mussten ihm folgen. Hier war etwas faul!

Gerade als wir ihn einfangen wollten, stieg er in einen Aufzug und die Tür schloss sich genau in dem Moment, als wir davor ankamen. Er sah uns und stieß ein leicht erschrockenes »No!« aus, da er dachte, dass wir ihn noch schnappen würden. Wir befanden uns im ersten Stock und beschlossen, schnell im nebenan gelegenen Treppenhaus hinunterzulaufen und ihn im Erdgeschoss zu erwischen. Außer Atem kamen wir unten an und wunderten uns, wie flott wir unterwegs gewesen waren. Der Aufzug war allerdings schon angekommen, und es befand sich niemand mehr in der Kabine. Wir trennten uns und liefen in verschiedene Richtungen, um ihn ausfindig zu machen. Nach zehn Minuten des Suchens trafen wir uns wieder, und leider hatte ihn keiner von uns entdeckt. Er hatte sich nicht draußen auf der Straße aufgehalten, und in der Lobby und im kleinen Café im Erdgeschoss, wo sich viele Anzugträger mit ihren Kunden unterhielten, war ebenfalls keine Spur von ihm. Ich wunderte mich stark, dass wir ihn wirklich verpasst hatten, da wir die Treppen quasi heruntergeflogen waren. Gerade, als wir uns geschlagen nach oben begeben wollten, fielen mir zwei Türen auf, die wir bisher noch nicht erforscht hatten – die Toiletten!

Falls er sich darin verbarrikadierte, konnte er sich nicht den ganzen Tag dort aufhalten. Wir beschlossen abzuwarten und durchsuchten schon einmal die Damentoilette. Er war nicht aufzufinden, also blieb uns nur noch diese einzige Option. Wir platzierten uns zu beiden Seiten des Toiletteneingangs, sodass er uns nicht entwischen konnte, falls er tatsächlich dort herauskommen würde. Wir taten derweil so, als würden uns die Gemälde an der Wand, welche zum Verkauf ausgestellt waren, mächtig interessieren, und musterten diese ausführlich, während wir immer wieder einen Blick auf das Männer-WC warfen.

Eine Viertelstunde später, nachdem schon ein paar Fremde ein- und ausgegangen waren, öffnete sich die Tür ganz langsam und ein blonder, dürrer Kerl huschte unauffällig heraus. Das war er! Er lief in Trudys Richtung und sie stoppte ihn vehement, in dem sie sich mit ihrem Körper vor ihn stellte, und befahl ihm lauthals, bloß nicht noch einmal zu versuchen zu fliehen. Sie war extrem sauer, und dieser schmächtige Surferboy sollte es sich jetzt lieber zweimal überlegen, ob er sich wirklich mit ihr anlegen wollte. Als ich dazu stieß und wir ihn in die Enge drängten, gab er endlich klein bei, folgte uns, und wir setzten uns gemeinsam mit ihm an einen Tisch des komplett aus Glas gefertigten Cafés. Er konnte uns nicht einmal in die Augen schauen und wirkte wie ein beschämter Junge, der seine Hausaufgaben nicht gemacht hatte und sich auf die Standpauke des Lehrers gefasst machte. Ich überließ Trudy das Reden, da sie richtig in Rage war und somit die perfekte Ausgangslage hatte, um alles Wichtige aus ihm herauszuquetschen. Auf die Frage hin, warum er weggelaufen war, sagte er erst einmal gar nichts. Man sah ihm an, dass er etwas zu verbergen hatte. Wir ließen aber nicht locker, denn wir hatten eine Mission und wollten unter allen Umständen herausfinden, was hier Verräterisches vor sich ging.

Als er merkte, dass er uns nicht mehr entkommen konnte, da wir sogar allein viel stärker gewesen wären, als er, fing er endlich an auszupacken und verriet uns, was er gestern früh beobachtet hatte. Er war nämlich einer der Mitarbeiter, die unter Scotts Kommando *dienen* mussten, und hatte sich ungefähr um halb acht morgens in der Küche befunden, um sich einen Espresso zu machen. Von dort aus konnte man minimal auf die Tür, die zu Scotts Büro führte, blicken, und als er wartete, bis sein Wachmacher endlich durchgelaufen war, tat er dies auch unbewusst. Er sah, wie jemand in einer dunklen Weste mit Kapuze über dem Kopf an Scotts Tür klopfte und ungeduldig hin und her hopste. Um die Uhrzeit befand sich sonst noch niemand im Büro, da sich alle erst ab frühestens acht Uhr dort einfanden. Unser gefundener Spitzel, der den Namen Gary trug, welcher im Übrigen äußerst gut zu ihm passte, wurde daraufhin neugierig und sah von der Küche aus zu, wie es weiterging. Dieser düstere Typ war ihm ebenfalls unbekannt gewesen und benahm sich sehr eigenartig und auffällig nervös. Daher interessierte es ihn, was er denn von seinem Chef genau wollte.

»I was curious«, äußerte Gary. Das klang aber auch verdächtig und spannend. Dann ging seine Erzählung weiter. Der Fremde holte einen größeren Umschlag aus seiner Weste und übergab diesen an Scott, sobald er eingetreten war. Allerdings erst, nachdem sie noch einmal eindringlich das Büro nach möglichen Zeugen mit ihren Blicken durchsucht hatten. Gary war froh, dass er sich gut verstecken und den beiden weiter unauffällig auflauern konnte. Scott riss dem Fremden den Umschlag daraufhin aus dem Arm, ging schnell zu seinem Sakko, welches über dem Bürostuhl hing, und nahm etwas heraus. Als er es dem anderen Mann übergab, konnte Gary genau beobachten, was es war. Ein dickes Bündel Geldscheine!

»A bundle of banknotes, baby«, scherzte er, doch wir konnten darüber überhaupt nicht lachen. Vermutlich war er schon ein kleiner, komischer Freak, aber gerade brauchten wir ihn. Es mussten einige tausend Dollar gewesen sein, meinte Gary. Doch mehr war nicht aus ihm herauszukriegen. Als wir ihn noch fragten, ob er uns den unheimlichen Fremden genauer beschreiben könnte, wusste er nur ein Merkmal, an dem man den Besucher erkennen konnte. Sobald er nämlich das Geld erhalten hatte, flüchtete dieser schnell wieder aus dem Gebäude. Er lief dabei verwundert an Gary vorbei, als dieser, so als ob nichts gewesen wäre, mit seinem Espresso aus der Tür schlenderte und ihm lammfromm ein Good Morning wünschte. Natürlich hatte er von dieser finsteren Gestalt keine Antwort bekommen, doch als er ihm kurz gegenüber stand, konnte er deutlich ein Tattoo an dessen Hals erkennen, denn er hatte seine Kapuze nicht wieder hochgezogen. Dieses stellte eine grüne Gottesgestalt mit zwei großen Messern in der Hand dar. Der Fremde wirkte damit noch einschüchternder auf Gary. Er war froh, dass der Tätowierte ihn nicht weiter beachtete und schnurstracks in Richtung Ausgang verschwand. Außerdem hatte er einen sehr strengen Geruch an sich gehabt und sah nicht gerade wie der sympathische Typ von nebenan aus. So jemandem mochte man lieber nicht im Dunkeln begegnen, beschrieb Gary ihn beklommen.

Das war alles, was wir aus ihm herausbringen konnten. Nun waren wir wenigstens ein kleines Stückchen weitergekommen und wussten, dass Scott einem düsteren Kerl eine erhebliche Summe

Geld bezahlt hatte, um voraussichtlich an irgendwelche Informationen zu kommen.

Wir dankten Gary und ließen ihn wieder frei und an die Arbeit gehen. Beide ahnten wir sofort, um welche Dokumente es sich dabei in dem Umschlag gehandelt haben musste. Diejenigen, die bei Peters und Trudys Vater abhandengekommen waren und versiegelt im Schrank liegen sollten. Dieser Fremde war ohne große Zweifel der Einbrecher gewesen, der das Büro verwüstet hatte. Anscheinend wollte sich Scott vergewissern, dass er auch seinen gewünschten Platz einnehmen konnte und alle dafür benötigen Schriftstücke in seinem Besitz landeten. Die Situation spitzte sich immer weiter zu, und wir waren sehr gespannt, auf welche absonderlichen Dinge wir demnächst noch stoßen würden.

Kapitel 13
Etablierte Prostituierte

Scott war an diesem Tag nicht im Büro, und niemand wusste, wo er sich aufhielt. Wahrscheinlich schmiedete er seine Pläne zur Übernahme der Firma in einem stillen, dunklen Kämmerchen und lachte sich dabei ins Fäustchen. Den Mitarbeitern war es ziemlich egal, dass er nicht aufgetaucht war. Schließlich hatte er sich mit den Jahren dort einige Feinde gemacht, und keiner war begeistert von seiner ständigen Anwesenheit. Niemand wusste, was genau eigentlich sein Job war. Geschweige denn, was er den ganzen Tag überhaupt trieb, außer Leute in sein Büro zu zitieren und ihnen dabei ordentlich Feuer unterm Hintern zu machen, Listen und Auswertungen auszudrucken und sich andauernd eine Tasse Kaffee bringen zu lassen. Mehr konnte man von seinem Arbeitsalltag nicht erkennen, so war es zumindest aus den Ermittlungen von Trudy und mir hervorgegangen.

Nachdem wir uns noch einen kleinen Snack gegönnt hatten, gingen wir in Peters Büro und suchten dort nach zusätzlichen Anhaltspunkten. Es wirkte schick, überaus großzügig und war äußerst modern gestaltet. Schwarze Möbel, ein ebenfalls dunkler, gläserner Schreibtisch, ein einzelnes Bild an der Wand und eine Obstschale auf dem Besprechungstisch ließen den Raum zwar etwas karg, dafür aber clean wirken. Wir fingen an, alles zu durchsuchen. In den Schränken waren sämtliche Ordner und die Ablage vorzufinden. Da wir beide heute nichts anderes vorhatten, nahmen wir uns die Zeit, Peters Dokumente genauestens zu durchstöbern, um auch nicht die kleinste Kleinigkeit, die von Wichtigkeit gewesen wäre, zu übersehen.

Leider waren dort nur Unterlagen zu den Versicherungspolicen der Kunden zu finden und Verträge über Sondervereinbarungen, was uns bei der Suche nicht wirklich voranbrachte. Es hinderte uns eher daran, Peter aufzuspüren. Stundenlang hatten wir alles ausführlich analysiert und waren leider keinen Schritt weitergekommen. Die

Mitarbeiter gingen schon langsam in ihren wohlverdienten Feierabend, und wir saßen immer noch am Boden, umgeben von der ganzen Ablage und den Schriftstücken, die uns nur kostbare Zeit raubten. Wir beschlossen, alles wieder einzusortieren und anderweitig an neue Informationen zu gelangen.

Als die Hefter sauber und geordnet im Schrank verstaut waren, sahen wir noch nach, ob sich eventuell auf Peters Schreibtisch ein Hinweis verbarg. Sein Kalender lag darauf und Trudy blätterte ganz interessiert darin. Sie fand aber leider nichts, was uns auch nur im Entferntesten weitergeholfen hätte. Er hatte sogar für die nächsten Wochen ein paar Termine vorab eingetragen und sich daher offensichtlich nicht so bald auf eine spontane Reise oder Ähnliches begeben wollen. Außerdem war am Tag meiner Ankunft in Orlando ein Herz in den Kalender hineingemalt und darunter hatte Peter meinen Namen geschrieben – wie süß war das denn bitte?

Trudy deutete mit dem Finger energisch darauf, fixierte mich mit ihrem Blick und verkündete fast schon übermütig: »Siehst du, wie verliebt er in dich ist? Das zeigt doch, wie sehr er sich auf deinen Besuch gefreut hat!«

Ich schmunzelte und nickte zustimmend. »Du hast recht!« Er konnte einfach nicht verschwunden sein! Wir stellten die Suche für heute ein, fuhren zurück zu Trudys Wohnung und waren beide sehr geschafft. Detektiv zu spielen, war doch nicht so unkompliziert, wie wir es zunächst angenommen hatten. Trudy kochte uns noch ein leckeres Abendessen, und nach ein paar Gläsern Wein und netten Gesprächen über ihre bisherigen, spannenden und oftmals misslungenen Männererfahrungen, gingen wir müde ins Bett. Morgen würden wir Scott selbst genauer auf den Zahn fühlen und ihn nicht mehr aus den Augen lassen. Der Plan stand!

An diesem Mittwoch hatten wir hochmotiviert das Haus verlassen und Peters Lieblingsplätze aufgesucht. Die Idee kam von mir, und Trudy wusste genau, wo wir überall hinfahren und uns umsehen mussten. Um sechs Uhr am Morgen hatten wir Gary bereits auf seinem Mobiltelefon angerufen und ihn um einen Gefallen gebeten. Nach unserem Gespräch schien er erleichtert und freute sich, dass er uns bei der Suche weiterhin helfen konnte. Er hatte uns gestern auf Anfrage seine Telefonnummer gegeben, damit wir ihn bei

Fragen, oder wenn wir seine Hilfe benötigten, noch einmal anrufen konnten. Das taten wir an diesem besagten Morgen direkt und baten ihn darum, heute ganz genau auf Scott zu achten, falls er ins Büro kam. Er sollte uns sofort kontaktieren, sobald dieser Fiesling es wieder verließ.

Als wir am ersten Ziel ankamen, Peters Lieblingsbücherei, und uns darin umsahen, läutete Trudys Handy so schallend, dass uns alle Anwesenden einen bösen Blick zuwarfen. Sie hatte vergessen, es lautlos zu stellen, aber wir wollten uns dort ja nur kurz aufhalten. Wie sollten wir ahnen, dass genau in diesem Moment ein wichtiger Anruf kam.

Gary war dran und teilte uns mit, dass sich Scott seit halb acht im Büro befand und seinen undurchsichtigen und nicht nachvollziehbaren Arbeiten nachging. Er war heute überaus freundlich zu allen und lief mit einem breiten Lächeln und einer Selbstverliebtheit durch das Büro, die jedem sofort auffiel. Normalerweise hatte er morgens gleich jemanden als sein neues Opfer auserkoren und ihn vor versammelter Mannschaft untergebuttert. Heute blieb er hingegen seelenruhig und wirkte ungewöhnlich zufrieden. Sogar ausgeglichen. Sein Verhalten machte den

Kollegen ein wenig Angst, und sie wussten nicht so recht, ob er nicht doch bald eine Bombe platzen ließ. Wir dankten Gary für seine ausführliche Beschreibung der Stimmung vor Ort, und als wir wieder aus der Bibliothek hinausgingen, ohne fündig geworden zu sein, verließ mich plötzlich ein wenig der Mut. Würden wir Peter überhaupt noch finden? Oder hatte Scott ihn schon über den Jordan geschickt und vielleicht sogar eiskalt abgemurkst? Wir wussten es nicht.

Diese Gedanken teilte ich Trudy mit, als wir wieder ins Auto gestiegen waren. Sie pfiff mich gleich ordentlich zusammen und bat mich eindringlich, nicht jetzt schon aufzugeben!

»Wir kommen immer näher an die Wahrheit heran, und nun sollten wir nicht den Kopf hängen und uns entmutigen lassen«, sprach sie mit entschlossener Stimme. Ich wusste, dass sie recht hatte, aber innerlich quälte mich weiterhin die Angst, dass Peter mich vielleicht doch mit Absicht versetzt und sich bewusst im Ausland niedergelassen hatte. Allerdings wollte mein Herz noch daran glauben, dass er gar nichts mit der Sache zu tun hatte und nur das Opfer einer schrecklichen Hinterlist geworden war. Hoffentlich täuschten Trudy und ich uns diesbezüglich nicht.

Als wir uns zum nächsten Ort aufmachten, kam mir ein Gedanke.

»Wo ist eigentlich Scotts Vater? Ich habe in den alten Akten als zweiten Geschäftsführer neben eurem Vater auch den Namen *Owen Winters* auf einigen alten Schriftstücken gelesen.«

Trudy schloss kurz ihre Augen. Anscheinend war dies nicht die angenehmste Frage, die ich ihr hatte stellen können. Sie räusperte sich und fing an, es mir behutsam zu erklären: »Owen Winters ist der Mitgründer der Firma unseres Vaters. Beide haben *Owen Winters Insurances* zusammen aufgebaut und sich sehr schnell einen guten Namen in der Versicherungsbranche gemacht. Sie starteten gemeinsam voll durch und hatten schnell Erfolg mit ihrem Geschäftsmodell.«

Da Trudy sich nebenbei ebenfalls auf den Verkehr konzentrieren musste, stoppte sie kurz ihre Erklärung. Nach dem Abbiegen richtete sie sich noch einmal in ihrem Sitz auf und fuhr fort: »Owen ist unser Onkel, also der von mir und Peter – Scotts Vater. Er lebt, ging aber vor circa fünf Jahren frühzeitig in Rente, da er sich mit unserem Vater mächtig zerstritten hatte und die beiden sich danach nicht mehr unter die Augen treten konnten. Sie sind allerdings nur Stiefbrüder, daher auch die unterschiedlichen Nachnamen. Es gehe um persönliche Differenzen, hatten sie allen erklärt, aber jeder wusste, dass es an Owen gelegen hatte. Er war, wie sein Sohn, schon immer ein Intrigant und konnte mit seinen Mitarbeitern – von ihm auch gerne heimlich *Untertanen* genannt – nicht viel anfangen. Er spielte sich oft als großer Chef auf, und es war ihm egal, was andere von seinen Entscheidungen hielten. Er machte, was er wollte. Glücklicherweise sind wir nicht direkt blutsverwandt mit ihnen!«

»Dann wundert es mich nicht, dass die beiden getrennte Wege gegangen sind«, fügte ich ihrer Aussage hinzu.

»Da hast du recht, Joyce. Es war einfach nicht mehr tragbar, dass beide die Firma gemeinsam leiteten, dabei aber nicht an einem Strang zogen. Mein Vater hatte mir auch erzählt, dass er bedroht wurde!«

Entsetzt darüber schaute ich sie direkt an und bohrte wissbegierig nach: »Wie meinst du das, *bedroht*?«

Sie fuhr daraufhin kurz rechts ran, da sie innerlich schon hochkochte, wie so oft in den letzten Tagen. Als sie den Motor ausgeschaltet und ein Fenster für einen frischen Luftzug geöffnet hatte, war sie den Tränen nahe. Man sah ihr an, dass ihr dieses Thema schwerfiel. Sie hatte Angst um ihren Bruder und schämte sich ein wenig für die schwierige Lage ihrer Familie, die wohl schon jahrelang bestand. Ich reichte ihr ein Taschentuch aus meiner Handtasche hinüber und ließ sie erst einmal hinunterkommen und durchatmen. Sie schnäuzte sich die laufende Nase und schob das leicht feuchte Tuch in ihre Hosentasche hinein. Als sie sich daraufhin zu mir wandte, erkannte ich, dass ihr noch etwas Wichtiges aus der Seele lag. Trudy erzählte angespannt weiter, und ihr Gesichtsausdruck verhärtete sich dabei immer mehr.

»Er wurde von Owen bedroht, als dieser wütend seine Kündigung und das Austreten aus der Firma bekannt gab. Er schmiss ihm sämtliche Unwahrheiten an den Kopf und meinte dann, er würde es noch sehr bereuen, dass er ihn zum Austritt gezwungen hatte!«

Mir lief ein kalter Schauer über den Rücken, als sie diese Tatsache ausgesprochen hatte. Offensichtlich war ihr Onkel ein absolutes Arschloch und ein Aufschneider, dem, wie seinem Sohn Scott, alles zuzutrauen war. Trudy erklärte mir noch, dass ihr Vater sich nicht viel aus seinen

Drohungen gemacht und versucht hatte, diese zu ignorieren. Er hatte ihn nicht sonderlich ernst genommen.

Dass er bald daraufhin so krank werden würde, ahnte niemand. Der Krebs war, als die Ärzte ihn entdeckt hatten, schon so fortgeschritten, dass man ihn durch die Behandlung leider nur hinauszögern konnte, ohne Aussicht auf Komplettheilung. Es war ein schwerer Schlag für alle gewesen, und von seinem Schwager hatte er nie eine Reaktion zu seiner Diagnose erhalten, geschweige denn, Mitgefühl oder irgendeine Art von Anteilnahme. Lediglich Scott schleimte sich regelrecht bei ihm ein. Nun wussten wir auch zu hundert Prozent, welchem Zweck dies hatte dienen sollen.

Trudy hatte sich wieder ein wenig beruhigt und startete das Auto erneut. An dem heutigen Tag klapperten wir noch acht weitere Stationen ab, die Peter gerne aufsuchte, oder sich regelmäßig dort aufhielt. Nur leider waren diese Mühen umsonst. Wir besuchten unter anderem Familienmitglieder, Freunde und ebenfalls den *Lake Fairview*, um zu sehen, ob er mit dem Boot eine Tour gemacht hatte. Ich wusste bis dahin nicht einmal, dass Peter überhaupt so etwas fahren durfte oder gar einen Schein dafür besaß. Offenbar kannte ich ihn doch nicht so gut, wie ich bisher vermutet hatte. Aber auch dort fanden wir ihn nicht auf, und der Mini-Dampfer stand unberührt am Liegeplatz.

Trudy erzählte mir auf dem Rückweg von der letzten Anlaufstelle noch einiges über die alten Geschichten der Familie, Patzer und Streitigkeiten und natürlich auch die schönen Seiten des Lebens als *Nickel-Mitglied*. Die friedvollen Feiertage, Weihnachtsfeste und Geburtstagsfeiern, die sie alle zusammen verbracht hatten und die meist etwas pompöser ausfielen. Nicht so wie in meiner Kindheit.

»Hüpfburgen und sämtliche Showacts standen dabei immer auf der Tagesordnung. Wir haben etliche Geschenke und Gäste empfangen, das gehörte einfach zum guten Ton der sogenannten High Society«, erinnerte sich Trudy.

Sie hatten sich ihren situierten Ruf selbst aufgebaut.

»Zwar fühlten wir uns unter den wohlhabenden Menschen im Umfeld nicht immer wohl, aber wir wollten uns auch nicht beschweren. Vater hat uns mit seiner eigenen Kraft dieses edle und grandiose Leben erst ermöglicht. Es fehlte Peter und mir an wenig, und wir hatten eine unbeschwerte und abwechslungsreiche Kindheit. Allerdings war es für Mutter immer wichtig, dass wir lernten zu teilen und es nicht für selbstverständlich hielten, etwas mehr Geld als andere zu besitzen. Deswegen hatte sie früher auch massiv darauf geachtet, dass wir *normale Freunde* hatten«, diese Aussage setzte sie während des Redens mit ihrem Zeige- und Mittelfinger symbolisch in Anführungszeichen, »die quasi mit uns im Dreck spielten und nicht nur mit ihren neuesten Errungenschaften, die sie von ihren Eltern bekommen hatten, prahlten. Unser Vater hatte diese Tradition beibehalten und sich nach ihrem Tod weiterhin darum gekümmert, dass wir Kinder auf dem Boden blieben.«

Ich musste zugeben, das hatten sie hervorragend hinbekommen, da man es Trudy und Peter keinesfalls anmerkte, dass sie in einem gut situierten Umfeld groß geworden waren.

Als wir kurz an der nächsten *Gas Station* anhielten, um den Tank frisch zu befüllen, klingelte erneut Trudys Smartphone, das sie allerdings im Auto auf dem Armaturenbrett liegen gelassen hatte. Ich zeigte ihr den Anruf durch die Scheibe und sie machte mir mit einer Geste klar, dass ich rangehen sollte. Auf dem Display erkannte ich, dass es wieder Gary war, der anrief. Ich nahm umgehend ab und begrüßte ihn freundlich -

schließlich hatten wir ihn letztes Mal ziemlich verschreckt und ich hatte ihm gegenüber ein minimal schlechtes Gewissen. Trudy ging derweil zur Kasse hinein.

Gary erklärte mir, dass unser *Objekt der Begierde* gerade das Büro verlassen hatte und in den Aufzug gestiegen war. Ich dankte ihm rasch und legte auf. Als Trudy wieder ins Auto stieg, erzählte ich ihr sofort von den Neuigkeiten und wir rauschten umgehend los. Los, um Scott heimtückisch zu beschatten. Das war für heute unser zweiter Plan, nach dem Abklappern von Peters Lieblingsorten, womit wir versucht hatten, näher ans Ziel zu rücken. Wir befanden uns glücklicherweise gerade unweit vom Office der *Owen Winters Insurances* und beeilten uns. Trudy raste ein wenig zu schnell über die Kreuzung und hoffte, nicht gleich von einem Blitzer erwischt zu werden. Die Ampel stand auch schon auf Rot, aber wir ignorierten das dezent. Es war jetzt wichtig, Scott nicht zu verpassen, um ihm nachfahren und nachstellen zu können. Mittlerweile war es abends, und die Dämmerung setzte über Orlando allmählich ein. Unser Hunger machte sich ebenfalls wieder bemerkbar, aber es war nicht die richtige Zeit, um sich von so einer Nebensache ablenken zu lassen.

Wir hatten eine Mission! Es fühlte sich ein wenig kriminell an, was wir hier veranstalteten, normalerweise verfolgte man nicht jeden Tag eine andere Person.

Vor dem Parkhaus angekommen, stellte Trudy das Auto unauffällig gegenüber der Ausfahrt ab und wartete, ob Scott bald herausfahren würde. Wir hofften, ihn nicht versäumt zu haben, denn dann wäre es schwierig geworden, ihn ausfindig zu machen. Doch wir hatten Glück – just in dem Moment, als wir das Auto geparkt und uns auf die Lauer gelegt hatten, fuhr er mit seinem protzigen, babyblauen *Bentley Continental GT* aus der Garage und hatte eine angeberische Sonnenbrille aufgesetzt. Was für ein Poser! Es war bereits dunkel, aber anscheinend fühlte er sich mit der Brille wichtig und unwiderstehlich. Ganz nach dem Motto: *It's never too dark to be cool!* Dieser eklige, nach Rauch stinkende Widerling!

Wir waren froh, dass wir ihn noch erwischt hatten und folgten Scott mit drei Autos Abstand. Man fühlte sich wie ein Privatdetektiv, wie man es bisher nur aus Filmen kannte. Es hatte etwas sehr Spannendes an sich, man hatte aber auch Respekt vor der Situation. Nach einigen Minuten hielt er plötzlich vor einem Laden an und ging hinein. Es war eine Blumenhandlung, und wir wunderten uns, warum gerade er in so ein Geschäft spazierte. Trudy war sich sicher, dass er schon lange keine feste Freundin mehr gehabt hatte, und falls doch, war sie es erst seit Kurzem. Kein weibliches Wesen hatte es bisher dauerhaft mit ihm ausgehalten, das verwunderte mich keineswegs.

Als er wieder in seinen Spritschlucker einstieg, hatte er einen voluminösen, in giftgrünem Papier eingepackten, Blumenstrauß in der Hand und legte ihn vorsichtig auf der Beifahrerseite ab. Nun waren wir gespannt, wohin seine Reise ging. Direkt zu Peter führte sie uns sicher nicht, aber möglicherweise konnten wir jetzt neue Erkenntnisse gewinnen.

Er brauste weiter. Nach einer Weile kamen wir an einem Ort an, den ich als Normalsterbliche wahrscheinlich nie betreten hätte. Wir fuhren in ein riesiges Parkhaus, welches umgeben war von einem unglaublich überwältigenden Luxus-Spa, einem Golfplatz, Außenpools und einem immens großen Terrain. Es war außerdem bekannt als eines der gehobensten Hotels, und es schien so, als ob nur diejenigen eintreten durften, die es sich leisten konnten, für eine Suite gerne mal einen vierstelligen Betrag für eine Nacht hinzublättern.

Es war einer der beliebtesten Orte der Stadt für die *First Class* unter den Einwohnern.

Als Scott mit breiter Brust aus dem Bentley ausstieg und in das Gebäude hineinging, nachdem er dem Pagen des Parkservices angeberisch seinen Wagenschlüssel regelrecht hingeschmissen hatte, suchten wir einen geeigneten Parkplatz und folgten ihm. Drinnen angekommen, wussten wir leider nicht, in welches Restaurant er genau marschiert war, da es davon sage und schreibe elf verschiedene in diesem Gebäude gab!

Gut, dass wir uns heute nicht ganz so leger gekleidet hatten, sonst wären wir unter den hochgestochenen Blaublütern nur unnötig aufgefallen und mit Sicherheit hinausgeschickt worden. Wir gingen in jedem Restaurant offiziell *nur auf die Toilette,* und auf dem Weg dahin suchten wir die Lokale rasch nach Scott ab.

Fünf Stück, einige fragende Blicke und eine halbe Stunde später kamen wir im *Norman´s* an, und dort fanden wir ihn endlich an einem privaten Tisch mit dem besten Ausblick des gesamten Gebäudes. Wir standen nun in einem preisgekrönten, piekfeinen und nur im Kerzenlicht erscheinenden Etablissement, welches einem abends, vor allem von diesem Tisch aus, eine atemberaubende Aussicht auf einen beleuchteten See bot. Wir setzten uns an die nahe gelegene Bar und versuchten, nicht aufzufallen. Glücklich darüber, dass wir nicht noch sechs weitere Restaurants abklappern mussten, bestellten wir uns beide erst einmal einen Drink. Ich nahm einen *Dirty Martini* zur Abwechslung, und Trudy orderte sich ein *Gin Tonic*. Als die wahnsinnig überteuerten Getränke kamen, fischte ich zuerst die grüne Olive mit dem Zahnstocher aus dem Glas und aß sie genüsslich auf. Sie stillte zwar meinen gigantisch großen Appetit keineswegs, aber zumindest gab sie mir das Gefühl, dass ich etwas Kleines in den Magen bekam.

Still und leise beobachteten wir Scott, der uns durch die Pflanze, die zwischen uns und seinem Tisch stand, hoffentlich nicht erkennen würde. Er war nicht allein dort. Eine aufgetakelte, junge Dame mit ordentlich Kleister im Gesicht saß neben ihm und küsste ihn tatsächlich auf den Mund. Sie legte ihre Hand auf seinen Oberschenkel und streichelte ihn dabei ein wenig. Etwas Sexuelles lag zwischen den beiden in der Luft. Sie trug einen lächerlich kurzen weißen Rock, sodass höchstwahrscheinlich jeder Mann gerne darunter geguckt hätte und bei ihr gehockt wäre. Scott war ebenfalls sichtlich angetan und stolz, dass sie die Finger nicht von ihm lassen konnte. Er trug seine graumelierten langen Haare wieder zu einem Zopf gebunden und das viele Gel darin glänzte mit der Golddekoration des Restaurants um die Wette. Ich fragte mich, ob dieses naive Ding denn nicht bemerkt hatte, was für ein abstoßender und nach Qualm müffelnder Schleimscheißer sich neben ihr befand. Das reichliche Make-up hatte ihr doch sicherlich das Augenlicht nicht komplett abgedrückt, irgendetwas war bei dieser Frau nicht ganz koscher. Wir beobachteten die Situation gespannt und genossen unsere Drinks, da für diesen überteuerten Preis nicht unbedingt mehr davon über den Tresen wandern mussten.

Die beiden Turteltauben hatten sich noch eine Flasche teuren Champagner und einen Rotwein gegönnt. Vermutlich, um die Stimmung aufzulockern oder gar anzuheizen. Sie konnten die Finger nicht voneinander lassen, und Scott fasste die aufgedonnerte Lady ständig überall an und liebkoste ihre Hände mit seiner Zunge.

»Igitt«, fiel mir da nur ein. »Das ist ja fast so widerwärtig, wie seine unangebrachte Anmache am Flughafen!«

»Wie meinst du das, welche Anmache? Was hab ich verpasst?«, wollte Trudy unbedingt von mir erfahren.

»Das erzähle ich dir ein anderes Mal. Ich glaube was hier abgeht, ist um einiges interessanter«, vertröstete ich sie. Wir beobachteten weiter.

Die beiden wurden während des Fummelns vom Kellner unterbrochen. Als er ihnen das Essen kredenzte, lief uns das Wasser im Mund zusammen. Scott bekam ein Filet Mignon mit einer kleinen Portion grünem Spargel mit Soße, und sie hatte das Pilzrisotto bestellt, das für mich gerade einfach nur himmlisch aussah. Wie gerne hätte ich ihr den Teller in einem unachtsamen Moment weggeschnappt und alles restlos innerhalb einer Minute verputzt. Leider waren wir noch nicht am Ende unserer heutigen Beschattung, daher mussten mein Magen und der von Trudy sich wieder einmal gedulden. Es fühlte sich an, als hätte ich ein großes Loch im Bauch. Aber spätestens, nachdem Scott sein Date beendet haben würde, konnten wir uns auf den Weg machen, um so schnell wie möglich etwas Essbares zu finden. Hier wollte ich nichts zu mir nehmen, die Preise und die feinen Leute lagen einfach nicht in meiner üblichen Wohlfühlzone. Da aß ich lieber einen gepflegten Burger mit der Hand, bei dem mir die Soße am Finger entlang hinunterlief und ich in kurzer Zeit ordentlich satt wurde.

Während des Essens fummelten die beiden immer noch gegenseitig an sich herum, und er nahm sogar sein Messer, drückte es einmal gegen ihren Nippel und lachte dabei lauthals, wie ein völlig Verrückter. Trudy und ich waren restlos angewidert bei diesem Anblick und sahen, dass die Dame Scotts Aktion ebenfalls nicht sonderlich lustig fand. Denn sie hatte ihn zwar vorne herum angelacht, dann aber ihren Kopf zur Seite geneigt und deutlich die Augen verdreht.

»Hast du das gesehen?«, erkundigte sich Trudy bei mir.

»Und ob! Anscheinend findet sie ihn gar nicht so charmant, wie es anfangs wirkte«, antwortete ich verblüfft.

Wir beobachteten die beiden weiter, und aus heiterem Himmel fiel mir plötzlich die rote Schleife an ihrem Arm auf, welche um ihr linkes Handgelenk gebunden war. Sie war breit und aus feinem Samtstoff. Ich überlegte, wo ich so etwas zuletzt gesehen hatte, denn erst kürzlich war ich über rote Armbänder gestolpert – nur wo? Während wir Scott und seiner Begleitung weiter zusahen und uns fragten, was das für eine seltsame Konstellation war, fiel es mir wieder ein! Vor ein paar Wochen hatte ich eine Ritter-Romanze angesehen und bei diesem Film hatte es fast genau dieselben roten Bänder gegeben, wie sie auch diese zu knapp bekleidete Madame trug. Auf einmal prustete ich unkontrolliert und laut los und drehte mich sofort in Richtung Bar um, damit Scott uns durch meinen kleinen Lachflash nicht bemerkte. Trudy sah mich entgeistert an.

»Was gibt´s da zu lachen? Hier ist doch gerade überhaupt nichts Witziges passiert? Joyce, was habe ich verpasst?«, fragte sie neugierig.

Glucksend zog ich sie schließlich zu mir und sprach ihr ins Ohr: »Sie ist eine Prostituierte! Ich bin mir absolut sicher!«

Nach dieser Aussage sah sie mich entgeistert an. Auf einmal lachte sie ebenfalls, und wir krümmten uns nahezu deswegen. Wir bekamen schon fast keine Luft mehr. Als wir uns einige Minuten später wieder ein wenig gefangen und vergewissert hatten, dass uns auch niemand beobachtet hatte, konnten wir nicht mit dem Grinsen aufhören. Trudy war immer noch ein bisschen verwirrt und wollte wissen, woran ich denn genau erkannt hatte, dass Miss Kleister-im-Gesicht ein Callgirl war.

Offensichtlich konnte Scott nicht einmal eine Frau aufreißen, sondern musste sich eine kaufen, um jemandem näherkommen zu dürfen.

Ich erklärte: »Letztens habe ich einen mittelalterlichen Film gesehen, bei dem die Dirnen verpflichtet waren, sich erkennen zu geben – eben mit so einem roten Band. Sie trugen es entweder direkt an ihrer Kleidung oder an ihrem Handgelenk, wie auch diese exquisite Dame bei Scott. So wussten die Freier damals ganz genau, wer vor ihnen stand. Ihr Zuhälter ist wohl von der alten Schule und möchte seine Mädchen kennzeichnen, um zu zeigen, dass sie sein Eigentum sind. Ziemlich steinzeitlich, wenn du mich fragst!«

Wieder quietschten wir beide los, versuchten aber, uns zusammenzureißen. Ich verschluckte regelrecht die Luft beim Lachen. Der Barkeeper wirkte schon leicht genervt und hatte uns nach unserem Ausbruch eine Schüssel gesalzener Erdnüsse hingestellt. Wahrscheinlich nur, damit wir endlich die Klappe hielten. Dankend nahmen wir das Nervenfutter an und waren froh um die kleine, aber feine Zwischenmahlzeit. So schnell konnte der Barkeeper gar nicht schauen, war diese auch schon leer, und er füllte sie uns gleich wieder auf. Sehr aufmerksam.

Nachdem Scotts Telefon geläutet hatte und er rangegangen war, erhob sich die Frau und ging mal für *kleine Mädchen*. Jetzt war es Zeit zu handeln!

Wir standen ebenfalls auf, sobald sich die Tür zur Toilette schloss, und warteten im Vorraum darauf, dass sie sich gleich zum Händewaschen ans Becken stellte. Wir wuschen uns alibimäßig die Hände, sodass sie nicht sofort kapierte, dass wir nur auf sie gewartet hatten. Dann sprachen wir sie an. Sie erschrak kurz, da sie wohl nicht damit gerechnet hatte, in der Frauentoilette von Fremden angequatscht zu werden. Sie roch nach billigem Parfüm und im Licht, welches in diesem Raum stärker leuchtete, als im Essensbereich, erkannte man, dass sie von der Ferne hübscher aussah als von Nahem. Ihr Körper war unfassbar dürr, fast schon knochig, und ihrem Gesicht merkte man an, dass sie bereits einiges in ihrem Leben mitgemacht haben musste. Sie war irgendwie in dieses verrufene Milieu geraten … ich hatte ein wenig Mitleid mit ihr.

Wir forderten sie zunächst auf, Scott nichts von unserem Gespräch zu erzählen, und als wir ihr erklärten, dass wir wussten, dass sie eine *Professionelle* war, gab sie klein bei, um weiterhin inkognito zu bleiben. Sie verriet uns ihren Namen: Fabienne. Ihr Künstlername war *Fabienne the femme,* wie sie uns stolz mitteilte. Sie wollte auf keinen Fall, dass wir die Polizei verständigten. Anscheinend war sie nicht legal am Werk.

»We only need your help, then you can go back to your place«, versicherte ich ihr.

Auch Trudy nickte zustimmend. Sie erklärte uns, dass Scott sie normalerweise jede Woche samstags buchte und dass er bestimmte, wo sie sich trafen. Es waren immer teure und zeitweise auch sehr spezielle Orte, aber er bezahlte eine erhebliche Summe Geld dafür, daher war sie bereit, nach seinen Regeln zu spielen. Der Schein musste anscheinend gewahrt werden.

Trudy warf verwundert ein: »Heute ist doch Mittwoch? Das widerspricht sich doch.« Wir übersetzten auf Englisch und Fabienne gab uns eine Erklärung. Dieses Mal hatte Scott sie fordernd gebeten, beziehungsweise, ihr regelrecht befohlen, das Treffen von Samstag eben auf heute zu verschieben. Als sie gefragt hatte, warum, hatte er wohl deutlich gereizt reagiert und ihr sogar damit gedroht, sie in Zukunft nicht mehr zu buchen, wenn sie immer so viele Fragen stellte. Da hatte sie lieber brav eingelenkt und ihm diesen Wunsch erfüllt.

»Samstag war der Tag, an dem ich ankam!«, äußerte ich wild gestikulierend.

»Du hast recht! Und der Tag, an dem Peter verschwand«, entgegnete Trudy. Es wurde immer offensichtlicher, dass Scott etwas mit dem Ganzen zu tun hatte und es machte den Anschein, als ob alles bis ins kleinste Detail geplant gewesen war.

Fabienne verstand wieder kein Wort, was man dem fragenden Blick in ihrem Gesicht entnehmen konnte. Sie hatte allerdings noch eine Information für uns. Ihr Bekannter, Igor Lashinski, auch bekannt als *Der Schlitzer*, ein gefürchteter Ex-Sträfling und Mörder, hatte ihr vorgestern erzählt, dass er am Montag von Scott eine Menge Kohle für einen Auftrag von Samstag bekommen hatte. Wofür genau, hatte er ihr leider nicht sagen wollen. Aber sie befürchtete, dass es etwas damit zu tun hatte, warum ihr letzter Termin mit Scott geplatzt und auf den heutigen Abend verschoben worden war. Anscheinend machte es ihr nichts aus, mit einem so zwielichtigen Kerl in Kontakt zu sein. Sie hatte vermutlich öfter, als ihr lieb war, mit fragwürdigen Gestalten zu tun gehabt. War ich froh, in anderen Kreisen zu verkehren und meinen Körper nicht für Geld an solche Widerlinge verkaufen zu müssen, wie Scott einer war.

Uns fiel ein, dass Gary höchstwahrscheinlich genau diese Geldübergabe beobachtet hatte, als er die zwei im Büro mit dem Umschlag gesehen hatte. Dieser Igor war möglicherweise der von uns gesuchte Einbrecher, den Scott vermutlich für noch mehr bezahlt hatte, als nur das Stehlen der Papiere. Schließlich waren beide an besagtem Samstag unabkömmlich in ihrer Sache unterwegs gewesen. Wir wussten intuitiv, dass es etwas mit Peter zu tun hatte, dankten Fabienne für ihre Kooperation und wünschten ihr weiterhin einen schönen Abend. Sie versprach erneut, nichts von unserer Unterhaltung weiterzutragen. Sie tat mir nur ungemein leid, da sie noch die ganze Nacht mit diesem Ekelpaket Scott verbringen musste!

Diese arme, etablierte Prostituierte!

Kapitel 14
Kammer-Gejammer

Wir schlichen uns gleich danach aus dem edlen Lokal und suchten, so schnell wie möglich, einen Imbiss auf, in den wir uns hineinsetzen und mindestens zwei Portionen von irgendetwas Essbarem in uns reinstopfen konnten. Die Etepetete-Zeit war nun vorbei, und es ging nur noch darum, unsere Mägen mit etwas richtig Fettigem und Ungesundem zu füllen. Wir entschieden uns tatsächlich für den Burger&Fritten-Laden ein paar Straßen weiter und bestellten beide jeweils gleich zwei Doppel-Cheeseburger mit einer riesigen Portion Pommes und Ketchup dazu. Unter normalen Voraussetzungen konnte ich so eine gewaltige Menge nicht mal im Ansatz verputzen, aber heute hatten wir so lange gehungert und es uns redlich verdient zu essen, was und wie wir es wollten. Sicherlich wirkten wir wie Tiere, als wir uns gleichzeitig über das an den Klapptisch gebrachte Futter stürzten. Endlich waren wir wieder unter normalen Menschen und konnten uns kurzzeitig wie die Neandertaler aufführen. Es fühlte sich fantastisch an. Zwar mit übervollem Magen, da Trudy und ich diese unfassbar üppige Portion geschafft hatten, aber wir waren glücklich für den Moment.

Auf der Heimfahrt rieben wir uns beide die Bäuche, da diese nach so langem Hungern nicht erwartet hatten, mit so viel Fett und Kohlenhydraten zugeschüttet zu werden. Meiner machte ein wenig Mucken und ich fühlte mich, als ob ich einen Stein gegessen hätte. Aber das war es definitiv wert gewesen! So einen Kohldampf hatte ich schon lange nicht mehr gehabt. In dieser Nacht konnte ich allerdings fast nicht schlafen und wachte immer wieder mit einem festen Drücken in der Magengegend auf.

Als der Wecker am darauffolgenden Morgen um kurz nach acht klingelte, fühlte ich mich wie gerädert, und als ich aufstand, merkte ich, dass mir auf einmal richtig schlecht wurde. Ich rannte schnellstens ins Bad und hoffte, dass ich es noch rechtzeitig bis zur Toilettenschüssel schaffen würde. Das Essen war mir bereits fast hochgekommen, doch ich versuchte, es mit Mühe und Not zu unterdrücken, bis ich endlich vor der Toilette kniete. Danach ging es schlagartig los. Ich sah die ganzen zwei Portionen Burger inklusive Pommes wieder vor mir, nachdem ich gefühlsmäßig alles, was sich in meinem Bauch befunden hatte, fünfzehn Minuten lang leidend hochgewürgt hatte. So elend war es mir schon ewig nicht mehr ergangen und es fühlte sich grässlich an. Vor allem hatte ich dieses Menü gestern Abend mit einer Leidenschaft und einem Genuss verputzt, dass es mir direkt leidtat, es wieder hergeben zu müssen. Mein Hunger hatte einfach Vorrang gehabt. Das hätte ich mir sparen können!

Nachdem ich zuerst abgewartet hatte, ob ich mich vielleicht nicht doch erneut übergeben musste, stand ich langsam auf und wusch mir das Gesicht und den Mund erst einmal ordentlich mit kaltem Wasser ab. Ich putzte mir eine Ewigkeit die Zähne, da es mir vor mir selbst grauste. Normalerweise war mir nicht so schnell übel, aber ich war dem vor Fett triefenden Imbiss nicht gewachsen gewesen und würde mir auch ganz bestimmt in nächster Zeit dort nichts mehr gönnen. So oft, wie mir heute ein Schaudern über den Rücken zog, konnte ich mich selbst nicht leiden und hoffte, den wirklich grässlichen Morgen bald vergessen zu können.

Trudy lag noch im Bett. Sie hatte die Zimmertür offengelassen, und ich warf kurz einen Blick hinein. Als ich zurückkam, bereitete ich uns in der Küche schon einmal einen starken Kaffee vor, der mir wieder auf die Beine helfen würde. Auch Trudy war nach dem Aufwachen froh, als sie aus ihrem Schlafzimmer hinaus spazierte, dass der fertige Mokka bereits auf sie wartete. Ich schüttete ihn in ihre lila Lieblingstasse und Trudy nahm gleich einen großen Schluck davon. Sie machte zwar einen müden Eindruck, dennoch definitiv nicht so einen schlechten, wie ich an diesem Morgen.

»Ist dir nicht übel von unserer Fressorgie gestern«, fragte ich sie verwundert, »ich habe mich gerade mehrmals übergeben und kämpfe immer noch mit mir und meinem flauen Magen.«

»Nein, mir geht es sehr gut und ich fühle mich nach deinem wirklich schwarzen Kaffee wie das blühende Leben! Danke dir.«

Sie strahlte, und ich kam mir ein wenig veräppelt vor in diesem Moment. Aber ich wusste, dass sie mich nur necken wollte und es nicht böse von ihr gemeint war. Es schien ihr wahrhaftig gutzugehen. Wahrscheinlich war ich vom deutschen Essen zu verwöhnt. Ich musste in den nächsten Tagen einfach ein wenig mehr auf die Kalorien und Kohlenhydrate achtgeben und es damit nicht übertreiben. Die Menge, die wir gestern heruntergeschlungen hatten, hätte der ein oder andere gestandene Mann auch nicht vollständig vertilgen können. Von nun an hieß es: Low Carb.

Trudy machte sich ein paar weichgekochte Eier zum Frühstück, aber mich hätte man damit jagen können. Unter keinen Umständen wollte ich etwas Essbares zu mir nehmen. Ich war froh, dass der Magen gerade nichts mehr hergab. Ich ließ ihn erst mal entspannen. Der Kaffee, den ich aufgesetzt hatte, war wirklich stark, und beide waren wir danach hellwach und machten uns startklar. Ein neuer Tag, um Peter endlich ausfindig zu machen. Hoffentlich!

Wir spürten, dass wir auf der richtigen Fährte waren, und beteten, dass er noch am Leben war. Wir kannten nun den Namen des fiesen Igor, der gemeinsame Sache mit Scott machte. Von diesem Kerl galt es nun mehr herauszufinden. Zuerst suchten wir im Internet nach Hinweisen, die uns eventuell weiterhelfen konnten. Leider vergebens. Über den *Schlitzer* war nirgendwo etwas zu finden, und wir verzweifelten fast daran, da wir keinen anderen Anhaltspunkt hatten, als seinen Namen. Weder wussten wir, wie er aussah, noch, wo er genau lebte oder sich rumtrieb. Mit Sicherheit an ganz üblen Orten, wie sein Spitzname es bereits prophezeite. Lediglich sein Gottestattoo mit den mächtigen Klingen in der Hand war uns bekannt. Außerdem fanden wir heraus, dass der Vorname Igor übersetzt auch der Krieger Gottes hieß. Hatte er sich deswegen diese grüne Gestalt als ewiges Mal in die Haut ritzen lassen? Der Gotteskämpfer mit den gefährlichen Messern – nicht sehr originell. Aber jedem das Seine!

Wir saßen auf der Couch zusammen, während Trudy ein paar Trauben aß und ich mich vehement wehrte, eine davon zu probieren. Ans Essen konnte ich einfach noch nicht denken, sonst hätte ich höchstwahrscheinlich wieder auf die Toilette verschwinden müssen. Als wir so überlegten und ich die Zimmerdecke über mir nachdenklich anstarrte, fiel mir plötzlich Amanda ein.

»Natürlich«, rief ich mit einem erleichterten, lauten Schrei, der Trudy kurz zusammenzucken ließ. Sie sah mich verwundert an und versuchte, aus mir schlau zu werden.

»Amanda arbeitet bei der Polizei. Sie kann uns vielleicht weiterhelfen!«

Beide waren wir begeistert von diesem Einfall und ich rief sofort meine liebe Bekannte an. Trudy war schlagartig nervös und konnte es nicht abwarten, dass Amanda an den Hörer ging.

»Ist sie schon dran?«, erkundigte sie sich, als sie wieder ungeduldig mit einer ihrer Haarlocken spielte.

»Ganz ruhig, es klingelt noch«, besänftigte ich sie.

Auf einmal hörte ich, wie jemand am anderen Ende abnahm und stellte freudig fest, dass Amanda an ihrem Arbeitsplatz saß und mich gleich erkannte.

»Oh, Joyce«, freute sie sich und fragte, ob alles in Ordnung sei und es mir gutgehe. Ich gab ihr ein schnelles Update der momentanen Fakten und war glücklich, ihre angenehme Stimme zu hören. Es tat mir fast leid, dass ich gerade keine Zeit mehr mit ihr und ihrem Mann verbringen konnte, aber in diesem Fall musste ich andere Prioritäten setzen, was sie natürlich verstand.

»How can I help you?«, kam von ihr und ich hoffte, dass ich mit meinem Einfall nicht zu weit ging und ihre Polizeiarbeit damit in Frage stellte. Schließlich konnte ich nicht wissen, inwieweit sie Daten weitergeben durfte, und ob sie in ihrer Abteilung überhaupt Zugang dazu hatte. Als ich ihr vorsichtig mein Anliegen geschildert hatte, war es mit einem Mal stumm in der Leitung. Kurz hatte ich Angst, dass ich sie damit in eine Zwickmühle brachte. Das war das Allerletzte, was ich wollte.

Nachdem sie demonstrativ ausgeschnauft und durchgeatmet hatte, erwiderte sie mit einem Flüsterton: »Usually I am not allowed to search for information, that is not needed in a case-related manner.«

Ich machte große Augen und biss mir dabei auf meine Lippen. Trudy fragte ganz aufgeregt: »Was hat sie gesagt?«

Ich antwortete ihr ein wenig betrübt: »Sie ist nur in einem konkreten Fall berechtigt, nach Informationen zu suchen.«

Trudy zog einen Schmollmund. Ich widmete mich wieder Amanda und reagierte mit einem leicht enttäuschten Ton: »That´s okay.«

Trudy senkte neben mir den Kopf, nahm sich ein flauschiges Kissen von ihrer Couch und umarmte es vor lauter Ernüchterung ganz fest. Es wäre auch zu schön gewesen. Aber wir verstanden natürlich, dass dies eine sehr große Bitte an sie war.

Auf einmal fügte Amanda etwas hinzu: »BUT ...«

Augenblicklich setzten wir uns wieder auf und horchten zu, was sie uns mitteilen wollte.

»I could call it research, because I'm allowed to do that in exceptional cases. If anyone asks, I'll just say, there was a phone call with a complaint about this criminal!«

Trudy hörte zwar, dass sie sprach, doch verstand die Worte akustisch nicht.

»Jetzt sag schon«, forderte sie mich unruhig auf.

»Es gibt ein Schlupfloch, durch das sie uns mit Informationen über diesen Kerl helfen kann, in dem sie es offiziell als Recherche betitelt.«

Beide standen wir nach dieser tollen Nachricht vor lauter Euphorie fast springend vom Sofa auf und hüpften glücklich auf und ab, ohne ein Wort zu verlieren. Wir freuten uns immens, dass Amanda uns vielleicht den Hintern retten würde, und konnten nicht aufhören zu jubeln. Selbst wären wir am Ende unseres Lateins gewesen und hätten sonst nicht gewusst, wie wir bei der Suche fortfahren hätten sollen.

»Hello? Are you still with me?«, fragte sie uns, da sie keinen Mucks mehr gehört hatte, seitdem sie uns so selbstlos ihre Hilfe angeboten hatte.

»You are just great, love«, antwortete ich ihr mit einem überschwänglichen und fast schon kindlichen Ton. Wir waren so happy, dass sie ihre Prinzipien für uns über Bord geworfen und einen Weg gefunden hatte, uns bei der Verfolgung zur Seite zu stehen.

Doch dann holte sie mich mit einer Forderung wieder auf den Boden der Tatsachen zurück.

»I will only give you his address, if you promise to inform the police before it becomes risky«, bat sie eindringlich.

Kurz überlegte ich, ob ich ihr das wirklich versprechen konnte. Scotts Beziehungen waren uns hier einfach im Weg. Aber wir hatten keine Wahl, da wir sonst in einer Sackgasse landeten, also sprach ich ein leises »I promise«, sodass Trudy mich nicht hören konnte. Sie war gerade zu beschäftigt damit, sich zu freuen. Ich strebte nicht an, Amanda anzulügen, doch brauchten wir diese Adresse unbedingt. Vielleicht wollte ich, wenn es zu gefährlich wird, sowieso entscheiden, die Polizei einzuschalten, daher konnte ich das mit meinem Gewissen vereinbaren. Schließlich wussten Trudy und ich nicht, ob wir in Igors Zuhause überhaupt auf etwas Hilfreiches stoßen würden.

Amanda gab mir seine aktuelle Adresse durch und startete daraufhin sofort die Überprüfung. Wir sollten schnell in der Leitung bleiben, da die Namensabfrage in der Datenbank nicht so lange dauerte. Sie gab seinen Nachnamen in das Suchfeld ein und wartete ab, was ihr Computer danach ausspuckte. Trudy und ich fieberten mit, ohne uns vom Fleck zu bewegen, und hofften inständig, dass wir etwas Handfestes erfahren würden, das uns Peter näherbrachte. Ansonsten würde uns nur noch übrigbleiben, Scott in eine Falle zu locken, um ihm auf den Zahn zu fühlen. Aber so, wie wir ihn kannten, hätte das nicht viel gebracht, da er ein gerissener Hund war und sich sicher niemals selbst schaden würde.

Amanda hatte kurz angefangen zu pfeifen, um uns die Wartezeit ein bisschen zu versüßen. Doch plötzlich stoppte sie ihr Geträller. Trudy kam ebenfalls an den Hörer und lauschte mit. »I have something!«

»And what?«, fragten wir sie gleichzeitig.

»Your Igor is really a *Schlitzohr*.«, Sie lachte und machte sich damit ein wenig über seinen Spitznamen *der Schlitzer* lustig. Dass sie es versucht hatte, auf Deutsch zu sagen, ließ sie in dem Moment wieder so sympathisch wirken. Doch dann wurde ihr Ton ernster, und man konnte es an ihrer Stimme hören, dass nun alles andere als positive Nachrichten folgen würden. Leider musste sie uns mitteilen, dass mit diesem Mann nicht gut Kirschen essen war. Er hatte bereits reichlich etwas auf dem Kerbholz und schon lange keine weiße Weste mehr. Ich schluckte laut und mir wurde daraufhin ein wenig bange. Trudy zog die Stirn nach oben und verlor ihre Gesichtsfarbe zunehmend. Wir hatten nicht damit gerechnet, dass er so ein krimineller Verbrecher war. Amanda erzählte uns weiter aus seiner Akte, und dass er bei einigen Mordfällen verdächtigt worden war, jedoch hatten die Beamten nie genug Beweise gefunden, um ihn dafür ins Gefängnis stecken zu können. Allerdings hatte er schon einmal ein paar Jahre wegen schwerer Körperverletzung und Diebstahls eingesessen. Die Morde waren mit Sicherheit vertuscht worden. Solche Kapitalverbrecher fanden durch ihr Netzwerk fast immer eine Möglichkeit, dem Gesetz aus dem Weg zu gehen. Jetzt wurde uns erst klar, dass wir uns in einer misslicheren Lage befanden, als wir zunächst angenommen hatten. Es sah so aus, als hätte sich Scott bewusst an diesen Igor gewandt. Er wollte wohl einen verlässlichen Mann, der keine Skrupel hatte, seine mit Sicherheit niederträchtigen Forderungen zu erfüllen und heimlich für ihn auszuführen.

»Peter ist ganz bestimmt schon tot!« Trudy fing neben mir plötzlich bitterlich an zu weinen. Ich umarmte sie sofort, und nun war es an mir, sie aufzumuntern und ihr wieder Hoffnung zu schenken. Amanda litt am Telefon mit und hatte noch eine Information, die uns eventuell auf seine Spur bringen konnte. Auf Igor war ein grell orangener Lieferwagen zugelassen, der früher einmal ein kleiner Transportwagen von einem Logistikunternehmen gewesen war. Das half uns weiter, so einen leuchtenden Wagen konnte man ja fast nicht übersehen.

Unsere Polizistin machte sich große Sorgen, dass wir in eine lebensgefährliche Situation rutschen könnten, doch Scott hatte nun mal hervorragende Kontakte bei der örtlichen Polizei, daher wollten wir uns über die Lage dort vorerst allein Klarheit verschaffen. Nachdem wir uns bei ihr ausreichend bedankt hatten, da sie für uns illegal recherchiert hatte, legte ich auf. »Bye Sweetheart. Please, be careful«, beendete Amanda das Gespräch mit angespannter Stimme. Es wird schon alles gutgehen.

Wir zogen uns an und machten uns gleich auf den Weg zu Lashinskis Adresse. Beide hatten wir einen Heidenrespekt vor Igor, und da wir ihm bisher noch nicht begegnet waren und das nach diesem Informationsfluss auch gar nicht wollten, konnten wir überhaupt nicht einschätzen, was auf uns zukommen würde. Schließlich stand es nicht auf dem Plan, dass wir zukünftig bei der Polizei ebenfalls als ungelöster Mordfall ad acta gelegt wurden. Unser Leben war uns wichtig, und gerade sorgten wir uns ein wenig darum. Trotzdem musste es weitergehen, denn wir wollten Klarheit und Gewissheit über Peters momentanen Standort und seine aktuelle Verfassung, welche hoffentlich noch mit dem Status *lebendig* versehen war. Wir rechneten ab jetzt mit allem, und die Furcht konnte man uns direkt von den Augen ablesen. Gegenseitig versuchten wir, uns zu ermutigen, doch im Innersten waren wir beide aufgewühlt und ziemlich nervös.

Wir hielten noch schnell bei *Owen Winters Insurances* an, um uns bei Gary über eventuelle Neuigkeiten oder Veränderungen schlauzumachen. Ihm war nichts mehr aufgefallen seit dem Besuch des Kapuzenpulli-Trägers. Wir tranken einen kleinen Kaffee mit ihm und entschuldigten uns noch einmal für das Auflauern vor der Toilette, aber er verstand, warum wir das getan hatten. Im Endeffekt war er froh, uns weitergeholfen zu haben. Allerdings machte er uns, da wir ihm so freundlich entgegentraten, ein erneutes Geständnis. Wir hatten zuerst keine Ahnung, was er uns mitteilen wollte. Er biss die Zähne zusammen und fragte, ob wir uns an Peters Verband und seinen anschließenden Krankenhausbesuch erinnerten. Nach kurzem Überlegen fiel mir die eingebundene Hand wieder ein, welche mir bei einem der Video-Gespräche mit meinem Herzblatt aufgefallen war. Dies war noch vor dem Tod seines Vaters passiert und er hatte dadurch nicht bei einem wichtigen Meeting erscheinen können. Genau diesen Unfall meinte Gary.

»I am so sorry«, sagte er verlegen und neigte seinen Kopf dabei etwas peinlich berührt von uns weg. Nachdem er sich wieder gefangen hatte, erklärte er uns das Geschehene. Gary hatte schon einige Zeit lang leichte finanzielle Probleme. Und deswegen war er leider auf dieses unmoralische Angebot eingegangen. Trudy und ich sahen uns fragend an und wussten nicht genau, worauf Gary hinauswollte. Er informierte uns weiterhin darüber, dass Scott ihm damals fünfhundert Dollar geboten hatte, wenn er Peter von besagtem Treffen mit ebendiesem wichtigen Kunden fernhalten würde. Am besten mit einer kleinen, aber effektiven Verletzung, sodass er nicht fähig wäre, bei dem Termin zu erscheinen.

Geschockt von Garys Schuldbekenntnis, fingen wir sofort an, ihn wieder ins Verhör zu nehmen. Wir wollten alles ganz genau wissen, aber viel mehr konnte er uns leider nicht sagen, außer, dass es absichtlich geschehen war.

»I don't have any more information. I am sorry, I am very ashamed for my actions.«

Das war auch definitiv eine Spur zu weit gegangen. Peters Hand hatte sich zwar inzwischen schon wieder erholt, aber das sich Gary auf so einen Deal mit Scott eingelassen hatte, machte uns sehr wütend. Wir konnten nicht glauben, was wir da hörten.

Auf dem Weg zurück zum Wagen mussten wir nach diesem Bekenntnis erst einmal durchatmen. Jetzt hatten wir noch mehr Hass auf Scott und wollten ihn unbedingt auf frischer Tat ertappen. Er hatte alles schlichtweg geplant, und das wohl schon sehr lange. So sah es gerade für uns aus.

Trudy schnorrte sich auf den Schock hin bei einer Fußgängerin eine Zigarette, obwohl sie bereits seit mehr als sieben Jahren Nichtraucherin war. Nach dieser Nachricht musste sie sich einfach kurz ablenken und ihre Angst und Wut mit etwas anderem übertünchen. Ich ging schon einmal zu Amandas Auto, mit dem wir heute unterwegs waren, da ich befürchtete, dass Trudy eher nicht mehr fahren sollte.

Nachdem sie die Kippe im Aschenbecher vor der Eingangstür der Firma ausgedrückt hatte, kam sie zum Wagen und setzte sich etwas niedergeschlagen neben mich. Der kalte Rauch, den ihre Kleidung und ihr Atem nun mit hereinbrachten, stieg mir sofort in die Nase, welche ich daraufhin rümpfte. Das war einer der ekligsten Gerüche, die es gab. Frischer, blauer Dunst, den ich unfreiwillig einatmen musste. Das erinnerte mich wieder an den Gestank von Scott am Flughafen, aber Trudy ausgerechnet mit diesem hinterlistigen Arsch zu vergleichen, war sicher nicht hilfreich.

Als ich losfuhr, öffnete ich kurz die Fenster, um die üble Luft im Auto etwas zu neutralisieren. Trudy fühlte sich schon besser. Ich verstand sie, schließlich ging es um das Leben ihres Bruders. Und dass ihm jemand absichtlich Schaden zufügen wollte, konnte sie beim besten Willen nicht nachvollziehen. Ich selbst war auch entsetzt über Garys Gewalttat, doch sie lag schon ein wenig in der Vergangenheit, und es wurde Zeit, die Zukunft in Angriff zu nehmen. Ich gab die Adresse, die uns Amanda vorhin mitgeteilt hatte, in das Navigationsgerät ein, und es wurde uns eine ungefähre Fahrtzeit von fünfzig Minuten angezeigt.

Unterwegs in einer Nebenstraße stoppten wir kurz an einem Zebrastreifen, da ein kleines Mädchen, das eine Puppe in der Hand hielt, die Straße überqueren wollte. Freudestrahlend hüpfte es über den Asphalt und verbreitete damit positive Stimmung. Als das Mädchen bemerkte, dass ich es beobachtete, freute es sich und schmunzelte. Kinder konnten schon auch liebenswürdig sein – nur nicht die frechen Bälger meines Bruders. Nachdem die süße Kleine auf der anderen Seite angekommen war, drehte sie sich noch einmal zu unserem Wagen um und warf mir zuckersüß eine Kusshand zu. Das sollte wohl *danke* heißen. So eine liebenswerte Geste hatte ich schon lange nicht mehr von einem Kind bekommen, geschweige denn von einem Menschen. Doch ... Peters Gedicht war nahe dran. Ich fing den Kuss mit meiner Hand symbolisch auf und drückte ihn mir auf den Mund. Das Mädchen beobachtete das und lächelte mir frech zu. Daraufhin ging es munter weiter und drehte sich noch ein letztes Mal zu mir um. Es erinnerte mich sehr an die *kleine Joyce*. Die Situation ließ mich an Peter denken, da er meinen Luftkuss ebenfalls bei einem unserer Telefonate aufgefangen und auf seine Lippen gepresst hatte. Daher war ich in diesem Moment wohl auch darauf gekommen, dies zu tun. Ich vermisste ihn sehr und hoffte, ihn bald wiederzusehen und in meiner Nähe haben zu können.

Gespannt und hochmotiviert fuhr ich weiter, um endlich am Ziel anzukommen. Die Kleine hatte mich an die wesentlichen Dinge des Lebens erinnert, und ich wollte meine einzigartige Liebe unbedingt zurückhaben.

Trudy hatte von alldem nichts mitbekommen, da sie gerade mit ihrem Handy beschäftigt war. Kurz vor dem Ziel gingen wir akribisch durch, wie wir uns vor Ort verhalten wollten. Es wurde beschlossen, den Dodge etwas von Igors Grundstück entfernt zu parken und zu Fuß den Rest des Weges zurückzulegen. Dort angekommen, machten wir uns erst einmal ein Bild von der Umgebung und stiegen aus dem Auto aus. Das

Haus lag in einer verlassenen, von der Natur überwucherten, kleinen Straße, welche anfangs nicht sichtbar war. Die Einfahrt war so verwinkelt, dass man dahinter keine Zivilisation, sondern eher nur einen ruhigen Wald vermutete. Sicher fühlten wir uns gerade nicht, doch wir blieben zusammen und versuchten, uns unauffällig zu verhalten. Wir pirschten uns langsam heran und mussten viele Sträucher vor unseren Gesichtern wegdrücken und auf Äste am Boden treten, nur um überhaupt durch das dichte Gebüsch zu dringen. Wir wollten etwas fernab des normalen Weges hineingehen, sodass wir nicht direkt vor der Eingangstür ankamen. Daher hieß es für uns – ab durch die Hecke!

Als wir zum Innenhof gelangten, sahen wir uns erst einmal um, ob jemand auf dem älter wirkenden Anwesen herumgeisterte. Schließlich wollten wir nicht auch noch in Igors Fänge geraten und zu Hackfleisch verarbeitet werden. Wenn man als ungebetener Gast dort aufgefallen wäre, würde sicher nichts Gutes passieren. Also hielten wir uns bedeckt und versuchten, uns so unauffällig wie nur möglich zu geben und fortzubewegen. Der Hof war mit dicken Steinen und Sand ausgelegt und neben dem alten Wohnhaus waren eine große Garage mit einem robusten grünen Tor und ein baufälliger, riesiger Holzstall, der verlassen aussah, zu erkennen. Darin befanden sich offensichtlich keine Tiere mehr. Es regte und bewegte sich rein gar nichts an diesem Ort, daher beschlossen wir, uns weiterhin umzuschauen. Ein klein wenig machten wir uns schon sprichwörtlich in die Hose, aber wieder umzukehren, war keine Option. Wir linsten durch die Fenster des Wohnhauses, um zu schauen, ob nicht doch irgendwo ein Licht brannte oder jemand sich dort aufhielt. Es war rein gar nichts zu sehen.

Neben der Garage gab es eine kleine Tür, die hineinführte. Das schwere grüne Tor hätten wir wahrscheinlich nicht aufbekommen, da es sehr massiv war und nur elektrisch aufging, wie wir nach dem Eintreten feststellten. Die Garage war leer, es waren lediglich ein paar Werkzeuge und ein Haufen Müll und Dreck darin zu finden. Igor war anscheinend nicht der größte Sauberkeitsfanatiker, aber er hatte bestimmt Besseres zu tun, als seinen Hof auf Vordermann zu bringen. Es mussten schließlich andere Aufgaben erledigt werden, damit auch reichlich Geld in die Haushaltskasse floss. Ob diese alle, oder überhaupt welche davon, legaler Natur waren, das wagte ich zu bezweifeln. Wenn man selbst zu keiner Zeit kriminell gewesen war und nie mit solch gefährlichen Personen zu tun gehabt hatte, konnte man sich nicht vorstellen, wie diese ihr Leben führten, geschweige denn, nachts noch ruhig schlafen konnten. Selbst hätte ich mit so vielen Gewissensbissen zu kämpfen, dass ich vor jeder illegalen Tat einen Rückzieher machen würde. Aber für solche Leute war das alltäglich und eben ein ganz normaler Job. Unbegreiflich!

Nachdem wir die Garage fertig durchsucht hatten, gingen wir in den Stall. Dieser war zwar mit einem Kettenschloss versehen, jedoch schafften Trudy und ich es, die andere Seite der alten Holztür so durch das Eindrücken zu verschieben, dass wir unsere kleinen Körper nahezu problemlos hindurchzwängen konnten. Anscheinend war Igor ein Riese und Schrank von einem Mann, wenn er nicht durch diesen großen Schlitz passte. Uns wurde immer unwohler, je weiter wir vordrangen. Falls nun jemand kommen würde, wäre es sehr schwer gewesen, sich zu verstecken. Zwar waren ein alter Traktor, mehrere gepresste Heuballen und einiges an Verpackungsmaterial in diesem Schuppen gelagert, allerdings stand alles so weit voneinander entfernt, dass man sich dahinter nicht hätte unsichtbar machen können. Wofür er die ganzen Boxen und Schachteln brauchte, wollten wir erst gar nicht wissen. Wir sahen nach oben und waren verwundert, dass es auch noch einen weiteren Stock in dieser alten Hütte gab. Da unten nichts Spannendes zu finden war, schlichen wir die morsch wirkende und knarzende Holztreppe hinauf. Wir gingen nacheinander, Trudy voran. Als sie oben ankam, machte ich mich ebenfalls erleichtert auf den Weg, da ich wusste, die Stufen würden nicht sofort unter mir einbrechen. Trudy hatte da nicht so viele Berührungsängste wie ich gehabt. Ich hoffte nur, dass wir sicher wieder nach unten steigen konnten, ohne vielleicht sogar springen zu müssen.

Als auch ich oben angekommen war, schreckten wir beide plötzlich zusammen. Wir vernahmen ein leises Pfeifen, welches wir nicht gleich zuordnen konnten, und griffen gegenseitig nach unseren Händen. Würden wir nun erwischt werden? Im hinteren Teil entdeckten wir eine große, abgetrennte Holzkammer, die mit schweren Brettern verbaut und ebenfalls mit einem dicken Vorhängeschloss versehen war. Es wirkte allerdings um einiges stabiler als das vor dem Schuppen. Es schien so, als hätte hier jemand etwas Wichtiges zu verbergen. Als wir das Schloss betrachteten, zuckten wir wieder zusammen. Das Pfeifen ging erneut los. Da war es von Vorteil, dass wir uns immer noch an den Händen hielten und somit ein wenig Sicherheit verspürten. Das Pfeifen war zwar extrem leise, aber wenn man sich verbotenerweise auf einem fremden Grundstück befand, das im Besitz eines angeblich mehrfachen Mörders war, erschrak man bei jedem noch so kleinen Geräusch und hoffte, nicht ertappt zu werden.

Als wir vor der Tür standen und unsere Ohren flach darauflegten, stellten wir fest, dass das Trällern aus dem Kammerinneren stammte. Gerade, als ich Trudy etwas zuflüstern wollte, hörten wir Reifengeräusche im Hof. Besorgt sahen wir uns an, und mein Atem stockte schlagartig.

»Was sollen wir denn jetzt nur machen, Joyce?«, fragte Trudy mich ängstlich und sichtlich nervös. Sie flüsterte so leise, dass ich sie fast nicht hören konnte. Man konnte sehen, wie es ihr die Halsschlagader herausdrückte und sie sich hilfesuchend im Raum umblickte. Ich hatte leider für diesen Fall auch keinen Plan B parat, da wir eigentlich schon wieder auf dem Rückweg sein wollten. Kurz umsehen, alles absuchen und uns dann so schnell wie möglich aus dem Staub machen – so die Theorie. Aber leider war dies gerade nicht mehr umsetzbar und ich schaute mich, genau wie Trudy, hastig um, um ein geeignetes Versteck für uns zu finden. Panik machte sich bei uns beiden breit.

Auf einmal hörten wir ein zweites Auto hereinfahren und waren nun restlos aufgelöst und hektisch. Trudy wusste gar nicht mehr, wie ihr geschah, sie schlug nur noch die Hände über dem Kopf zusammen und ging vor lauter Ausweglosigkeit in eine Hocke. Sie konnte keinen klaren Gedanken mehr fassen und igelte sich regelrecht ein. Ich versuchte, irgendwie einen Ausweg zu finden.

Neben dem Kämmerchen sah ich auf einmal einen winzigen Eingang, der ebenfalls mit einem kleinen Schloss zugesperrt war. Ich zog ein paarmal an der zierlich wirkenden Tür, aber es regte sich überhaupt nichts. Sie war fest verschlossen. Verdammt nochmal. Trudy beobachtete meinen Versuch und erkannte den Ernst der Lage. Sie war plötzlich wie ausgewechselt und wieder klar im Kopf und wirkte ganz cool. Sie stand schnell auf und schob mich selbstsicher zur Seite. Lässig griff sie sich in ihr hochgestecktes, glänzendes Haar und zupfte sich eine Haarklammer heraus.

»Was machst du denn?«, wisperte ich ihr zu. Sie reagierte überhaupt nicht darauf, sondern steckte die Haarklammer wie selbstverständlich in das winzige Schloss und fing an, darin Hin und Her zu wackeln. Ich fragte mich, was das bringen sollte, hielt mich aber bedeckt, da es keine andere Option gab, als abzuwarten. Urplötzlich klackte es und die schmächtige Verschlussvorrichtung öffnete sich wie von Zauberhand.

»Wie hast du ...?«, wandte ich mich irritiert an Trudy, da ich nicht genau verstand, woher sie wusste, wie man mit nur einem einzigen Haarclip und ohne passenden Schlüssel ein Schloss knacken konnte. Währenddessen hörten wir, dass bereits jemand vor der Scheune stand und sie aufsperrte. Ein Schlüsselbund klimperte, also konnte es sich wahrscheinlich nur um Igor handeln.

Trudy antwortete mir schnell in einem Flüsterton: »Ich erkläre dir das später, jetzt müssen wir erst einmal unsere süßen Hintern retten!«

Sie zog mich mit hinein in das stockdunkle und nach Staub und Harz riechende Kämmerlein und schloss behutsam die kleine Tür hinter uns. Beide dachten wir dasselbe – hoffentlich war das nicht unsere letzte Tat gewesen!

Kapitel 15 Habgier

Da saßen wir nun in der Dunkelheit und wussten nicht genau, in welchen Schlamassel wir da hineingeraten waren. Wir hörten nur Stimmen, die im Stall immer lauter wurden und sich auf uns zubewegten. Es waren drei verschiedene, die sich austauschten und auf den Weg in den oberen Stock machten. Unsere Hoffnung war, dass sie an der alten, baufälligen Holztreppe scheiterten und diese unter ihnen zusammenbrach. Leider meinte es das Schicksal nicht gut mit uns, denn alle schafften es nach oben, ohne irgendwelche Schrammen oder einem freien Fall. Diese Treppe hielt wirklich einiges aus. Als sie immer näher zu uns herankamen, versteckten wir uns beide schnell noch ein wenig weiter hinten, um nicht gleich erkannt zu werden, falls die drei Unbekannten in die kleine Kammer blicken und sich darin umsehen würden. Uns rutschte das Herz in die Hose. Wir waren sehr angespannt und bangten um unser Leben. Schließlich war dieser Igor nicht dafür bekannt, ungebetene Gäste mit Samthandschuhen anzufassen. Beim Nach-hinten-Rutschen auf den Händen hatte ich auf einmal in etwas Zähflüssiges hinein gefasst. Da es mir in dem Moment sehr grauste, weil ich durch die Dunkelheit in diesem Kämmerchen nicht zuordnen konnte, was gerade an meiner Handinnenfläche klebte, musste ich mich unglaublich zusammenreißen, keinen Schrei der Abscheu loszulassen. Ich wischte die mir unbekannte Flüssigkeit am Boden ab und ignorierte die Gänsehaut, die ich davon bekommen hatte. Normalerweise würde ich nun das nächstbeste Waschbecken aufsuchen, um mir die Hände gründlich zu säubern, aber leider waren wir unpässlich.

Ich versuchte mich wieder auf die Sache, in der wir gerade steckten, zu konzentrieren und den Angsthasen in mir ein wenig beiseitezuschieben. Es war ziemlich eng in diesem kleinen, stickigen Kabuff und die Luft war nicht annähernd so erfrischend wie eine sanfte Meeresbrise am Strand. Trudy musste, kurz nach meinem Händefiasko, vor lauter herumfliegenden Staub niesen. Sie konnte es sich aber zum Glück innerlich verdrücken, sodass man es nicht wirklich hören konnte, wenn man nicht gerade auf engstem Raum neben ihr saß, so wie ich. Wir lauschten den Stimmen, die sich nun direkt vor unserem Versteck und der Holzkammer befanden, und bewegten uns von nun an keinen Millimeter mehr. Das Pfeifen war ebenfalls seit der Ankunft der ungebetenen Gäste verstummt. Die Atmosphäre war angespannt. Hoffentlich hatten sie uns nicht gehört! Wir erkannten Scotts Stimme unter den dreien und wie er sich mit den anderen Männern unterhielt, von denen einer ein sehr dunkles und rauchiges Lachen hatte. Was es momentan zu scherzen gab, konnten wir zwar nicht nachvollziehen, aber die drei hatten anscheinend eine prächtige Laune.

Sie sperrten auf, gingen hinein und schlossen die Tür hinter sich zu. Eine Lampe erstrahlte, und wir hatten einen Hauch von Sicht aus unserer schmalen Zelle. Durch einen kleinen Lichtstrahl, der genau zwischen einer Holzlatte hindurchschien, konnten wir in das Innere des dick isolierten Nebenraumes blicken. Ich sah oben durch den winzigen Schlitz und Trudy legte sich auf den Boden und beobachtete das Geschehen unter mir. Wir sahen die Umrisse der Personen, die im Raum standen. Nach und nach traten sie aus dem Schatten heraus, und wir identifizierten zunächst Peters und Trudys Cousin, der sich zielsicher auf die Mitte der Kammer zubewegte. Hinter ihm folgte Igor, der mit einer kleinen Tasche in der Hand Scott wie ein Hund hinterherspazierte, und beide spotteten sie dazu unverschämt selbstgefällig. Den am Hals tätowierten *Schlitzer* erkannten wir sofort. Er hatte einen unverkennbaren Gesichtsausdruck, welcher sich einem direkt ins Gehirn brannte. So eine fiese Visage hatte ich selten gesehen, und durch die Narben und die fettigen, langen Haare, die er nach hinten geschleckt hatte, wirkte er keinen Deut sympathischer. Den Dritten im Bunde kannten wir beide nicht, er kam mir eher wie ein unbeholfener Handlanger vor, der vielleicht nicht freiwillig dort war. Als wir Scotts Schritte beobachteten, bemerkten wir auf einmal den Stuhl, auf dem eine weitere männliche Person, mit dem Rücken zu uns gewandt, saß. Der Kopf war gesenkt, und ich stellte fest, dass Hände und Füße gefesselt waren. Er bewegte sich nicht, und man konnte auf die Entfernung zunächst überhaupt nicht erkennen, um wen es sich handelte.

Scott nahm eine Schaufel, die in der Nähe auf einem Tisch platziert war, und ging zu dem

Gefangenen hin. Mit der anderen Hand griff er an des Mannes Kinn und hob es an, sodass der Kopf sich mitbewegen musste. Auf einmal richtete er die Schaufel nach oben und rammte sie mit voller Kraft brutal gegen die rechte Seite des Schädels des armen Kerls und ermahnte ihn, er solle gefälligst aufwachen. Dabei schleuderte der Kopf des Mannes so arg in die andere Richtung, dass man schon beim bloßen Hinsehen erkannte, wie schmerzhaft diese Begrüßung gewesen sein musste. Wir versuchten Ruhe zu bewahren und still zu bleiben, als wir dies beobachteten. Diese Situation verstörte uns zutiefst. Der Mann auf dem Stuhl zuckte zusammen, als er den groben Hieb auf den Kopf registrierte. Leider konnten wir nichts für ihn tun und mussten uns in Schweigen hüllen, solange wir uns noch in Gefahr befanden. Nach einer kurzen Stille erhob der Gefangene auf einmal sein Haupt und entgegnete leise: »Du bist so ein verlogenes Schwein!«

Als ich diese Stimme hörte, wurde ich regungslos. Mit einem Mal wussten wir, woher der Wind wehte. Sie konnte nur zu einem gehören – unserem Peter!

Er war der Fremde, der gefesselt auf dem Stuhl saß und die Prügel eingesteckt hatte. Gerade als ich losschreien und ihm damit zeigen wollte, dass wir da waren, um ihn zu retten, klatschte mir Trudy schlagartig ihre Hand vor den Mund. Ich verschluckte meine eigene Luft dabei und hatte kurz Probleme zu atmen.

»Pst!«, flüsterte sie mir leise ins Ohr, »wir wollen doch noch lebend hier rauskommen!«

Sie hatte recht. Ich hatte mich kurz von meinen Glücksgefühlen leiten lassen, und das hätte uns fast Kopf und Kragen gekostet. Es war so schön, Peter lebend zu sehen, auch wenn er sich gerade in einer misslichen Lage befand. Trudy merkte ich an, dass sie ebenfalls unglaublich erleichtert war, aber es war nicht der richtige Zeitpunkt für ausgeprägte Freudensprünge. Zu unserem Glück hatte keiner etwas von meinem kurzen Gefühlsausbruch mitbekommen, und als ich mich wieder beruhigt hatte und durch den Spalt weiter alles beobachtete, machte sich leichte Panik breit. Igor hatte eine kleine Tasche auf dem Tisch ausgebreitet und nahm eine Zange heraus. Er ging zu Scott, kniete sich vor Peter, der sich nicht viel bewegte, im Beisein seiner Wut aber energisch vor sich hin schnaubte. Anscheinend hatten sie ihn schon einmal bearbeitet, denn er sah nicht so aus, als wäre er in bester körperlicher Verfassung. Von seiner stolzen, sonst so selbstbewussten Haltung war nichts mehr zu erkennen. Er war bereits einige Tage hier eingesperrt, und wer wusste, wann er zuletzt Nahrung, geschweige denn Flüssigkeit zu sich genommen hatte. In dem dunklen, schimmernden Licht konnte man nicht alles genau betrachten, aber man sah, dass Peter, auch wenn er es nie zugegeben hätte, keinen Ausweg aus seiner misslichen Lage fand.

Igor nahm Peters Hand und setzte die Zange an dem Fingernagel des linken Zeigefingers an. Scott beobachtete dies mit Genuss und konnte sich sein abgrundtief böses Gelächter dabei nicht verkneifen. Er stellte sich an Peters Seite und fixierte frontal seine Augen, als er drohend zu ihm sagte: »Where is the gold?«

Peter atmete schwerfällig aus und beteuerte eindringlich, dass er immer noch nicht verstand, von welchem Gold sein Vetter da sprach. Er wirkte aufrichtig und ehrlich. Schließlich wusste er, dass einiges auf dem Spiel stand. Sein Leben zum Beispiel.

Nach Peters Antwort drehte Scott seinen Kopf zu Igor um und nickte ihm nur kurz zu. Dies war das Zeichen, dass er loslegen konnte. Wir sahen nur die Bewegung, die Igor machte, um seine Hand komplett umzudrehen. Wohlgemerkt an dem Fingernagel, den er fest in seiner Zange eingeklemmt hatte. Als Peter laut schrie und immer energischer vor Schmerzen brüllte, musste ich meine Augen schließen, da es mir schwerfiel, diese Folter mitanzusehen. Trudy ging es mit Sicherheit genauso. Er tat uns unfassbar leid, aber wenn wir nun versuchen würden, ihm zu helfen, wären wir wahrscheinlich die nächsten, die sich neben Peter auf einem Stuhl wiederfänden, um ebenfalls ein paar Körperteile verdreht zu bekommen. Da wir uns in der Unterzahl befanden, wussten wir, dass es nichts bringen würde, den Raum zu stürmen. Zwei Frauen gegen drei Männer – das konnte nicht gut ausgehen! Also hielten wir uns still im Hintergrund und hofften, dass diese schreckliche und grausame Tortur bald ein Ende hatte. Als Peter einen letzten langen Schrei losließ, wussten wir, dass die Zange ihr Übriges getan hatte. Beim erneuten genaueren Hinsehen erkannten wir den blutenden, abgetrennten Fingernagel, der sich nun komplett abgerissen zwischen den Fängen von Igors großer Pinzette befand. Peters Finger blutete sehr stark, und die roten Tropfen sickerten unter ihm in den Holzboden ein. Er schwor Scott in diesem Moment, dass er nie etwas von einer

Goldquelle gehört hatte und bettelte ihn förmlich an, endlich mit der Folter aufzuhören. Doch Scott glaubte Peter kein Wort, schrie ihn an und drohte ihm damit, dass er so oder so sterben würde. Er schlug daraufhin noch ein paarmal mit kräftigen Schlägen seiner Faust in Peters Gesicht, und man sah den Hass in seinen Augen, den er dabei verspürte. Aggressiv und voller Wut offenbarte er ihm: »My father killed your mother thirty years ago, I proudly follow in his footsteps and will do the same to you and your stupid sister!«

Auf einmal wurde es still in dem Stall, und es lag eine frostige Stimmung in der Luft. Mit so einem Geständnis von Scott hatte keiner gerechnet. Owen, sein Vater, hatte damals die Mutter von Peter und Trudy getötet. Mir kam nur ein *Was zur Hölle* in den Sinn. Mein gefolterter Schatz konnte vor lauter Schock überhaupt nichts mehr sagen und saß einfach nur erstarrt da. Wir konnten noch immer nicht sein Gesicht sehen. Niemand bewegte sich, und Scott fing wieder mal lauthals zu lachen an – so, wie es eben nur ein Geistesgestörter tat! Man wusste zwar, dass er seit jeher ein wenig anders gewesen war, aber, dass so ein abscheulicher Psychopath in ihm steckte, war mehr als verstörend.

Er beruhigte sich erst wieder nach einer Minute, trat noch näher an Peter heran und bückte sich, bis er schließlich direkt face-to-face vor ihm stand. Die beiden starrten sich an.

Scott setzte auf sein letztes As im Ärmel: »By the way, I sent your lovely Joyce Miller home at the airport and had a hot flirt with her!«

Peter war außer sich und konnte sich nicht mehr zurückhalten. »You fucking asshole!«

Was für ein dreister Lügner! Scott war keineswegs von diesem Satz beeindruckt. Er freute sich eher, dass er ihn endlich reizen konnte und Peter die Fassung verloren hatte.

Er richtete sich wieder auf, ging umher und entgegnete ihm nur ein triumphierendes »You are welcome.«

Peter senkte sein Haupt. Daraufhin war in der Stille des Augenblicks auf einmal etwas Unbekanntes zu hören, und alle lauschten gespannt dem leisen Summen. Ich hatte es ebenfalls gehört und wusste nicht, woher das Geräusch genau kam. Gerade war ich nur froh, dass mein Geliebter keine Prügel mehr abbekam und sich kurz erholen und durchatmen konnte. Trudy bewegte sich auf einmal ganz langsam und holte ihr Handy vorsichtig aus der Hosentasche. Es vibrierte kräftig. Ein Anruf. Dieses Summen stammte also von ihr und alle Anwesenden in dieser Holzscheune vernahmen es augenscheinlich. Sie hatte zwar bei unserer Schnüffelaktion daran gedacht, dass Handy auf lautlos zu schalten, jedoch leider dabei die Vibrationsfunktion nicht deaktiviert. Das war nun genau zu hören, und als sie es ausgeschaltet hatte, entschuldigte sie sich hauchend: »Sorry ...«

Wir verharrten und hofften, dass wir dadurch nicht aufgeflogen waren.

Zu unserem Glück hatte Igor eine Erklärung für Scott parat, die noch dazu plausibel klang. Er erzählte ihm, dass sich gerne Käfer und Ratten in dem Schuppen befanden und dort ihr Unwesen trieben. Da niemand etwas Weiteres mehr hörte, gab Scott sich nach kurzem Überlegen mit der Antwort zufrieden und widmete sich wieder Peter. Zwar waren wir beide froh, nicht in die Fänge der Kriminellen geraten zu sein, jedoch bereitete uns der Gedanke an Krabbel- und Nagetiere ein wenig zusätzliche Sorgen. Immerhin sahen wir gerade nicht, was um uns herum so kreuchte und fleuchte. Wir wollten nur noch hier raus und Peter wieder frei bekommen, doch wie wir das anstellen sollten – keine Ahnung!

Scott verließ schließlich die Lust. Er spuckte einmal demonstrativ auf den Boden und versprach Peter, dass sie sich bald wiedersehen würden. Igor befahl seinem Handlanger noch etwas, das wir aber nicht verstanden. Seine feuchte und nuschelige Aussprache ließ zu wünschen übrig, und wir konnten nur wenig davon entziffern, da sein gebrochener Akzent sein Restliches dazu tat. Es sah so aus, als hätte er ihm befohlen, Peters Hand zu verbinden, da er damit gleich nach der Ansage anfing.

Scott und Igor verschwanden und wir hörten ein paar Minuten später, dass die Autos nacheinander vom Hof rasten, also befanden sich die beiden Bösewichte nicht mehr in unmittelbarer Nähe. Wir beobachteten den Mann, der Peter die Handschellen abnahm, seine Wunde reinigte und anschließend sorgsam einen Verband anlegte. Anders als Scott und Igor wirkte er ruhig und angenehm. Peter bekam das kalte Eisen wieder angelegt und wehrte sich auch nicht dagegen, er redete auf einmal mit dem Mann: »Thank you, Chuck!«

Anscheinend hatten die beiden schon Bekanntschaft miteinander gemacht und Peter musste ihn auf irgendeine Art mögen, sonst hätte er sich dafür nicht bei ihm bedankt. Der Helfer war, so wie es wirkte, ebenfalls nicht freiwillig hier. Scott und Igor hatten ihn im Griff.

»Lass uns Deutsch sprechen. Dann verstehen sie uns nicht, falls sie wiederkommen. Ich gebe mein Bestes. Es tut mir leid, dass ich dir nicht helfen kann, hier rauszukommen«, bemerkte Chuck, als er einen Snack aus seiner Tasche holte, den er mit Sicherheit heimlich hineingeschmuggelt hatte. Ich wunderte mich stark, dass er der deutschen Sprache mächtig war, aber bisher hatte ich auch schon ein paarmal mitbekommen, dass Amerikaner durchaus öfter dazu im Stande waren. Es war augenscheinlich, dass er Mitleid mit Peter hatte, denn er fütterte den Gefesselten sogar daraufhin mit dem Sandwich. So ausgehungert, wie er aussah, hätte er garantiert jede Art von Mahlzeit förmlich inhaliert.

Peter antwortete ihm verständnisvoll: »Ist schon gut, Chuck. Ich verstehe, dass du dich mit Scott nicht anlegen möchtest. Wenn er dich wirklich erpresst wegen eines Versicherungsbetruges, den er selbst verschuldet hat und du nichts davon wusstest, ist das eine ganz miese Nummer von ihm. Keiner will unschuldig ins Gefängnis wandern, und Scott würde es sicher so hindrehen, dass du am Ende als der Täter dastehst!«

»Er hat mich einfach reingelegt ...«, entgegnete Chuck niedergeschlagen. »Und diesen Igor hätte ich auch nur ungern als Feind!«

»Scott weiß genau, mit welchen Mitteln er an seine Ziele kommt. Denk dir nichts, da ist es schon einigen so ergangen. Ich verstehe dich und bin einfach nur froh, hier nicht allein sein zu müssen«, bestärkte Peter ihn.

Mein Schatz glich wirklich einem Heiligen. Unter solchen Umständen und nach einer schmerzhaften, körperlichen und seelischen Folter so verständnisvoll und ruhig zu bleiben, gelang nicht jedem.

Anschließend hielt Chuck Peter noch eine kleine Flasche Wasser an den Mund, welche dieser in fast einem Zug hinunterschüttete. Danach ging er zur Holztür am Ende des Raumes, um sich an einem alten Waschbecken seine Hände zu waschen.. Dafür was er gerade durchmachen musste, wirkte Peter mittlerweile ziemlich gefasst. Er und seine Schwester hatten erfahren, dass ihre Mutter nicht zufällig gestorben war. Trudy hatte nach Scotts Geständnis und seiner Drohung sofort mit den Tränen zu kämpfen gehabt, die bei Abfahrt der beiden Scheusale nur so aus ihr herauspurzelten. Ich umarmte sie und versuchte, sie trotz allem ruhig zu halten, denn wir wussten noch nicht, inwieweit man diesem Chuck vertrauen konnte. Nun befanden wir uns in einer Zwangslage.

»Was sollen wir jetzt nur tun?« Trudy schluchzte leise, als sie sich die zahlreichen Tränen von ihren Wangen wischte.

Gerade als ich anfing, darüber nachzudenken, flüsterte Peter etwas in den leeren Raum: »Falls hier irgendjemand ist, der kein Insekt oder ekliges Vieh ist, dann soll sich derjenige morgen Mittag, exakt um zwölf Uhr am Brunnen im Park bereithalten! Es ist zu gefährlich, hier einzugreifen.«

Wie konnte das sein? Hatte Peter uns doch gehört und erkannt? Oder hatte er nur gemutmaßt und hoffte, dass jemand hinter der Holzwand lauerte und ihn hörte? Wir wussten es nicht. Chuck sah ihn nur verwundert an, da er offensichtlich durch den laufenden Wasserhahn kein Wort verstanden hatte. Unbeeindruckt davon legte er sich daraufhin neben dem Eingang auf eine Liege, nahm sein Handy in die Hand und drückte sich seine blauen Kopfhörer in die Ohrmuscheln. Anscheinend musste er den Aufpasser spielen und

Peter bewachen. Man hörte die laute Musik bis in die Kammer hinein, und wir wussten, dies war unsere Chance! Die Chance, zu fliehen und die Entscheidung, Peter schlechten Gewissens zurücklassen zu müssen. Gerne hätten wir ihn sofort befreit, aber neben Chuck lehnten demonstrativ zwei schwere Waffen, die uns nicht sehr friedvoll stimmten. Da wir nicht einschätzen konnten, wie er auf ungeplanten Besuch reagieren und wann Igor wieder zurückkommen würde, war es wohl oder übel an der Zeit für uns zu verschwinden.

»Er hat Recht, Joyce. Lass uns abhauen. Wir kommen wieder!« Trudy wirkte entschlossen und ich vertraute ihrem Urteilsvermögen.

Nach fünf Minuten fingen wir an, uns schleichend fortzubewegen und langsam zu dem winzigen Türchen hinzurobben. Kurz bevor wir ankamen, sagte ich zaghaft flüsternd in Peters Richtung: »Wir werden morgen dort sein, mein Schatz. Versprochen!«

Er machte keine Anzeichen, als hätte er mich gehört. Doch dann bemerkte ich sein seitliches Grinsen auf dem Gesicht und daraufhin ein kurzes Nicken. Es war dasselbe Grinsen, das er mir immer schenkte, wenn wir uns verliebt tief in die Augen sahen. So wusste ich, dass er mich gehört hatte. Trudy und ich schlichen uns leise aus der Scheune. Wir hörten beim Heruntergehen der gefährlichen Holztreppe noch einmal sein Pfeifen, das uns Hoffnung mit auf den Weg gab. Doch was sollten wir morgen an dem Brunnen, genau um die Mittagszeit?

Als wir wieder in Amandas Dodge stiegen und uns erleichtert in die Sitze fallen ließen, waren wir erst einmal froh, heil dort herausgekommen zu sein. So gerne hätten wir Peter aus den Fängen des Bösen befreit, aber wir hofften sehr, dass uns seine Botschaft weiterhalf und das gewünschte Ziel somit näher rückte.

Es war bereits abends, als Trudy sich mit mir in ihrer Wohnung über die schreckliche Aussage ihres Cousins unterhielt, und wir dabei weitere Pläne schmiedeten. Niemand hatte geahnt, dass das Unglück ihrer Mutter gar kein Unfall gewesen war, sondern ein fieser Hinterhalt von Owen Winters. Trudy weinte immer noch ununterbrochen, wie auch auf der gesamten Heimfahrt. Sie verstand nicht, wie man einem Familienmitglied nur so etwas Entsetzliches antun konnte, geschweige denn, der ganzen Familie. Alle hatten damals mit dem Verlust schwer zu kämpfen gehabt, und die Winters hatten sich wohl im Hinterzimmer die Hände gerieben, während sie vorne herum die Tote betrauert hatten. Auch war ihr unklar, was Scott mit dem Gold gemeint hatte. Genauso wenig wie Peter hatte sie eine Ahnung davon, worauf er hinauswollte. Ihr Vater hatte sein Geld nicht in Edelmetallen investiert, wie kam ihr Cousin also darauf?

»Unfassbar! Es ist alles einfach nur ungerecht, und Peter muss jetzt für etwas büßen, wovon er gar nichts weiß!« Mehr fiel mir nicht ein, da ich selbst sehr verstört wegen des Geständnisses war. Unter diesen Umständen konnte man auch nicht viel dazu sagen, da es nichts an der bizarren Situation zu ändern gab.

Allerdings kamen mir immer wieder die Worte von Amanda in den Sinn, bei denen sie mich gebeten hatte, die Polizei einzuschalten, falls es brenzlig werden würde.

»Trudy, bist du dir ganz sicher, dass wir die *Orlando Police* nicht einschalten sollen? Es ist schon so viel passiert und ich habe große Angst um Peter. Er befindet sich in einer sehr misslichen Lage«, fragte ich sie besorgt.

»Ich weiß, was du meinst, aber wir sind doch schon so nah dran, und ich befürchte, dass sie Scott warnen, da er seinen besten Freund im Revier sitzen hat. Dann war alles, was wir bisher erreicht haben, umsonst.«

»Wahrscheinlich hast du recht. Aber wenn wir nicht mehr weiterwissen, müssen wir sie einweihen! Versprich mir das«, forderte ich und hoffte dabei, auf Verständnis ihrerseits zu treffen.

Ich sah Trudys drucksendem Blick an, dass sie es nicht versprechen wollte. Doch sie tat es mir zuliebe. »Ich verspreche es.«

Wir gingen früh zu Bett und versuchten, etwas zu schlafen. Wir hofften auf einen besseren Tag, der folgen würde, da der heutige alles andere als spurlos an uns vorbeigegangen war. Immerhin hatten wir Peter gefunden und vertrauten auf seinen Hinweis, der ihm hoffentlich bald zu seiner Freiheit verhalf.

Zerknittert und unausgeschlafen wachte ich auf. Erst sieben Uhr, doch die Nacht war recht kurz für mich gewesen. Ich hatte vor vier Uhr morgens nicht einschlafen können, da zu viele Gedanken in meinem Kopf gekreist waren. Immerhin hatte ich drei Stunden abschalten und schlafen können, um zumindest ein bisschen Kraft für den neuen Tag zu tanken. Ich hoffte inständig, dass es heute zur Befreiung von Peter kommen würde und ich ihn wieder in die Arme schließen konnte. Denn wir wollten partout nicht, dass er weiterhin gefoltert wurde. Vor allem für etwas, wovon er keinen blassen Schimmer hatte.

Nachdem wir über sämtliche Szenarien philosophiert hatten, die uns eventuell am Brunnen erwarten würden, tranken Trudy und ich noch einen Kaffee und versuchten uns nicht allzu sehr aufzuregen. Sie hatte heute Nacht gar kein Auge zugemacht und andauernd an ihre unschuldige Mutter gedacht, die ihr der liebste Mensch auf der Welt gewesen war. Es zerriss ihr das Herz, das nach so einer langen Zeit herauskam, dass sie absichtlich umgebracht worden war.

»Mit welchem Motiv?«, fragte sie sich ständig. Natürlich konnte ich nicht im Geringsten ihren Schmerz nachfühlen, aber ich versuchte sie zu trösten, so gut ich eben konnte. Stets bemüht, die starke Schulter an ihrer Seite zu sein. Wir mussten jetzt fokussiert bleiben und uns darauf konzentrieren, Peter wieder frei zu bekommen.

Trudy erklärte mir nach meiner Anfrage noch, warum sie Schlösser aufbrechen konnte. Das hätte ich ihr beim besten Willen nicht zugetraut.

»Ich war als Teenager eine Zeit lang mit den falschen Leuten unterwegs und habe viele Dinge getan, auf die ich heute nicht mehr stolz bin«, gestand sie. Dass dazu gehörte, Verschlüsse mit einer Haarnadel zu knacken, verstand sich von selbst. In diesem Fall war es unser Glück gewesen, da wir uns sonst nicht hätten verstecken können und definitiv aufgeflogen wären. Ich vermutete, jeder tat in seiner Vergangenheit Sachen, auf die er nicht sonderlich stolz war. Das gehörte nun mal zum Erwachsenwerden dazu. Auch im späteren Alter machte man noch Fehler. Das Wichtigste war nur immer, aus ihnen zu lernen. Zu diesem Zweck waren sie schließlich da. Lieber lebte man und sammelte verschiedene Erfahrungen, als dass das Leben spurlos an einem vorbeizog. Dafür war es definitiv zu kurz, und jeder Moment sollte, so gut es ging, genossen werden.

Ich selbst hatte als Teenager ebenfalls ein paar wenige Begegnungen mit der Polizei gehabt. In meiner rebellischen Phase hatte ich außergewöhnliche Haarfarben ausprobiert oder kleine Gegenstände aus den Gärten der Nachbarn entfernt. Aber ich war froh, nichts Schlimmeres angestellt zu haben. Einer wie Igor und eine, wie diese Fabienne, hatten gewiss bereits einiges gesehen, wovon ich nicht einmal wissen wollte, dass es existierte. Mein Glück war es, in einem harmonischen Umfeld groß geworden zu sein und eine friedvolle Kindheit genossen zu haben. Weit weg von Habgier und Macht.

Nach stundenlangem Warten und Auf-die-Uhr-Sehen, machten wir uns endlich zum Brunnen auf. Dieser lag in einem abgelegenen Park, nur einen Steinwurf entfernt vom Haus von Peters und Trudys Vater. Anscheinend hatten sie dort als Kinder öfter draußen gespielt, und es war ihr geheimer Ort, an den sie immer verschwanden, wenn sie gemeinsam Zeit unter freiem Himmel verbrachten. Ich war froh, dass Trudy genau wusste, um welchen Brunnen es sich handelte, denn ich hätte allein wahrscheinlich in ganz Orlando die Nadel im Heuhaufen gesucht. Es war nur eine sehr kleine, vermooste Wasserquelle, um die einige Parkbänke herum aufgestellt waren. Da wir zu früh vor Ort waren, schauten wir uns neugierig um. Ratlos, was Peter geplant hatte, suchten wir nach Hinweisen. Doch es war nirgendwo eine Spur und weit und breit niemand zu sehen oder etwas Verdächtiges zu finden. Ich schmiss, abergläubisch wie ich manchmal war, eine Kupfermünze in den Brunnen und schloss meine Augen dabei. Das machte ich jedes Mal, da es nie schaden konnte, sich Träume in Erfüllung gehen zu lassen. Das eine oder andere war in der Vergangenheit bereits Wirklichkeit geworden, warum dann nicht auch der Wunsch, mit Peter vereint glücklich zu sein und ihn bald aus den Fängen des Feindes befreien zu können? Wir warteten geduldig darauf, dass der Glockenturm der Kirche zwölf Uhr schlug und wir endlich erfahren würden, was Peter uns hier mitteilen wollte. Hoffentlich würde nun alles gut werden!

Kapitel 16
Good luck with Chuck

Als wir uns weiter in dem abgeschiedenen Park umsahen, hörten wir nichts außer Vogelgezwitscher und dem Wind, der sanft durch die Bäume strich. Es war ein warmer und sonniger Tag und unter normalen Umständen hätte man sich hier sehr wohl und geborgen fühlen können. Doch wir lagen auf der Lauer und wussten nicht, was uns erwartete, geschweige denn, was Peter da im Geheimen ausgeheckt hatte. Was konnte er schon ausrichten als Gefangener? Vorsichtig und angespannt standen Trudy und ich vor dem Brunnen und bemühten uns angestrengt, irgendeine Art von Veränderung zu erkennen oder nach einem Hinweis zu suchen, den Peter möglicherweise vor Ort hinterlegt hatte. Seine Schwester war kein spezielles Versteck eingefallen, das sie als Kinder dort gehabt hatten, also warteten wir unermüdlich – und Geduld war leider noch nie meine Stärke gewesen. Wir sahen uns an und zuckten beide gleichzeitig unsere Schultern nach oben, da es absolut nichts gab, das wir hätten tun können.

Auf einmal riss der laute Glockenschlag der nahe gelegenen Kirche uns aus den Gedanken und wir erschraken. Trudy und ich waren beide sehr nervös und wussten nicht, ob es klug gewesen war, die Polizei bisher nicht zu verständigen. Schließlich hatten wir es mit einer Entführung und der Folter eines Menschen zu tun. Eines geliebten Menschen noch dazu. Aber wir hatten vor ein paar Tagen beschlossen, auf eigene Faust zu versuchen, Peter zu befreien und Scott so bald wie möglich hinter Gitter zu bringen. Mit diesem scheußlichen Plan durfte er einfach nicht durchkommen!

Nach einigem Warten sahen wir erneut auf die Uhr.

»Trudy komm, hier passiert nichts mehr«, sagte ich deprimiert.

»Jetzt bleib noch einen Augenblick. Es muss doch noch irgendeinen Hinweis von Peter geben!« Sie versuchte mal wieder, meine Ungeduld zu zügeln, und wartete auf Peters versprochenes

Zeichen. Es war bereits acht Minuten nach zwölf, und es tat sich weiterhin nichts in diesem gottverlassenen Park. Aus der Entfernung konnte man zwar einen männlichen Jogger in Trainingsklamotten laufen sehen, aber sonst war es um uns herum besorgniserregend ruhig. Der Kerl rannte in seinem weißen Sportoutfit in unsere Richtung, doch wir machten uns darüber keine Gedanken – bis wir merkten, dass er uns ansteuerte. Aus der Ferne erkannte ich ihn erst nicht, aber als er dann kurz darauf direkt vor Trudy stand, war sein Gesicht mehr als deutlich unter seiner Cap zu sehen. Die blauen Kopfhörer, die in seinen Ohren steckten, hatten wir gestern bereits gesehen. Es war Chuck! Wir waren überrascht und wussten nicht, ob bleiben oder flüchten die bessere Option war. Hatte Igor uns am Vorabend doch bemerkt und ihn uns auf den Hals gejagt? Kurz überlegten wir, wie wir die Situation am besten lösen konnten, aber er stand nun genau vor uns. Es war zu spät! An Waffen oder Pfefferspray zu unserer Verteidigung hatten wir leider nicht gedacht, also blieb uns nichts anderes übrig, als abzuwarten und zu sehen, was Chuck hier wollte. Er schaute sich zunächst zaghaft um, vermutlich um sich zu vergewissern, ob ihm auch niemand gefolgt war. Als er sich sicher fühlte, übergab er uns dann mit einem Augenzwinkern einen zerknitterten Zettel, welchen er vorsichtig, jedoch rasch aus seiner Hose gezogen hatte. Gleich nachdem er ihn uns ausgehändigt hatte, machte er sich sofort wieder mit den Worten »I was never here« aus dem Staub und wir konnten ihn durch sein fixes Tempo, das er an den Tag legte, schon bald nicht mehr sehen. Wir wollten ihn noch zur Rede stellen und über einiges ausfragen, doch dazu gab er uns gar keine Gelegenheit. Höchstwahrscheinlich hatte er selbst gerade Angst um sein Leben gehabt und war, wie wir schwer hofften, nicht in Igors Namen unterwegs gewesen. Sein Zwinkern hatte mich aber beruhigt.

Trudy und ich setzten uns ungeduldig auf eine der Sitzbänke und versuchten vorsichtig, den Papierfetzen ohne Beschädigungen auseinanderzufalten. Es hielt sich niemand mehr um uns herum auf, wir waren also wieder ganz allein in diesem Waldstück. Wir lasen das Geschriebene langsam und Wort für Wort durch:

Trudy & Joyce,

wenn Ihr das hier in Euren Händen haltet, gibt es einen Weg für mich freizukommen.

Morgen um Mitternacht wird Chuck, der mir in der kurzen Zeit ein echter Freund geworden ist, die Tür der Kammer öffnen und meine Fesseln lösen. Er selbst darf mich leider nicht befreien, da er in Scotts Schuld steht! Doch er wird uns helfen. Igor wird an diesem Abend nicht auf dem Hof sein, da er samstags immer zur Pokernacht ausgeht. Falls Ihr das bekommt, befreit mich bitte, aber bringt Euch dabei nicht zu sehr in Gefahr.

Ich liebe und vermisse Euch! Euer Peter

Bisher hatte ich Peters Handschrift noch nie gesehen, aber sie war gut lesbar und passte zu einhundert Prozent zu ihm. Was er, und wie er es schrieb, war genau mein Mann. Man erkannte ihn in den Zeilen wieder, und es gab einem so viel Hoffnung und Zuversicht. Anscheinend hatten wir Chuck falsch eingeschätzt und waren froh, dass er uns zu Peters Flucht verhelfen würde. Warum er ihn allerdings nicht einfach selbst freilassen konnte, machte uns schon ein wenig stutzig und nachdenklich. Aber sicherlich wollte er die Schuld im Zweifelsfall auf jemand anderen schieben können, sonst würde er die Wut seiner Bosse zweifelsohne ganz allein abbekommen. Dem wollte er wohl entgehen. Außerdem hatte Peter ja geschrieben, dass Chuck in Scotts Schuld stand. Dank dessen Erpressung, wie wir bei der Unterhaltung zwischen Peter und ihm bereits mitbekommen hatten. Und *dem Schlitzer* wollte man ebenfalls nicht widersprechen!

Ohne Chuck wüssten wir jetzt nicht, wo wir als nächstes hätten ansetzen sollen, um Peter gefahrlos aus seinem Kerker zu befreien. Er hatte Glück, dass dieser Handlanger des Mörders und Drangsalierers Mitgefühl zeigte und mit seinen schmierigen Geschäften nichts am Hut haben wollte. Chuck sei Dank hatten wir das Ziel vor Augen. So wie es aussah, hatte sich mein Wunsch mit der Münze bereits nach wenigen Minuten erfüllt und uns den Ausweg aus unserem Problem geebnet. Peter war, wenn es drauf ankam, ein sehr überzeugender Geschäftsmann, daher wunderte es uns nicht, dass er Chuck hatte dazu überreden können. Wie genau er das geschafft hatte, wussten nur die beiden. Aber wir waren dankbar, eine Möglichkeit für seine Flucht gefunden zu haben!

Bis morgen Mitternacht war es noch einige Zeit hin und diese mussten wir uns nun vertreiben. Angespannt beschlossen wir, in Peters Wohnung ein wenig aufzuräumen und zu putzen – in der Hoffnung, dass er bald wieder nach Hause kommen würde. Trudy und ich verdrückten noch die eine oder andere Träne, denn wir waren beide ziemlich kopflos. Ich hatte nicht mehr geglaubt, dass die große Liebe existieren würde. Trotz sämtlicher Hindernisse wünschte ich mir so sehr, dass wir Peter morgen Nacht befreien und ihm seine Freiheit zurückgeben konnten.

»Er war schon immer ein guter Mensch«, beschrieb ihn mir Trudy, da musste es einfach glattgehen. Vor Kurzem hatte ich gedacht, er hätte mich eiskalt versetzt, und unsere Beziehung wäre nur Einbildung gewesen. Doch ich war wieder positiv gestimmt und konnte erneut an eine Zukunft mit ihm glauben. Er und ich – das war Bestimmung!

Nachdem wir uns, zurück in Trudys Wohnung, hingelegt hatten, kuschelte ich mich in meine angenehme Samt-Bettwäsche und starrte aus dem Fenster. Ich dachte über die vergangenen Monate nach und wie Peter und ich uns auf dieser verschneiten Parkbank kennengelernt hatten. Es war so viel passiert seitdem, und für ihn war ich extra in dieses Land gereist. Natürlich hatte ich nicht ahnen können, dass er, während ich im Flieger auf dem Weg zu ihm saß, gekidnappt werden würde. Es war schon verrückt, wie sich alles entwickelt hatte. Mit diesen vielen Gedanken betrachtete ich den Mond, der direkt im rechten Eck des Fensters hervorblitzte und dessen Schein in mein Gesicht fiel. Gedankenversunken schlief ich mit den Bildern von Peter und mir im Kopf ein.

»Wach auf, Joyce«, hörte ich eine Stimme sagen, welche mich behutsam aus dem Schlaf riss. Als ich die Augen sachte öffnete, um nicht zu sehr von den hellen Sonnenstrahlen geblendet zu werden, erkannte ich Trudy, die einen köstlich riechenden Kaffee vor mir in der Hand hielt. Der heiße Dampf schwebte in die Luft, welchen ich mit Freude genüsslich mit meiner Nase aufsog. Trudy sagte flüsternd: »Der ist für dich, damit du auch optimistisch in diesen wichtigen Tag startest!«

Ich freute mich über ihre herzliche Geste, erhob meinen faulen Oberkörper und setzte mich langsam auf. Sie übergab mir die Tasse und machte sich auf in die Küche, um uns ein köstliches Frühstück aus Eiern und Speck zu zaubern.

»Soll ich dir helfen?«, fragte ich sie, als sie bereits die Pfanne inklusive der Zutaten hergerichtet hatte.

Sie winkte dankend ab und erwiderte strahlend: »Du kannst dich erst mal frischmachen, ich brauche noch ein wenig.«

Gerührt entgegnete ich ihr mit einem Schmunzeln auf den Lippen: »Danke, zukünftige Schwägerin.«

Danach ging ich ins Badezimmer. Der Satz erheiterte Trudy, und sie freute sich sehr über meinen Kommentar.

Ich wusch mir das Gesicht im Bad mit kaltem Wasser und rieb mir die Augen hinterher gründlich ab. Als ich mich mit einem Handtuch abgetrocknet hatte und auf das kleine Radio im Zimmer sah, wurde mir klar, dass es bereits zehn Minuten nach elf war. Wir waren um dreiundzwanzig Uhr am Vorabend ins Bett gegangen, also hatte ich stolze zwölf Stunden am Stück durchgeschlummert! Ich war total baff und konnte nicht glauben, dass ich so ausgiebig geschlafen hatte. Doch mein Körper hatte es wohl gebraucht nachdem ganzen Durcheinander, das wir bisher erlebt hatten. Zu Hause war ich ebenfalls länger nicht zur Ruhe gekommen, und seitdem ich Jerry hatte, war an

Ausschlafen sowieso nicht mehr zu denken – auch nicht am Wochenende. Er wollte immer pünktlich morgens um halb sieben sein Fressen, da ich danach täglich zur Arbeit aufbrach. Samstags und sonntags war das nicht anders, und er ärgerte mich so lange, bis ich endlich aus dem Bett aufstand, ihm seine Dose holte und kredenzte. Mein Kater war nun mal einfach verwöhnt und liebte seine Routine – und natürlich auch sein Futter. Schlafen, essen, spielen und gekrault werden. So ein Tier hatte schon ein Wahnsinnsleben. Ab und zu hätte man als Mensch gerne einen genauso sorglosen Alltag. Das kleine Fellknäuel fehlte mir.

Heute war der Tag, an dem wir Peter zurückholen würden. Die Stunden sollten verfliegen, sodass es bald Mitternacht war und es endlich losgehen konnte. Das Frühstück war unfassbar lecker und sättigte mich gänzlich. Trudy war eine hervorragende Köchin, und ich genoss es, momentan bei ihr untergekommen zu sein. Sie war seit der ersten Sekunde ein angenehmer Mensch, und ich war unglaublich erleichtert, dass wir uns auf einer Wellenlänge befanden. Tagsüber erledigten wir nur noch Bangloses, gingen einkaufen. Unterwegs rief ich Amanda an. Sie platzte vor Neugier, jedoch wollte ich ihr genauere

Details nicht verraten, schließlich hatte ich ihr bereits versprechen müssen, dass wir uns, sobald es brenzlig werden würde, Hilfe holen würden. Doch wir waren sicher, die Befreiung vorerst allein durchziehen zu wollen. Ich besänftigte sie mit den Worten: »Nothing new«, und konnte damit ihren Wissensdurst, zumindest für den Moment, ein wenig im Keim ersticken. Normalerweise konnte uns nichts Einschneidendes passieren – Igors Pokerabend war unsere *sichere Bank*. Außer bei ihr meldete ich mich auch bei Soph und meiner Mutter, da beide schon einige Tage kein Lebenszeichen von mir bekommen hatten und erkundigte mich nach Jerry. Dabei erklärte ich, dass alles *in Butter sei* und ich die Zeit in Orlando genoss. Zumindest war das der Text an Mama. Soph schrieb ich ein paar mehr Details, da sie Bescheid wusste, dass Peter nicht am Flughafen aufgetaucht war. Ihr Beistand und ihre Meinung waren schon immer wichtig für mich gewesen, und da ich bereits ahnte, dass sie sich Sorgen machte, war es an der Zeit, sie über die Neuigkeiten, auch wenn es eher heikle waren, zu informieren. Sie schrieb mir eine lange Nachricht zurück und war verständlicherweise beunruhigt. Schließlich wollte sie mich dauerhaft in ihrem Leben haben, und sich mit Verbrechern anzulegen, hielt sie nicht gerade für die klügste Entscheidung. Aber sie verstand es und versprach, meinen Eltern nichts davon zu erzählen. Ein *Ich hab dich lieb* setzte sie noch unter ihren Text. Diese süße Maus!

Trudy und ich fuhren noch ein wenig durch die Stadt und gingen etwas spazieren. Nach diesen Tagen fand ich Gefallen an Orlando und der Umgebung, zumindest was die Landschaft und Natur betraf. Es war zwar eine sehr volle und gut besuchte Stadt, aber oft fand man sich auf einmal, wenn man nur um die Ecke oder unter einer Brücke hindurchgegangen war, an wunderschönen Orten wieder. Sie waren mit Blumen angelegt, und man stand plötzlich auf einer der riesigen Grünflächen, die noch nicht komplett zugebaut worden waren. Anscheinend, trotz der großen Bevölkerungszahlen, legte man hier Wert auf die Umwelt und auf Ruheplätze, die man als Mensch ab und zu brauchte. An einem See auf einer Bank zu sitzen und den Schwänen und Enten zuzusehen, wie sie flogen und schwammen und die hingeworfenen Brotkrümel aufpickten, hatte eine sehr beruhigende Wirkung. Ich verbrachte, trotz der widrigen Umstände, meine Zeit gerne in dieser

Stadt, genoss die Stille und wünschte mir, auch bald die Tage mit Peter hier verbringen zu können. Hoffentlich war dieser Albtraum heute Abend vorbei, und er konnte den Fängen von Scott und Igor entkommen. Wir hatten keine Ahnung, wie oft er von ihnen bereits gefoltert und gepeinigt worden war.

»Hoffentlich haben sie ihm heute nicht wieder ein Körperteil entrissen«, platzte es aus Trudys Mund heraus, als wir uns bei ihr zu Hause fertigmachten, um endlich zum Holzschuppen zu fahren. Ich senkte den Kopf, da ich auch schon ein paarmal darüber nachgedacht hatte, warum wir nicht gleich zu Peter losflitzten und ihn befreien sollten. Aber dann hätte dieser Igor uns vermutlich geschnappt und angekettet, also war es besser, abzuwarten, bis sich keiner, außer vielleicht Chuck, vor Ort befand. Ob Scott an diesem Tag auch noch einmal dort sein würde, um ihn zu seiner ominösen Goldsuche zu befragen, wussten wir nicht. Allerdings wünschten wir uns, dass sie ihm nichts mehr angetan hatten. Er hatte bereits vor dem Verlust seines Fingernagels, den wir live miterlebt hatten, sehr mitgenommen ausgesehen und die Tage zuvor mit Sicherheit schon einiges über sich ergehen lassen müssen. Sein Gesicht und sein

Körper sahen geschwächt und abgespannt aus. Wir waren froh, diesen Chuck an seiner Seite zu wissen, damit jemand wenigstens ein bisschen auf seine Pflege achtete. Er selbst hatte wohl bisher recht viel erlebt, und in der Schuld von einem skrupellosen Drecksack zu stehen, zählte ganz bestimmt nicht zu den glorreichsten Zeiten seines Lebens. Auch Igor war ein angsteinflößender Straftäter und wusste genau, was er tat. Selbstbewusst und ohne mit der Wimper zu zucken, hatte er Peter verletzt, und es hatte ihm auch noch sichtlich Spaß gemacht. Wer so zwielichtig war, dem konnte man alles zutrauen. Aber heute war es an der Zeit, das Blatt zu wenden.

Mit diesen Gedanken in meinem Kopf wandte ich mich an Trudy und versuchte ihr mit Worten siegessicher die Furcht und die Sorgen zu nehmen. »Heute kommt er frei, das schwöre ich dir, so wahr ich hier stehe!«

Überrascht sah sie mich an, während sie sich ihre schwarze Jeansjacke anzog. Sie schnaufte erleichtert nach meiner Aussage auf und umarmte mich daraufhin fest. Ich merkte ihr an, dass sie nervös und ein wenig betrübt war, aber wir hatten eine Mission und wussten, was unsere heutige Aufgabe war.

Entschlossen starteten wir und parkten wieder an derselben Stelle, an der wir das Auto auch letztes Mal abgestellt hatten. Es war stockdunkel, und die Uhr im Dodge zeigte acht Minuten nach halb zwölf an, als der Motor ausging. Da wir nicht wussten, wann genau Igor zu seinem Pokerabend aufbrach, warteten wir geduldig ab, bis wir uns auf den Weg zu Peter machten. Währenddessen war das Licht ausgeschaltet, sodass uns auch keiner entdecken konnte. Kurze Zeit später, genau um viertel vor zwölf kam ein Transporter aus Igors Ausfahrt und verließ das Anwesen. Igor fuhr fast direkt an uns vorbei, aber dank eines Gebüsches und der Dunkelheit konnte er uns so gut wie überhaupt nicht sehen. An der Straßenlaterne erkannten wir die orangene Farbe des Wagens deutlich und wir wussten, dass Igor es war, der sich nun zu seinen Pokerfreunden aufmachte.

Erleichtert atmete ich aus, als er außer Sichtweite war. So stand Peters Befreiung nichts mehr entgegen. Das hofften wir zumindest. Wir warteten noch kurz ab und gingen wieder zu Fuß los. Diesmal aber entlang des offiziellen Pfades, da Igors Abwesenheit vorerst gesichert war. Trotzdem verhielten wir uns unauffällig und schlichen in unserer dunklen Kleidung über den schmalen Weg, der überhaupt nicht beleuchtet war. Allerdings brannte im Innenhof beim Haus noch eine kleine, flackernde Leuchte. Das uns half zu erkennen, in welche Richtung wir mussten.

Mit einem Mal stoppte mich mein inneres Gefühl. Etwas in mir zog sich zusammen und ich konnte keinen Schritt mehr machen.

»Ist was nicht in Ordnung?« Trudy sah mich erschrocken an.

»Gar nichts ist in Ordnung, meine Liebe. Wir ermitteln hier in eigener Sache gegen einen Mörder und einen Verrückten – das ist einfach so falsch. Wenn uns was passiert und dieser Igor uns kriegt, wird er uns mit Sicherheit umbringen – und Peter noch dazu!« Ich zitterte und meine Alarmglocken läuteten zunehmend. Angstschweiß machte sich bemerkbar und ich wollte partout nicht weitergehen.

Trudy bemerkte den inneren Kampf und versuchte, sich in mich hineinzuversetzen. »Darling, ich weiß, wie es dir geht. Ich habe genauso Schiss, wie du!«

»Dann lass uns Hilfe holen und die Polizei einschalten. Bitte! Ich will, dass Scott und Igor festgenommen werden, also brauchen wir handfeste Beweise. Und solche gibt es nur, wenn die Polizei im Alleingang sieht, was vor Ort geschieht. Außerdem habe ich es Amanda sozusagen versprochen ...«

»Wahrscheinlich hast du recht. Die Sache wird allmählich zu gefährlich, um sie im Alleingang bewältigen zu können«, entgegnete sie und ich sah ihr an, dass sie selbst ins Schwanken geriet. Sie haderte noch ein wenig mit sich, aber sie wusste, dass ich recht hatte. »Dann ruf an.«

»Wirklich? Ich danke dir, Trudy. Wir können ja trotzdem versuchen, Peter da raus zu bekommen, bis sie auftauchen. Und dann liegt es an ihnen, die Bösewichte hinter Gitter zu bringen!«

Langsam nickte Trudy mir zu. Mit dem Handy suchte ich schnell die Nummer des Police Department in Orlando heraus und schilderte einem Beamten unser Anliegen. Officer Livingston nahm meine Aussage entgegen. Trudy bestätigte mir, dass es sich dabei nicht um Scotts besten Freund handelte, worüber ich erleichtert war. Er wollte mehr Informationen, doch ich gab ihm nur schnell die Eckdaten durch und wo wir uns befanden. Schließlich würden wir Peter befreien und solange Igor beim Pokern war, den Zeitraum nutzen, bis die Polizei auftauchte. Ich würgte Livingston ab. Er hatte noch die Zeit »I'll send patrol cars out right away« zu sagen und schon drückte ich den roten Knopf meines Telefons.

»Sie sind auf dem Weg. Machen wir uns auf und befreien unseren Schatz!«

Ich stapfte los und Trudy folgte mir augenblicklich. Es war keine Menschenseele zu sehen, und somit konnten wir beruhigt, auch wenn wir das innerlich in keiner Weise waren, zum Stall gehen und uns wieder durch die Tür quetschen. Dort angekommen, sahen wir uns noch einmal um, ob ganz sicher niemand überraschenderweise auf uns wartete. Nach der erfolgreichen Kontrolle stiegen wir nacheinander die baufällige Holztreppe hinauf und konnten nicht fassen, dass sie uns erneut ohne Probleme aushielt. Sie wirkte immer noch, als ob sie jeden Moment zusammenbrechen würde, und die komisch knackenden Geräusche machten es einem nicht leichter, an ihre Tragfähigkeit zu glauben. Umso größer war unsere Freude, sie wieder wohlauf bestiegen zu haben.

Oben angekommen, schlichen wir uns erst einmal seitlich heran, um die Lage beobachten und einschätzen zu können. Als wir bemerkten, dass die Tür zu Peters Geheimversteck offenstand, warfen wir leise einen unauffälligen Blick hinein. Darin wartete Chuck bereits vor der Tür auf uns. Er war ausgesprochen blass im Gesicht und auf seiner Stirn sah man deutlich den nassen Angstschweiß. Nervosität sprach aus seinen aufgerissenen Augen. Seine Hände flatterten zudem leicht, und er machte keineswegs einen coolen, geschweige denn, einen entspannten Eindruck. Man merkte ihm an, dass er es einfach nur schnell hinter sich bringen wollte. Ihm ging es ähnlich wie uns. Als er einen Schritt zur Seite trat, erkannten wir Peter, der noch immer an den Stuhl gefesselt war. Wahrscheinlich war sich Chuck nicht sicher gewesen, ob wir auch tatsächlich auftauchen würden, also hatte er ihn aus lauter Respekt vor Igor und Scott bisher nicht losgebunden. Trudy und ich waren so erleichtert und freuten uns, dass der Plan bis hierher wirklich aufgegangen war. Endlich konnten wir Peter aus den Fängen von Scott und *dem Schlitzer* befreien.

Als wir die Kammer betraten, fiel uns zunächst nicht auf, dass Peter nicht aufblickte, da es wieder ziemlich dunkel in diesem Raum war und sein Stuhl noch weiter in die Ecke gedrängt stand. Erst als wir direkt vor ihm waren, registrierten wir, dass etwas nicht stimmte. Normalerweise hätte er uns mit seiner euphorischen Art begrüßt, doch Peter regte sich nicht. Wir schauten an ihm herunter und bemerkten das Blut, das sich bereits unter seinem

Stuhl zu einer Lache gesammelt hatte. Behutsam und voller Angst kniete ich vor ihm nieder und nahm sanft seine Hände, die immer noch mit Handschellen zusammengekettet waren. Er schüttelte sich daraufhin und wurde wach. Er hatte das Bewusstsein verloren. Trudy stand neben mir und hielt vor lauter Panik wieder ihre Hände vors Gesicht. Das ganze Blut hatte ihr eine Heidenangst gemacht. Sie dachte, wir waren womöglich zu spät gekommen und sah mir fassungslos zu, wie ich versuchte, Peter zu befreien.

Plötzlich merkte ich eine Bewegung auf meiner Hand. Er wollte zurückdrücken und umklammerte meine Finger liebevoll, jedoch erschöpft. Seinen gesenkten Kopf erhob er und als er mich ansah, wusste ich nicht, wie mir geschah. In diesem Augenblick hatte Chuck das Licht seiner Taschenlampe auf ihn gerichtet, und es wurde ersichtlich, wie schlimm Peter zugerichtet worden war. Seine Augen waren fast komplett zugeschwollen, nur durch das linke konnte er noch ein wenig durchblinzeln. Die Schläfe war stark aufgeplatzt und sein Mund war über und über verschmiert mit seinem eigenen Blut. Kleine Hautfetzen hingen seitlich davon herunter, und als er husten musste, kam ihm die rote Flüssigkeit hoch und spritzte auf meine Kleidung. An seinen Armen hatte er grob geschätzt zehn Einschnitte eines Messers und seine Hände waren leider auch nicht mehr dieselben. Anscheinend war das letztes Mal, als wir die Folter beobachtet hatten, nur der Anfang gewesen, und sie hatten ihn nun, höchstwahrscheinlich wegen des Goldes, so richtig in die Mangel genommen. Das Gold, das weiterhin Fragen aufwarf.

Als ich meinen Liebling so ansah, tat er mir unendlich leid. Nun waren wir hier, und das war das Einzige, was zählte. Trudy konnte sich immer noch nicht bewegen und starrte Peter einfach nur verdattert an. Man merkte auch, dass er kaum Kraft übrighatte und ziemlich hilflos war. Wir wussten, dass er sich freute, uns zu sehen, aber er konnte es seiner Schwester und mir durch seinen geschwächten Zustand nicht zeigen.

Als ich seinen rechten Fuß endlich mit viel Kraft von dem festen Seil befreien konnte und Chuck gerade um die Schlüssel für die Handschellen bitten wollte, hörten wir ein Auto mit quietschenden Reifen und einem Affentempo die Einfahrt hineinbrausen. Es riss uns total heraus, und niemand wusste, was nun zu tun war. Chuck nahm uns panisch an der Hand und versteckte uns im Laufschritt neben der Kammer hinter einem der fünf Heuballen, die im oberen Stock gelagert wurden. Beide machten wir uns klitzeklein und hatten eine Höllenangst. Die Polizei hätte niemals so schnell auftauchen können, wir hatten sie ja gerade erst informiert. Daher war es sicher Igor, der zurückkam. Anscheinend hatte er den Braten gerochen und war deshalb wie ein Gestörter auf sein Anwesen zurückgerast. Hastig verbarrikadierte Chuck sich mit Peter in der Kammer. Seinem hysterischen Gesichtsausdruck nach zu urteilen, würde es jetzt alles andere als lustig werden. Wir hörten, wie das Schloss am Stall wieder geöffnet wurde, und die lauten Schritte, die die Holztreppe förmlich hinaufschossen. Es war uns nicht klar, wieso Igor es so eilig hatte. Schließlich sollte er doch gerade mit seinen Kumpels beim Zocken sitzen und mit ihnen die Scheine in den Pott werfen. Aber er war nun hier, und keiner verstand, warum.

Oben angekommen, klopfte er fest an die Tür von Peters Kammer und schrie laut: »OPEN! NOW!«

Daraufhin öffnete Chuck ihm sofort und ließ ihn demütig hinein. Ich beobachtete die Situation mit großer Vorsicht, als ich am Heuballen minimal vorbeilugte, um mit einem Auge zu sehen, was Igor trieb. Gott sei Dank hatte er Trudy und mich bisher nicht entdeckt. Wir konnten nicht alles beobachten, da wir uns außerhalb der Kammer befanden. Doch Igors verbrauchte Stimme war deutlich zu hören. Er erkundigte sich bei Chuck, ob seine Geldbörse irgendwo herumlag. Er musste sie wohl verlegt haben. Deswegen war er zurückgekehrt: Keine Moneten – kein Glücksspiel!

Wie wir mitbekamen, suchte er den Raum ab, und Chuck erklärte ihm auf Englisch, dass er sie nicht gesehen hatte. Nach kurzer Zeit fand Igor endlich sein Portemonnaie und machte sich auf den Weg nach unten. Als er sich bereits außerhalb der Räumlichkeit und wieder innerhalb meines eingeschränkten Blickfelds befand, sah er zurück zu Peter und musterte ihn. Seine Zwielichtigkeit konnte er nicht verhehlen, und wenn man ihn beobachtete, bekam man Hassgefühle. So wie er und Scott Peter zugerichtet hatten, bekam man eine richtige Abscheu gegenüber solchen Gestalten. Wie man anderen, ohne mit der Wimper zu zucken, so großes Leid zufügen konnte, leuchtete mir einfach nicht ein. Geld regierte aber nun mal die Welt – so traurig es auch war.

Gerade als sich Igor umdrehen wollte, zog er seine Stirn skeptisch in Falten, ging zurück und steuerte direkt auf Peter zu.

»Oh nein!«, sagte ich raunend zu Trudy, »wahrscheinlich hat er das gelöste Seil an seinen Füßen bemerkt.«

Sie bekam ganz große Augen, und ich sah, wie ihr die Tränen hineinschossen. Wir waren aufgeflogen, beziehungsweise war Chuck es, der jetzt erheblich in Erklärungsnot geriet und leise nach Luft schnappte.

Auf einmal stand ich einfach auf. Ich musste irgendetwas tun, auch wenn es bedeuten würde, dass ich mein Leben gerade aufs Spiel setzte. Es lag an mir, dass Peter bereits von dem Seil befreit und der Fluchtversuch offensichtlich fehlgeschlagen war. Außerdem befand sich die Polizei noch nicht vor Ort, also nahm ich allen Mut zusammen und trat couragiert auf den Eingang zu. Mein Körper entkrampfte, da ich jetzt für Peter stark sein musste. Er war es die letzten Tage auch gewesen, und es war an der Zeit, diesem Übel ein Ende zu setzen. Kurz bevor ich an der Tür ankam, hielt ich noch einmal inne und sah zurück zu Trudy, die mich mit Furcht im Gesicht anstarrte und mit einer schwingenden Handbewegung überzeugen wollte, zurückzukommen und mich weiterhin zu verstecken. Sie schüttelte nur den Kopf und wusste sich nicht mehr anders zu helfen.

Aber dafür war es zu spät. Ich war fest entschlossen weiterzugehen! Währenddessen hörten wir, wie Igor die beiden anschrie und außer sich war. Fast an der Kammer angekommen, entdeckte ich neben dem Eingang eine massive, eiserne Schaufel, die sicherlich mehr als zehn Kilo wog. Furchtlos nahm ich sie in die Hand und ging hinein. Hinein in den Raum, in dem sich ein erbarmungsloser Mörder und berüchtigter Verbrecher befand. Schnell und entschlossen lief ich auf ihn zu, als Chuck auf einmal in meine Richtung rief: »Don´t!«

Igor drehte sich genau in dem Moment zu mir um, als ich mit der Schaufel hinter ihm stand. Ich nahm all meine Kraft zusammen und mit einem gewaltigen Adrenalinstoß feuerte ich ihm den robusten Spaten über seine hässliche Visage. So viel Stärke hatte ich bisher noch nie aufgebracht, und da er ein Schrank von einem Mann war, musste ich mich komplett verausgaben. Dank des Überraschungseffektes konnte ich ihn tatsächlich überlisten und rammte ihn mit meinem enormen Schlag zu Boden. Peter wollte mir so gerne helfen, doch mit seinen Handschellen war das nicht möglich. Außerdem war er viel zu schwach. Chuck war total verblüfft, aber auch sehr geschockt über die Geschehnisse. Igor lag nun wie ein Stein am Boden und gab keinen Mucks mehr von sich. Nun machte er niemandem mehr Angst.

Nachdem ich wieder Luft bekommen hatte, legte ich die Schaufel zur Seite und ging zu Peter, um ihn weiter von den Fesseln zu befreien. Chuck reichte mir freiwillig den Schlüssel für die Handschellen, und auf einmal stand Trudy ebenfalls in der Tür. Sie hatte das Spektakel verfolgt und wollte helfen, sodass wir endlich aus dieser Misere verschwinden konnten.

»Du bist eine verdammte Heldin«, sprudelte es aus ihrem Mund.

Ich widmete mich meinem Geliebten. Gerade, als ich den Schlüssel zum Aufsperren angesetzt hatte, spürte ich auf einmal eine Hand am Bein, welche mir sämtliche Adern abdrückte. Diesmal war es mit Sicherheit nicht Peter. Igor wachte unerklärlicherweise wieder auf und wollte mich eindeutig für meine Tat bestrafen. Ich fing sofort an, lauthals zu brüllen, hörte einige Sekunden danach nur ein lautes, dumpfes Geräusch und nahm einen leichten Windstoß wahr. Erstaunt blickte ich umher. Chuck hatte sich die Schaufel geschnappt und damit noch einmal heftig auf Igors Kopf eingeschlagen. Dieser war nun endlich komplett bewusstlos und hatte zwei mächtige, blutunterlaufene Abdrücke in seinem Gesicht.

»Du bist einer von den Guten, Chuck. Danke!«

Es wurde Zeit, aus diesem Schuppen zu verschwinden – und zwar für immer! Wir halfen alle eifrig mit und Peter war schnell befreit. Daraufhin umarmte er mich so fest er nur konnte. Schmerzerfüllt drückte er zu und genoss es, trotz seiner Wunden, wieder meine Nähe zu spüren. Vor lauter Rührung tropften mir Freudentränen vom Kinn, und ich merkte, dass er ebenfalls ergriffen war. Wir mussten nun los. Endlich raus aus diesem Irrenhaus. Gemeinsam hievten wir Igor noch hinüber zum Stuhl und banden ihn zu dritt mit den Seilen, die er einst Peter angelegt hatte, fest. Falls er doch wieder aufwachte, wollten wir schon längst jenseits dieses alten Holzverlieses sein und die Polizei ihres Amtes walten lassen.

Trudy und ich nahmen Peter seitlich hoch und stützten ihn beim Hinausgehen. Die Holztreppe war daher ein kleines Hindernis. Chuck stapfte voraus. Wir folgten ihm langsam und gingen mit Peter Arm im Arm hinunter. Und tatsächlich passierte dann das, wovor ich die letzten Male schon Panik gehabt hatte – nachdem wir an der viertletzten Stufe angekommen waren, brach hinter uns auf einmal die gesamte Treppe zusammen. Als wir merkten, dass auch die anderen Tritte unter uns ihren Geist aufgaben, sprangen wir das restliche Stück hinab, und dann ging alles rasend schnell. Es wurde unsagbar laut, und der viele Dreck, der aus den Holzbrettern durch den Bruch und das Zerschmettern am Boden hervortrat, schnürte uns fast die Luft zum Atmen ab. Peter tat mir so leid. Er hatte bereits so viele Schmerzen hinter sich gebracht, da musste so etwas doch nicht auch noch passieren. Das Springen hatte ihn angestrengt, und er klappte erschöpft am Boden zusammen, als er aufkam. Alle vier lagen wir nun da und versuchten, uns wieder aufzurichten. Es war schwer, den Verletzten erneut hochzuziehen, aber mit Chucks Hilfe funktionierte es. Hustend vom Staub in der Luft, marschierten wir langsam nach draußen und befanden uns endlich im Freien.

Gerade als wir den ersten Atemzug gemacht hatten, preschten fünf Einsatzfahrzeuge mit lauten Sirenen vor uns auf Igors Anwesen und wir hoben alle augenblicklich unsere Arme nach oben. Wir wollten keinen falschen Eindruck erwecken, also zeigten wir uns demütig.

Nachdem wir uns ausweisen konnten, trat Officer Livingston an mich heran. Sein Namensschild war deutlich zu erkennen.

»Where is he?«

»He's chained up in the woodshed. But you need a ladder, the stairs came down.«

Einige Polizisten eilten los in den Holzschuppen und wir mussten inzwischen unsere Aussagen machen. Chuck hatte große Angst, dass wir ihn hinhängen würden, doch wir schützten ihn auf Wunsch von Peter. Alle gaben wir gemeinsam an, dass er uns bei der Befreiung geholfen hatte und von Scott gezwungen wurde, bei dieser schrecklichen Tat unschuldiger Komplize zu sein.

Es dauerte nahezu zwei Stunden, bis die Formalitäten geklärt waren. Peter wurde in der Zwischenzeit im Krankenwagen ärztlich versorgt und war danach bereit, seine Zeugenaussage offiziell abzugeben.

Sie hatten Igor inzwischen gefunden und waren mit einer Leiter aus dem Stall zu ihm hinaufgestiegen. Die Beamten führten ihn mit geballter Waffendeckung in Handschellen ab und setzten ihn in eines ihrer Autos. Auch Chuck hatten sie vorerst ebenfalls verhaftet, da er momentan noch als Mittäter unter Verdacht stand.

»Du kommst bald wieder raus, versprochen«, versuchte Peter ihn während der Festnahme zu besänftigen. »Ich werde mich um dich kümmern, so wie du es für mich getan hast!«

»Ich wünschte, du hättest recht, mein Freund«, seufzte Chuck hoffnungsvoll.

Trudy, Peter und ich standen daraufhin etwas entfernt neben einem weißen *Orlando-Police-Car* und ärgerten uns. »Warum war Scott, dieses Schwein, nicht auch hier«, sagte sie zornig. »Er sollte ebenfalls Handschellen tragen und festgenommen werden. Die Welt ist sicherer ohne ihn.«

»Keine Angst, Schwesterlein, mit diesem Accessoire wird er sich zweifelsohne bald kleiden müssen«, beruhigte Peter sie, der sich seiner Sache absolut sicher schien.

Officer Livingston kam noch einmal zu uns und erkundigte sich, ob wir Peter selbst, oder ob der Notarzt ihn ins Krankenhaus befördern sollte.

»We'll take care of him.« Er war so weit stabil, daher wollten wir ihn gerne dorthin bringen. Zielstrebig gingen wir in Richtung Auto.

Als wir Peter auf den Rücksitz geholfen hatten, stiegen Trudy und ich ebenfalls ein.

Peter war wieder ein freier Mann. Frei von der Angst, frei vom Schlitzer, frei von Scott!

Kapitel 17 In Sicherheit

Die Zündung des Wagens sprang an und wir fuhren los. Weg von dem düsteren Ort, der uns und Peter fast das Leben vermurkst hätte. So versifft und dreckig, wie es dort zuging, waren wir froh, diesem schauderhaften Kapitel den Rücken kehren zu können. Trudy hatte sich freiwillig ans Steuer gesetzt, und Peter und ich saßen auf der Rückbank. Ich versuchte, ihm einfach nur Halt zu geben, bis wir endlich im Krankenhaus ankommen würden. Es ging ihm unter diesen Umständen wirklich gut. Ich an seiner Stelle wäre ein Häufchen Elend. Aber nicht Peter. Er war zäh und wollte sich nichts anmerken lassen. Wir hielten uns liebevoll an den Händen und lehnten die Oberkörper zärtlich aneinander. Trudy sprach ab und zu zu uns. Ich befand mich total in Trance und war glücklich, dass wir es da lebend herausgeschafft hatten. Allesamt. Es hätte einiges anders laufen können, doch wir hatten das Glück auf unserer Seite gehabt und alles überlebt. Peter und wir waren wieder in Sicherheit, und das war im Moment das Wichtigste.

»Endlich bist du wieder bei mir, mein *Lost Lover*«, jubelte ich leise und schaute ihn dabei an.

Ich bekam ein zustimmendes, ebenfalls erfreutes Nicken zurück. Als er so neben mir saß und meine Fingerspitzen behutsam streichelte, merkte ich, wie schwer er sich mit dem Atmen tat. Möglicherweise staute sich das Blut, das er durch seine Wunden und Schläge geschluckt hatte, noch in seinem Hals, und die verstaubte Luft der in sich zusammenfallenden Treppe hatte ihr Übriges dazu getan. Mittlerweile sah er gar nichts mehr, teilte er uns mit, da nun auch sein linkes Auge komplett zugeschwollen war. Leider hatten wir nicht daran gedacht, einen Erste-Hilfe-Kasten für ihn einzupacken, da das nächste Krankenhaus nur ungefähr fünfundzwanzig Minuten vom Hof entfernt lag. So wussten wir, dass er gleich ausreichend versorgt werden würde.

Igors Anwesen befand sich ganz in der Nähe des Econlockhatchee-Rivers, im Osten von Orlando. Wir hatten uns zuvor im Internet genau angesehen, wo wir das nächstgelegene Klinikum auffinden würden, da es augenfällig war, dass sie Peter gefoltert hatten und er keine anständige Verpflegung erhalten hatte. Wir stießen auf das *Florida Hospital East Orlando Medical Plaza* in Orange County, welches von den umliegenden Kliniken am schnellsten zu erreichen war. Bei jedem noch so kleinen Schlagloch oder einer Unebenheit auf der Straße stöhnte Peter vor Schmerz. Ansonsten beherrschte er sich, aber man bemerkte, dass sein Körper einiges mitgemacht hatte während des Kidnappings. Auch seine Schwester bekam das mit und drosselte ihr Fahrtempo daraufhin etwas. Bald darauf waren wir angekommen und rollten in der Notaufnahme ein. Wir übergaben Peter dem kompetent wirkenden Arzt, welcher gleich auf einen Blick erkannte, dass die Erstversorgung sicherlich einige Zeit in Anspruch nehmen würde. Der Arzt überließ es uns, wir könnten warten oder nach Hause fahren und dann wiederkommen. Wir beschlossen dortzubleiben, stellten das Auto im Parkhaus ab und setzten uns in die Cafeteria im Erdgeschoss des Gebäudes.

Als wir die Jacken ausgezogen und unsere Hintern in den Stühlen geparkt hatten, fiel die Anspannung von uns ab. Voller Erleichterung schnauften wir erst einmal kurz durch. Wir sahen uns in dem Moment gleichzeitig an, und beide wirkten wir zufrieden und befreit. Als ich auf die Uhr sah, verstand ich auch, warum sich weit und breit kein Mensch im Krankenhaus herumtrieb. Es war fast drei Uhr morgens. Da wurde uns bewusst, dass wir mit Sicherheit nichts mehr zu essen oder einen frisch aufgebrühten Kaffee bekommen würden, den wir jetzt doch so dringend gebraucht hätten.

Schließlich waren wir schon lange auf den Beinen, und so ein kleiner Wachmacher wäre gerade sehr hilfreich gewesen. Trudy blieb sitzen, und ich machte mich auf die Suche nach einem Automaten, bei dem es zumindest etwas Süßes gab. Gleich um die Ecke wurde ich fündig und besorgte uns jeweils einen *OhHenry!* Schokoriegel und eine Packung Cookies. Leider gab es nicht sonderlich viel Auswahl, aber durch den ganzen Stress hatten wir mal wieder lange Zeit nichts in den Magen bekommen und freuten uns einfach über die Snacks. Daneben stand glücklicherweise ein Kaffeeautomat, und so steckte ich mir die Süßigkeiten in die Taschen, drückte den Knopf mit dem Latte Macchiato und dem Kaffee und nahm die extrem heißen Plastikbecher am oberen Rand freudestrahlend mit zu Trudy.

Kurz bevor ich ankam, beschleunigte ich mein Tempo, da mir die Finger bereits nahezu glühten von der Temperatur der brühend heißen Käffchen. Schnell stellte ich die Getränke auf dem Tisch ab und pustete erst mal fest auf meine Fingerspitzen, da diese schon rot angelaufen waren. Es wäre sinnvoller gewesen, einen zweiten Becher darüberzustülpen, aber nach einem Fauxpas war man ja bekanntlich immer schlauer. So verputzten wir also in Ruhe unsere kleine Zwischenmahlzeit und kamen endlich runter vom Stresspegel. Die letzte Zeit war so unruhig und angsteinflößend gewesen, da war es äußerst angenehm, die Stille zu genießen und einfach mal nicht zu reden.

Tatsächlich hatten wir es geschafft, Peter ausfindig zu machen und ihn zu befreien. Nicht auszudenken, was geschehen wäre, wenn wir Igors Anwesen durch Amanda nicht aufgespürt oder uns die Prostituierte Fabienne nichts von dem *Schlitzer* verraten und sich so auf Scotts Seite geschlagen hätte. Ohne Chuck hätten wir ebenfalls alt ausgesehen. Aber ich glaubte fest daran, dass guten Menschen auch Gutes widerfahren würde, also wusste ich innerlich, beziehungsweise hoffte es, dass sich alles fügen und positiv ausgehen würde.

Karma is a bitch – it comes back to remind you, hieß es so schön im Amerikanischen und bedeutete nett gesagt so viel wie: Karma gibt dir das zurück, was du verdienst!

Dieser Spruch hatte einen wahren Kern, und als ich so dasaß und darüber nachdachte, wusste ich, dass es Scott in Zukunft nicht leicht haben würde. So ein bis ins Mark bösartiger und skrupelloser Mensch musste einfach für das bezahlen, was er anderen antat. Daran glaubte ich fest. Und wenn nicht zu Lebzeiten, dann sicherlich danach. Wobei in diesem Fall der Himmel ganz bestimmt nicht der erste Halt für ihn werden würde.

Erschöpft schliefen wir beide im Stuhl ein, nachdem wir uns jeweils einen zweiten dazu geholt hatten, um unsere Füße darauf abzulegen. Es befand sich mitten in der Nacht niemand hier, von daher tat es uns gut, und wir konnten ein wenig ins Traumland verschwinden.

Als wir von lauten Schritten geweckt wurden, waren wir ganz schläfrig vor Müdigkeit, und beim schnellen Blick zum Korridor sahen wir, dass die Polizei an uns vorbeigegangen war. Peter musste ihnen wohl noch einige Fragen beantworten, aber schließlich konnte er ihnen am besten erzählen, wie, wann und von wem er entführt worden und was währenddessen alles passiert war. Okay, *von wem* hätten wir auch aufklären und den ungefähren Zeitraum nennen können, doch Peter war geistig voll da, und er wünschte sich, dass sie Scott so schnell wie möglich fassten und er seine gerechte Strafe dafür erhalten würde.

Nachdem die Beamten von ihm zurückkamen, suchten sie Trudy und mich auf und wollten noch einiges bestätigt bekommen. Vor allem das Geständnis von Scott über seinen Vater Owen, der den Mord an deren Mutter offensichtlich zu verschulden hatte. Wir waren froh, dass sie die Ermittlung in dieser Sache ebenfalls starteten. Allerdings ermahnten sie uns sofort, dass wir die Polizei früher hätten einweihen sollen. Dafür war es nun zu spät. Sie protokollierten alles vorschriftsmäßig. Als die Polizisten wieder gegangen waren, warteten wir vor Peters Zimmer und hofften, bald hineinzudürfen. Nach einer Weile kam ein stattlicher, mit weißem Kittel bekleideter, Mann aus dem Raum und begrüßte uns. Es war Doktor Matthew Seinfeld, ein wohl sehr bekannter Oberarzt in diesem Krankenhaus und auch außerhalb, wie uns vorab von einer Schwester mitgeteilt worden war. Ich schaute zufällig zu Trudy hinüber, und das Funkeln in ihren Augen war kaum zu übersehen. Sie hatte mir in den vergangenen Tagen viel über die Vorstellungen ihres Traum-Typs erzählt und dieser Doktor kam der Beschreibung schon ziemlich nahe. Dreitagebart, hellbraune Haare, ein gefährlich ansteckendes Lächeln mit strahlend weißen Zähnen und absolut höflichen Umgangsformen. Außerdem hatte er einen guten Körperbau und einen Job, den viele Frauen anziehend fanden. Sie lachte ihn ein wenig verschmitzt an und ihre Wangen erröteten dabei. Süß versuchte sie es zu verstecken, nur gelang ihr das nicht besonders gut. Er tat so, als hätte er es nicht bemerkt und gab uns beiden die Hand zur Begrüßung. Vorsichtig erläuterte er, wie Peters aktueller Zustand aussah. Trudy fing sich in dieser Sekunde wieder, und wir hörten ihm konzentriert und hoffnungsvoll zu. Tröstend und sachlich erklärte er uns, dass der Patient stabil sei und jetzt nur eines bräuchte – Ruhe! Die Wunden an seiner Schläfe, dem Mund und die Einschnitte an seinen Armen waren teilweise genäht und verpflegt worden und alle Blutungen so weit gestillt. Außerdem informierte er uns, dass es keinerlei Brüche oder Quetschungen gab, lediglich die tiefen Blessuren, die sie ihm kaltblütig zugefügt hatten, würden längerer Pflege bedürfen. Auch die Augen hatten keine dauerhaften Schäden abbekommen und wurden ausreichend behandelt. Der Finger, bei dem durch die Folter von Igor der Fingernagel entrissen worden war, würde zeitnah abheilen.

Dass sie nichts Ernstes an Verletzungen feststellten, erleichterte uns, und Trudy bedankte sich überschwänglich beim Doktor, der – so schien es – ein wenig zurückflirtete. Es wirkte fast so, als ob er sie mit seinem Blick einfangen wollte. Sie schüttelten sich bestimmt eine Minute lang die Hände, und das Testosteron und die Östrogene flogen nur so durch die Luft. Die ausgeschütteten Hormone konnte man förmlich riechen, und die beiden zu beobachten, machte einen Heidenspaß.

Aber jetzt war es Zeit, diese Flirterei zu beenden und nach Peter zu sehen. Ich wollte ebenfalls ein wenig schmachten und meinen geschwächten Schatz mit all meiner Liebe eindecken. Den Mann, den ich kürzlich zu Unrecht beschuldigt hatte, mich sitzengelassen zu haben. Das schlechte Gewissen machte sich erneut breit, und es leuchtete mir nicht ein, warum ich Peter überhaupt misstraut hatte. Im Endeffekt kannten wir uns noch nicht lang genug, und dadurch, dass er mich nicht abgeholt hatte, war es verständlich, dass ich an seiner Ernsthaftigkeit und den Gefühlen gezweifelt hatte. Schließlich war ich in der Vergangenheit schon oft von Menschen verletzt worden, für die ich die Hand ins Feuer gelegt hätte. Aber diese Ungewissheit war jetzt vorbei, und wir konnten gemeinsam nach vorne blicken.

Trudy verabschiedete sich euphorisch mit den Worten »Thank you for all you've done« von Doktor Seinfeld und sprach auch aus, dass sie hoffte, ihn mal wieder hier zu treffen. Natürlich ausschließlich bei einem Besuch von Peter – dass ich nicht lachte! Man hörte deutlich heraus, wie sehr sie sich darüber freuen würde. Es war ein Bild für Götter, und der werte Herr Oberarzt war sichtlich geschmeichelt und verschwand danach, zu Trudys Leid, hinter einer anderen Tür im Gang. Wir waren nun endlich bereit, unseren Patienten wiederzusehen.

Ich nahm die Türklinke in die Hand und trat voller Vorfreude in das Zimmer ein. Enthusiastisch setzte ich mich in Bewegung und konnte das Grinsen einfach nicht sein lassen. Es war mir quasi ins Gesicht gemalt. Meinem Schatz ging es so weit gut, und die Strapazen der letzten Tage waren Geschichte. Die Genesung konnte somit beginnen.

Das Zimmer war etwas abgedunkelt, um Peters Augen noch zu entlasten. Er schlief gerade friedlich in seinem weichen Krankenhausbett. Körperlich sah er mitgenommen aus, und die Verkrustungen seiner blutigen Wunden würden mit Sicherheit einige Zeit brauchen, bis sie komplett abheilten. Wir wollten ihn nicht wecken, und Trudy fragte, ob ich beabsichtigte, an ihrer Stelle lieber zu ihr nach Hause zu fahren, um mich weiter auszuruhen.

»Ich bleibe sehr gerne hier bei Peter. Leg du dich aufs Ohr, um wieder Kraft zu tanken. Er ist jetzt in Sicherheit!«

Da im Zimmer ein Sessel für Gäste zur Verfügung stand, wollte ich es mir dort bequem machen, bis Peter aus seinem Erholungsschlaf aufwachte.

Trudy fuhr nach einer langen Umarmung heimwärts.

»Ciao, Süße, ich danke dir – für einfach alles! Du bist so ein herzlicher Mensch, und ich bin so froh, dass du meinem Bruder über den Weg gelaufen bist und uns in dieser schwierigen Zeit zur Seite gestanden hast«, bedankte sie sich und bekam feuchte Augen dabei.

Ich schluckte und wurde ebenfalls sentimental. »Das kann ich nur zurückgeben. Danke, dass es dich gibt!«

Zwar waren wir uns erst vor Kurzem begegnet, hatten aber schon einiges zusammen durchgestanden. Ich mochte sie – wirklich! So einen liebenswürdigen Menschen konnte man nur ins Herz schließen und ich war froh darüber, durch die zurückliegenden Ereignisse so viele Facetten von ihr kennengelernt zu haben. Nicht jeder machte so eine Erfahrung mit der vielleicht zukünftigen Schwägerin – glücklicherweise würde ich da sagen. Wer wollte schon in so ein negativ behaftetes Abenteuer starten, so wie wir es getan hatten. Zum Glück war alles gut ausgegangen und ich würde behaupten, wir waren während Peters Entführung, Freundinnen geworden.

Nun war er wieder frei. Von meinem Sessel aus beobachtete ich ihn noch ein wenig, wie er selig vor sich hinschlief, bis mir letzlich ebenfalls die Lider zufielen. War das bisher eine aufregende Zeit hier in Orlando gewesen, in so vielerlei Hinsicht. Ich hoffte, dass die kommenden Tage entspannter verlaufen würden und wir uns voll und ganz auf Peters Heilung konzentrieren konnten.

Als ich von einem dumpfen Geräusch geweckt wurde, war es bereits Nachmittag, und wir hatten beide viele Stunden am Stück geschlafen. Nachdem ich mir die Augen gerieben hatte, schaute ich hinüber zum Bett. Peter hatte vor lauter Schreck, in einem fremden Raum aufzuwachen, den vollen Trinkbecher mit Wasser neben sich umgeworfen, und dieser fiel, mitsamt seinem Inhalt, auf den Zimmerboden. Hektisch wollte er aufstehen, was bei ihm schmerztechnisch noch nicht im Bereich des Möglichen lag. Er bemerkte das prompt und beobachtete mit einem offenen Auge, wie ich alles schnell saubermachte. Sie hatten das rechte Auge und die Verkrustungen vom Blut ausreichend gereinigt, allerdings sah er im Gesicht derzeit sehr mitgenommen aus. Immerhin konnte er wieder alles um sich herum erkennen. Nachdem ich aufgewischt hatte und den Becher in den Mülleimer hatte werfen wollen, hielt er mich mit seiner Hand auf, indem er meinen Arm zu sich herzog.

»Joyce, komm her zu mir«, sagte er auffordernd und putzig zugleich, strahlte dabei und machte ein zufriedenes Gesicht. Er brauchte meine Nähe. Ich bewegte mich zu ihm an den Rand des Bettes und stellte den leeren Becher ab. Sofort schaffte er ein wenig Platz, und ich wusste, er wollte, dass ich mich neben ihn legte. Er musste es nicht aussprechen, es war offensichtlich. Peter flüsterte: »Deine neue Frisur steht dir übrigens hervorragend!« Unglaublich, dass ihm das aufgefallen war. Schon war mein Lächeln wieder allgegenwärtig. Ich sog die Nähe zu ihm auf wie ein Schwamm das Wasser, und wir versanken in den Armen des jeweils anderen. Es war mucksmäuschenstill, und ich genoss die Wärme und Sehnsucht, die ich mir verdient hatte. Die Atmosphäre sog ich direkt in mich auf, und die Liebe, die in der Luft lag, musste man nicht beschreiben. Es war in diesem Moment alles so klar und perfekt, auch wenn in unserer jungen Beziehung schon einige Hindernisse hinter uns lagen. Peter umklammerte mich regelrecht, und bis der Arzt eine halbe Stunde später ins Zimmer kam, waren wir uns so nahe wie nie zuvor. Dieses Gefühl, der oder die Einzige für jemand anderen zu sein, ließ sich nicht in Worte fassen – man spürte es einfach.

Ich stieg wieder aus dem Bett heraus, als Doktor Seinfeld nach einem leisen Klopfen hereintrat, und setzte mich neben Peter, um seine Hand während des Gesprächs zu halten. Der Arzt erkundigte sich zunächst nach seinem Wohlbefinden und erklärte, dass sie ihn gerne noch ein paar Nächte zur Beobachtung im Krankenhaus behalten würden. Schließlich konnten innere Verletzungen derzeit nicht komplett ausgeschlossen werden. Sie hatten am Tag darauf vor, weitere Tests zu machen. Er sollte sich noch ein wenig erholen, wofür Peter dankbar war. Er musste wieder zu Kräften kommen, und da ich nicht vorhatte zu verschwinden, wollte ich alles Erdenkliche tun, damit es ihm in seinem Zustand an nichts fehlte. Matthew alias Doktor Seinfeld ließ uns daraufhin allein, bestellte aber noch liebe Grüße an Trudy. Anscheinend hatte sie einen bleibenden Eindruck bei ihm hinterlassen, so wie er auch augenscheinlich bei ihr. Dies erzählte ich ihr bei einem Telefonat kurz darauf: »Ich soll dich ganz herzlich von Matthew grüßen.«

Ich hörte durch das Telefon förmlich, wie sie einen Luftsprung vollführte. Natürlich freute sie sich mehr über die gute Verfassung ihres Bruders, allerdings waren ihr die Grüße logischerweise nicht egal gewesen.

»Ich komme morgen wieder, um nach dem Rechten im Krankenhaus zu sehen, da ich heute selbst in eine kleine Schlaftrance gefallen bin, und träume dann mal weiter vom Doktor«, scherzte Trudy.

Danach wechselten wir uns mit den Besuchen bei Peter stetig ab. Fünf Tage später durfte er bereits nach Hause. Wir vereinbarten, dass Trudy Peter am Entlassungstag, sofern es die Ärzte erlaubten, abholen und in ihre Wohnung bringen würde.

Und so kam es dann tatsächlich auch – er wurde nach weiteren Untersuchungen heimgeschickt, da nichts Auffälliges bei ihm gesichtet worden war. Trudy rief mich von dort aus an und berichtete mir. Die Wunden sollten weiterhin gepflegt werden und Peter in einigen wenigen Wochen wieder vollkommen genesen sein, so die Aussage der Ärzte. Er konnte also endlich nach Hause – Jippieh! Nach einem langen, heißen Bad wartete ich schon sehnsüchtig auf die beiden. Peter kam wahrhaftig zurück. Unsere gemeinsame Zeit konnte beginnen!

Kapitel 18
Heilung durch Liebe

Die Tür ging auf, und da stand er. Freudestrahlend lief ich in Peters Arme und umklammerte ihn, so fest ich nur konnte. Er erwiderte meinen Gefühlsausbruch und drückte kräftig zurück. Unsere Umarmung hielt lange an, und wir konnten nun endlich Zeit miteinander verbringen. Ohne Ängste, ohne Zweifel, und vor allem ohne diesen widerwärtigen Scott. Die Polizei hatte Igor gefasst und war bereits auf der Suche nach den Winters. Peter befand sich wieder in Sicherheit. Trudy verließ den Raum und gönnte uns diesen Moment. Als wir uns voneinander lösten, standen wir immer noch sehr nahe beieinander und schauten uns verliebt an. Seine Augen blitzten, und ich konnte die Erleichterung erkennen, welche sich durch ein Grinsen über sein ganzes Gesicht gezogen hatte.

Seine Lachfalten kamen zum Vorschein, die ich nur zu gerne wieder an ihm sah. Er war nicht auf dem Bildschirm, sondern stand leibhaftig mit mir im selben Raum und wir konnten unserer Liebe endlich freien Lauf lassen. Er hob seine Hand und stieß mit seinem rechten Zeigefinger ganz leicht mein Kinn nach oben. Das war das Zeichen, dass er mich küssen wollte. Er trat daraufhin näher zu mir und wir verschmolzen in einem heißen Kuss, bei dem unsere Zungen ebenfalls zum Einsatz kamen. Dieses Hochgefühl konnte ich nicht in Worte fassen. Es stieg in mir auf und schnürte mir, im positiven Sinne, wahrhaftig die Luft ab. Ich verspürte den Drang, laut aufzuatmen, um wieder Sauerstoff zu erhalten. Als ich bei unserem Kuss meine Hand auf Peters Brust legte, spürte ich, wie heftig sein Herz pochte. Das musste Liebe sein! Beide konnten wir nicht mehr ohne den anderen. Das Verlangen nacheinander steigerte sich ins Unermessliche.

Peter schmiss mich daraufhin mit einem sanften Schubser auf die Couch. Ich saß dort und war gespannt, was er vorhatte. Er setzte sich neben mich und machte kurz ein schmerzverzerrtes Gesicht. Sehen konnte er mittlerweile wieder gut, doch seine Wunden waren noch nicht verheilt, und das spürte er vermutlich gerade erneut. Doch es war ihm egal. Er ignorierte es und legte sich auf meinen Körper. Nach einem erneuten Kuss widmete er sich dem Hals und fasste mir dabei zwischen die Beine. Ich wurde rasend vor Lust, packte Peter daraufhin an beiden Pobacken und zog ihn näher zu mir her. Unsere Intimbereiche rieben fest aneinander. Leider hatten wir die Klamotten noch an und merkten, wir wollten mehr. Mehr als nur ein jugendliches Rumgeknutsche. Es war an der Zeit, nackt zu werden!

Peter stoppte seine kreisenden Bewegungen mit der Hüfte und stand auf. Er sah aus, als hätte er einen Plan, denn er reichte mir die Hand und forderte mich auf aufzustehen.

»Trudy, wir fahren kurz in meine Wohnung. Kann ich mir dein Auto leihen, meines steht ja noch bei mir zu Hause«, rief Peter seiner Schwester durch den Flur.

»Natürlich. Nimm es dir, solange du es brauchst«, stimmte Trudy ihm zu.

»Joyce kommt auch mit. Wir sehen uns dann morgen wieder, in Ordnung?«

Sie antwortete gelassen: »Genießt die Zeit!«

Schon zogen wir unsere Schuhe an und gingen zu Trudys Auto. Ich schlug vor zu fahren, um Peter noch zu entlasten. Doch er verneinte und öffnete mir die Tür zum Beifahrersitz. Dann stieg er ebenfalls ein. Es war offensichtlich, dass er mit mir schlafen wollte. Ob das wieder möglich war in seinem momentanen gesundheitlichen Zustand?

»Bist du denn schon bereit, dich so zu verausgaben? Es ist alles noch sehr frisch, und ich sorge mich ein wenig um dich. Traust du dir das schon wieder zu?«

Ein schelmischer Blick wanderte zu mir herüber. »Joyce«, fing er an »du brauchst dir keine Sorgen zu machen. Wenn ich mir das nicht zutrauen würde, säßen wir jetzt nicht in diesem Auto und wären auf dem Weg zu mir!«

Ich nickte ihm zu. Er wirkte entschlossen und legte seine Hand nach dieser Aussage auf mein linkes Bein. Obwohl er fuhr, hatte er die Absicht, mich weiterhin mit seinen Berührungen wahnsinnig zu machen. Er glitt immer weiter am Schenkel hinauf, und schließlich landete er erneut in meinem Schritt. Peter streifte fest an dem Hosenbund meiner Jeans entlang und wusste genau, wie er mich herumkriegen konnte. Ich gab leichte Stöhngeräusche von mir und schloss die Augen, da es sich fantastisch anfühlte. Als er seine Hand kurz wieder brauchte, um an einer roten

Ampel zu halten, ließ er sich davon nicht lange ablenken. Er knutschte stürmisch mit mir herum und warf mir einen Blick zu, der sagte *Ich will dich – jetzt und hier!* Aber das ging nicht. Wir konnten am helllichten Tag an einer Kreuzung nicht übereinander herfallen – beim besten Willen nicht. Doch Peter war überaus erregt, und es kümmerte ihn nicht, wo wir uns gerade befanden. Über die Mittelkonsole gelehnt, beachtete er die Ampel einige Sekunden nicht mehr und umfasste mit seiner rechten Hand meinen Busen, bei dem die Nippel mittlerweile vor lauter Lust angeschwollen waren.

»Peter, es ist grün«, sagte ich zu ihm, als das Auto hinter uns bereits gehupt und ich kurz nach oben gesehen hatte. Er musste wohl oder übel unsere Begierde nacheinander unterbrechen und trat aufs Gas. Jetzt gab es kein Halten mehr, und er drückte die Pedale regelrecht durch, da er es nicht erwarten konnte, mir endlich meine Klamotten vom Leib zu reißen. In seiner Wohnung angekommen, tat er das dann augenblicklich. Schon in der Tür, während des Aufsperrens, zog er mir das Oberteil aus. Es war egal, ob die Nachbarn uns dabei beobachteten. Im Flur entledigten wir uns weiterer Kleidungsstücke und streichelten lustvoll alle Körperstellen, die wir im Stehen gegenseitig erreichen konnten. Im Eiltempo waren wir in Peters Bett gelandet. Vollkommen nackt biss er auf mir liegend gierig in meine Brustwarzen. Ich genoss es, dennoch hatte ich gerade das Bedürfnis, die Chefin zu spielen.

»Turn around, mein Lieber!«, leitete ich ihn an.

Peter folgte meinen Anweisungen. Er war immerhin noch Patient, und ich musste mich umfassend um ihn kümmern. Bald wollte ich ihn in mir spüren. Ich bemerkte, wie die Liebkosungen und unsere aufgestaute Leidenschaft sein bestes Stück immer mehr anschwellen ließen. Peter und ich waren absolut bereit. Gekonnt lehnte ich mich über ihn und genoss noch einmal seine innigen, sanften Küsse auf meinen Brüsten. Mein Puls war extrem angestiegen, und beide konnten wir nicht mehr länger warten. Ich vollendete unser intensives Verlangen nach einander, indem ich mich auf ihn setzte und mit meiner Hüfte schließlich auf ihn sank.

Es war prickelnd. Atemberaubend. Phänomenal.

Wir beide kamen sehr schnell zum Orgasmus. Ein unbeschreibliches Gefühl – mit dem Mann seiner Träume das nahezu Intimste gemeinsam zu erleben.

Entspannt legte ich mich danach neben ihn, und er stupste meine Nase mit seiner an. Ein abschließender Kuss besiegelte unsere Bedürfnisse, und wir schliefen, beide geschafft, aber unsagbar glücklich, in Löffelchenstellung ein.

Abends wachten wir auf und hatten großen Hunger. Wir bestellten uns chinesisches Essen in Tüten und inhalierten diese Köstlichkeiten regelrecht. Danach gingen wir zusammen unter die Dusche und fingen erneut an, aneinander herumzufummeln. Unser sexuelles Verlangen war für diesen Tag anscheinend noch nicht gestillt. Peter ignorierte seine Wehwehchen währenddessen, drückte mich geschickt gegen seine Duschwand und besorgte es mir von hinten. Ihn in mir zu spüren, war, neben meiner immer mehr wachsenden Liebe zu ihm, ein gigantisches Gefühl. Es war offensichtlich, dass wir füreinander bestimmt waren. Der Startschuss für unser gemeinsames Leben war gefallen!

Am Tag darauf machten wir uns nach dem Frühstück wieder auf zu Trudy, um ihr das Auto zurückzubringen. Peter fuhr in seinem Wagen, ich in ihrem. Dort angekommen, wurden wir erst einmal ausgefragt. »Na ... wie war eure zweite gemeinsame Nacht?«

Wir sahen uns an, und er zuckte nur kurz mit den Schultern. Danach starrte Trudy erwartungsvoll in meine Richtung und hoffte scheinbar, durch mich an etwas mehr Informationen zu gelangen. Doch auch ich hielt mich bedeckt. »Sie war ... sagen wir ... interessant.«

»Interessant also. Oder war sie eher aufschlussreich?«, neckte sie uns.

Peter mischte sich ein, da er seiner Schwester allem Anschein nach nicht mehr verraten wollte.

»Was in meinem Zuhause passiert, bleibt auch in meinem Zuhause, Schwesterherz.«

Sie verstand und hörte auf nachzubohren. Trudy und ich setzten uns an den Esstisch, und Peter wandte sich plötzlich im Stehen zu uns. Er wirkte ungewöhnlich nervös, und ich wusste nicht, was er uns mitteilen wollte. Er schluckte noch einmal und fing an zu reden.

»Joyce. Trudy. Wie soll ich nur anfangen?«

»Was ist denn los, mein Schatz?«, fragte ich zurück. Trudy wartete ebenfalls gespannt ab, was er uns zu sagen hatte.

»Ich bin euch beiden so unglaublich dankbar. Ihr habt mein Leben gerettet und eures dafür aufs

Spiel gesetzt. Wie kann ich mich nur bei euch bedanken? Eure Selbstlosigkeit ist für mich nicht mehr zu toppen! Ich danke euch aus tiefstem Herzen«, wandte er sich ergriffen an uns. Er war angespannt und so süß, als er sich für die Hilfe bedankte.

»Peter, das ist doch selbstverständlich – du bist mein Bruder. Ich würde mein Leben für dich geben!«, antwortete Trudy mit gerührter Stimme. Die beiden zu beobachten, wie sie sich daraufhin umarmten, ließ mich emotional werden. Tränen füllten meine Augen.

Peter drehte sich im Anschluss zu mir, nahm meine Hände in seine und stimmte mich glücklicher denn je mit folgenden Worten: »Meine liebe Joyce, oder besser gesagt, meine Traumfrau. Dass du mir so großes Vertrauen geschenkt hast, nachdem ich dich nicht am Flughafen abgeholt habe, spricht Bände. Du wusstest nicht, ob ich nicht doch abgehauen bin, doch du kamst trotzdem zur Beerdigung meines Vaters, um nach mir zu suchen. Einen größeren Liebesbeweis gibt es für mich nicht. Joyce, du bist das Beste, das mir im Leben passieren konnte. Bitte bleib für immer an meiner Seite, Honeybee!«

Als er mir daraufhin mit einem dicken Schmatzer dankte und mich in den Arm nahm, konnte ich mich nach dieser gefühlvollen Ansprache nicht mehr zurückhalten. Dem Weinen folgte großes Geheule, und ich ließ den in mir angestauten Emotionen freien Lauf. Peters Worte hatten mich tief berührt und mir gezeigt, dass ich mich nicht in ihm getäuscht hatte. Er war der Seelenverwandte, den ich bisher vermisst hatte.

Mein Freund. Meine Liebe. Mein Vertrauter.

Mit ihm gemeinsam konnte ich mich schon an unserem Lebensabend sehen. Kinder und Enkelkinder schwirrten um uns herum, und wir waren glücklich und zufrieden. Ich war gerade selbst von mir überrascht, dass ich bei der Vorstellung einer gemeinsamen Zukunft an Nachwuchs dachte, doch ich war zum ersten Mal ganz *Ich* bei einem Mann, und das ließ mich träumen. Von einem erfüllten Leben mit einem Partner an meiner Seite, der mich schätzte und so akzeptierte, wie ich war. Uns konnte so schnell nichts mehr trennen, und die unbändige Leidenschaft, die sich am Tag davor gezeigt hatte, bestätigte dies nur.

Nach dieser Gefühlsachterbahn verbrachten wir den Tag alle drei gemeinsam und beschlossen, zum Anwesen in der *Valentine Lane* zu fahren. Das Chaos bei unserem letzten Besuch war noch nicht ganz beseitigt worden, und da Peter die Beerdigung durch die Entführung verpasst hatte, wollte er sich auf dem Weg dahin gerne am Grab von seinem Vater verabschieden. Am Friedhof angekommen, ließen wir ihn allein dorthin gehen.

»Bitte sei vorsichtig. Scott ist noch auf freiem Fuß«, wandte ich mich besorgt an ihn.

»Keine Angst, so blöd ist er nicht und taucht hier einfach so auf – nach allem, was passiert ist.« Peter war entspannt und kam kurze Zeit später wieder zu unserem Auto zurück. Man sah ihm an, dass dies ein schwerer Gang für ihn gewesen war. Er hatte geweint. Diesmal nahm ich seine Hand.

»Es ist alles in Ordnung. Ich hatte mich ja bereits von ihm verabschiedet. Jetzt ist es nur endgültig.« Er erwiderte die Annäherung und legte seine andere Hand ebenfalls auf meine.

Wir fuhren weiter zur Villa, wie man sie fast nennen konnte, und Peter öffnete die Haustür. Wieder war ich von dieser mächtigen Eingangshalle begeistert und konnte nicht fassen, dass ihm dieses Anwesen nun gehörte. So stand es in einem notariell beglaubigten Dokument geschrieben. Das hatte mir Trudy erzählt, während wir auf der Suche nach Peter gewesen waren. Ich fühlte mich darin immer noch ein wenig klein und fehl am Platz, doch mein Liebster beruhigte mich, indem er mir einen Kuss auf die Stirn drückte. »Wer weiß, vielleicht wohnen wir eines Tages in diesem Haus und sind vielleicht auch nicht allein hier.«

Er war immer für eine Überraschung gut, und es wirkte fast so, als hätte er meine Gedanken gelesen. Genau dasselbe spukte mir gerade im Kopf herum, obwohl ich zuvor noch nie intensiv an das Gründen einer Familie gedacht hatte.

»Kann schon sein«, antwortete ich keck, da er ja nicht gleich wissen musste, dass auch ich insgeheim Zukunftspläne mit ihm schmiedete. Trudy spazierte voraus, und wir beide putzten daraufhin die Küche durch, während Peter sich hinauf ins Büro begab, um dort nach dem Rechten zu sehen. Trudy schaltete den Fernseher im offenen Wohnraum ein, um ein wenig Ablenkung zu schaffen.

Als wir fast fertig waren mit dem Reinigen der Oberflächen, sprintete sie im Eiltempo zum TV und stellte hastig den Ton mit der Fernbedienung einige

Stufen lauter. Ihr ganzer Körper war angespannt und ich fragte skeptisch: »Was ist los? Hast du einen Geist gesehen?«

»So ähnlich, Joyce, so ähnlich«, wiederholte sie sich. »Komm her und sieh dir das an!«

Ich stapfte hinüber und war gespannt, was sie so aus der Fassung gebracht hatte. Und dann sah ich es. Ein deutscher Nachrichtensender war eingeschaltet, und dort zeigten sie gerade einen Bericht über Igor. Angeblich hatte er ein Geständnis abgelegt, nachdem die Polizei ihn mehrmals befragt hatte. Sie hatten ihm wohl ordentlich auf den Zahn gefühlt.

»Das gibt es doch nicht. Peter«, rief sie lauthals hinauf, »Igor hat gestanden!«

Aber er hörte uns nicht. Wir verfolgten fiebrig das Fernsehprogramm weiter und lauschten den Worten der Reporterin. »Durch den *Schlitzer* hat die Polizei Informationen erhalten, die sie zum Täter und Drahtzieher des Kidnappings geführt haben. Kurz bevor der Verdächtige das Land verlassen wollte, wurde er von der Polizei am Flughafen geschnappt und in Gewahrsam genommen!«

Die Gerechtigkeit hatte gesiegt. Scott war gefasst worden. Uns fiel ein Stein, nein, ein riesiger Brocken vom Herzen. Trudy ließ sich erst einmal auf das beige Sofa fallen. Ihr wurde gerade alles zu viel, aber die Tatsache, dass wir nun nicht mehr bangen mussten, da Scott verhaftet worden war, beruhigte unsere Gemüter und wir waren einfach nur froh um diese äußerst erfreuliche Nachricht.

»Wo ist Peter denn nur? Er muss das doch als Erster erfahren«, schimpfte Trudy ein wenig vor sich hin.

»Lass uns doch nach ihm sehen«, wandte ich mich besänftigend an sie.

Gerade als wir uns auf den Weg nach oben machen wollten, um Peter diese grandiose Botschaft zu überbringen, schrie er aufgeregt aus dem oberen Stockwerk zu uns hinunter: »Kommt schnell hoch, ihr beiden. Ich muss euch unbedingt etwas zeigen!«

Da Trudy und ich nicht ahnten, worum es ging, stürmten wir hinauf und fragten uns, welche Hiobsbotschaft uns jetzt schon wieder erwartete. Hatte Peter vielleicht ebenfalls den Bericht gesehen, oder gab es im Büro erneut einen dubiosen Fund? Dies galt es herauszufinden.

Kapitel 19 Altes Leder

Völlig außer Atem kamen wir im ersten Stock an, nachdem wir die Treppe mit den endlos vielen Stufen hinaufgehetzt waren. Eine fantastische Nachricht erwartete Peter, doch was wollte er uns mitteilen? Als ich mit Trudy langsam zum Büroraum schlich, wurde mir ein wenig angst und bange, denn das erinnerte mich an den Einbruch, bei dem wir totale Verwüstung vorgefunden hatten und über das gestohlene Dokument gestolpert waren. Warum hatte Peter uns nach oben gerufen? Fehlte wieder etwas aus dem Familienbesitz? Mein Kopf hörte nicht auf, sich sämtliche Gehirngespinste auszudenken. Ich ging voran, da Trudy mich vorgeschickt hatte. »Ich ertrage das nicht nochmal, geh du nachsehen. Bitte!«

Für sie machte ich das gerne und stellte meine Angst hinten an. Als ich das Büro betrat, fand ich Peter zunächst nicht.

»Da bist du ja endlich«, kam es aus einer Ecke gerufen. Seine Stimme klang überhaupt nicht verängstigt, also ging ich weiter in den Raum hinein. Dann sah ich ihn lässig in dem lila Sessel seines Vaters sitzen, mit einem zerfetzten Baseballhandschuh in der Hand. Er wirkte ausgelassen und begutachtete das alte Leder mit leuchtenden Augen. Was hatte es mit diesem Handschuh bloß auf sich?

Gerade als ich das herausfinden wollte, stürmte Trudy herein und brüllte Peter regelrecht an: »Wo warst du denn, hast du uns nicht gehört?«

»Es tut mir leid, Schwester. Ich war beschäftigt.«

»Peter, dieser blöde Handschuh interessiert mich gerade herzlich wenig. Sie haben Scott gefasst. Er wurde von der Polizei kurz vor seiner Flucht am Flughafen dingfest gemacht. Ist das nicht wunderbar?«, offenbarte sie ihm energisch und versuchte dabei, sich das Lachen zu verkneifen, da sie noch ein wenig sauer auf Peter sein wollte.

Kurz sah er auf, und es kam ihm ebenfalls ein kleines Lächeln über die Lippen. »Das ist allerdings wunderbar.«

Etwas unbeeindruckt widmete er sich wieder seinem Fund.

»Hast du verstanden, was ich dir gerade gesagt habe?« Trudy war außer sich und kapierte nicht, warum er keine Luftsprünge wegen Scotts Inhaftierung machen wollte.

Peter beruhigte sie mit einer Handbewegung. »Ich habe dich klar und deutlich verstanden, so wie du mich angeschrien hast. Doch ich denke gerade an die Zeit mit unserem Vater zurück, als ich als unbeschwertes Kind mit ihm hiermit im Garten gespielt habe«, schwelgte er in Erinnerungen und zeigte uns dabei das gelbe abgenutzte Ding in seiner Hand. Ganz stolz präsentierte er es uns. Dieser Handschuh war ihm wohl sehr wichtig. »Ich vermisse ihn!«

Peter wurde schwermütig. Sein Vater fehlte ihm und er konnte immer noch nicht glauben, dass er tot war. Er wurde nostalgisch und erinnerte sich offensichtlich gerne an die alten Zeiten zurück. Ich hätte ihn knutschen können, denn er wirkte so zerbrechlich und dennoch liebenswert in diesem Moment. Als er das Leder, welches vom Handschuh wegstand, abzupfte, steckte er daraufhin seine Hand in diesen viel zu kleinen Fäustling. Mit seinen großen, starken Pranken hatte er allerdings keine Chance, dort noch hineinzupassen. Er gab auf und wollte das

Andenken wieder auf seinem üblichen Platz im Regal verstauen. Kurz bevor er ihn ablegen konnte, fiel plötzlich etwas aus dem Handschuh heraus. Alle drei sahen wir es auf dem Boden landen und wunderten uns. Peter hob das unbekannte Teil auf, und wir erkannten, dass es ein Stück Papier war, welches schon überaus zerknittert und vergilbt wirkte. Peter versuchte, es langsam und vorsichtig zu öffnen.

Als er ihn entfaltet hatte, riss er dramatisch die Augen auf und runzelte dabei seine Stirn. »Ich glaub's ja nicht – das ist Vaters Handschrift!«

Neugierig versammelten wir uns um ihn herum, um den kleinen Brief alle gemeinsam zu lesen. Er war auf einige Tage vor deren Vaters Tod datiert worden und Folgendes war darauf niedergeschrieben:

Trudy und Peter, meine geliebten Kinder!
Wenn ihr diesen Brief findet, weile ich nicht mehr unter euch. Da Peter diesen Baseball-Handschuh immer vergöttert hat, wird er diesen Hinweis sicher eines Tages finden! Ihr werdet nun in ein Familiengeheimnis eingeweiht, das mir mein Vater bereits weitervererbt hat. Hiermit übergebe ich euch meine beiden

Schlüssel zu diesem Geheimversteck. Hütet es wie euren Augapfel, denn es gibt genügend Neider auf dieser Welt, die es euch streitig machen wollen. Gebt auf euch Acht und bleibt genauso, wie ihr schon immer gewesen seid. Meine beiden Engel, ich liebe euch von ganzem Herzen. Euer Papa

Trudy schniefte. Peter atmete ebenfalls schwer auf, und beide lasen den Brief noch einmal aufmerksam durch. Ich zog mich ein wenig zurück, um ihnen den Moment zu lassen. Als sie mit dem erneuten Lesen fertig waren, erklärte Trudy rückblickend: »Meine beiden Engel – so hat er uns schon von klein auf genannt. Ach, Papa, du warst schon immer unser Held!«

Peter hielt sich noch bedeckt. Dann kam auch von ihm eine Reaktion. »Vater hat dieses Geheimnis sein Leben lang bewahrt. Was könnte das denn nur sein?«

Er suchte die Schlüssel, von denen sein Vater im Brief gesprochen hatte, und schüttelte daraufhin energisch den Handschuh auf und ab. Tatsächlich fielen sie klirrend auf den Boden, und beide hoben gemeinsam jeweils einen davon auf. »Aber wo ist das Schloss, zu dem die Schlüssel passen?«

»Ich weiß es auch nicht«, fuhr Peter fragend fort. Was war uns also entgangen?

»Da hängt noch irgendetwas an den Schlüsseln dran, seht selbst«, hob ich Peters Exemplar an, das er in die Luft hielt. Ein weißer Zettel war dort am Ring angebracht, allerdings sehr unscheinbar. Ich erkannte aus der Entfernung, dass darauf etwas geschrieben stand.

Trudy war sofort zu ihrem Bruder geeilt und nahm ihm seine Kopie ab. »Bei meinem hängt nichts dran. Zeig mal her!«

Peter schaute sie verdutzt an. Er witzelte: »Das ist gerade fast wie in unserer Kindheit. Du wolltest schon immer haben, was mir gehört.«

»Ach du Spinner, jetzt hab dich nicht so. Ich bin halt neugierig, das weißt du doch.« Sie nickte noch einmal verständnisvoll zu ihm hinüber und widmete sich dann seinem Schlüssel.

»*Ample Storage Colonial #294* steht hier drauf. Was soll das heißen?«

»Das klingt nach einer Lagerhalle oder Ähnlichem. Ich suche den Namen mal im Internet heraus und sehe nach, was ich dazu finde.« Gesagt, getan. Peter nahm sein Handy und tippte wie wild darauf herum. Eine Minute später hatte er bereits mehr Informationen für uns. »Das sind tatsächlich

Lagerhallen, beziehungsweise Garagen, die man mieten kann. Deren Sitz ist gar nicht weit von hier entfernt.«

»Warum hatte dein Vater denn einen eigenen Lagerraum, wo er doch hier schon so viel Platz hat?«, fragte ich interessiert, da ich es nicht nachvollziehen konnte. Trudy und Peter ebenfalls nicht.

»Ich kann es dir auch nicht sagen, meine Liebste. Aber Moment, hier steht noch etwas Wichtiges«, eröffnete Peter und spannte uns damit ein wenig auf die Folter.

»Jetzt sag schon!«, Trudy wurde unglaublich ungeduldig.

»Hier ist noch ein Vermerk: Zahlt der Mietende seinen Lagerraum für drei Monate nicht, wird der gesamte Inhalt versteigert.« Peter war entsetzt. »Ach du Schande!«

»Wurde er denn weiterhin bezahlt?«, fragte Trudy in die Runde, wusste aber gleichzeitig, dass ihr das niemand beantworten konnte.

»Lasst uns doch in den Papieren eures Vaters einmal nachschauen«, warf ich ein.

Beiden gefiel mein Vorschlag und sämtliche Ordner wurden von uns durchforscht. Drei Stunden später und total erledigt gaben wir die

Suche letztlich auf. Es war absolut nichts Brauchbares zu finden, das uns diesen Mietgaragen näher brachte, geschweige denn was uns sagte, ob sie weiterhin bezahlt worden waren.

Trudy kam mir nachdenklich vor, und nach einer Weile weihte sie uns in ihre Gedanken ein.

»Wenn Vater schon so ein Geheimnis daraus gemacht hat, wird er den Mietvertrag sicher nicht in seinem Zuhause abgeheftet haben. Lasst uns vor Ort nachsehen, wahrscheinlich finden wir sie direkt dort.«

»Du hast sowas von recht, Trudy. Lasst uns aufbrechen«, bestimmte Peter, der deutlich genervt von der Sucherei wirkte. Schließlich wussten wir nicht, wonach wir genau Ausschau hielten. Wir spielten also wieder Detektive, doch was erwartete uns diesmal?

Im richtigen Teil von Colonial angekommen, standen wir vor dem Storage-Eingang. Ein riesiger Komplex aus hunderten Garagen lag vor uns. Der gesamte Block bestand aus roten Backsteinhäusern mit grünen Dächern. Wir gingen gespannt hinein und hielten Ausschau nach der Nummer zweihundertvierundneunzig, wie wir es von Peters geheimem Schlüssel abgelesen hatten. Gemeinsam stapften wir los und suchten die dazu passende Garage. Doch Fehlanzeige – sie war nicht aufzufinden. Erneut gingen wir um den Block und teilten uns auf. Wir trafen uns nach einer Weile inmitten der Anlage wieder, und jeder hatte einen fragenden Blick aufgesetzt.

»Das kann doch jetzt nicht wahr sein. Irgendwo muss diese beknackte Garage doch zu finden sein«, motzte Peter vor sich hin. Er war deutlich genervt, und man sah ihm an, dass er schon wieder den Rückzug antreten wollte. »Das bringt doch hier nichts. Lasst uns fahren. Vater hat die Garage mit Sicherheit bereits aufgelöst.«

»Nein, Peter! Wir bleiben hier, bis wir gefunden haben, wofür wir hergekommen sind. Bitte gib doch nicht so schnell auf. Wir sind froh, dass du wieder bei uns bist, und ich verstehe, dass du gerade keine Geduld mehr für ein Versteckspiel hast. Aber wir werden die Garage finden, ich verspreche es dir. Dort vorne steht ein Mann, ich gehe ihn mal fragen.«

Selbstbewusst ging Trudy zu dem fremden Kerl, der ebenfalls herumspazierte, und ließ Peter einfach stehen. Er stand da wie ein kleiner Junge, dem man seinen Lolli weggenommen hatte. Ich konnte mich nicht sattsehen an seinem schmollenden Gesichtsausdruck. Doch nach kurzer Zeit schlenderte ich zu Peter und schenkte ihm ein wenig Zuneigung, indem ich mich an ihn lehnte. Daraufhin trat er geheimnisvoll hinter mich und umklammerte meinen Körper so, dass seine Arme auf meinem Bauch auflagen. Wir standen verliebt da, und ich genoss die Nähe, die er mir tagtäglich seit seiner Rückkehr gab. Ich sog die romantische Stimmung regelrecht auf und wollte, dass diese besonderen Momente mit Peter und mir nie endeten. Doch dann fing es schon wieder an – mein Bauch rebellierte.

»Hast du gerade zugedrückt?«, fragte ich ihn verwundert.

»Zugedrückt? Was meinst du?«

»Ach ... nichts«, antwortete ich ihm. Diese Magenprobleme mussten endlich ein Ende haben. Peter war bei mir und ich somit glücklich, da sollte mein Körper sich doch mittlerweile beruhigt haben. Der Stress war vorbei. Es hörte mit einem Mal auf zu zwicken, und ich genoss weiterhin seine Umarmung.

Trudy kam wieder von ihrer Unterhaltung zurück und verkündete stolz: »Ich weiß, wo wir hinmüssen!«

Nahezu jubelnd schritt sie voran und zeigte uns mit einer Kopfbewegung, dass wir ihr folgen sollten. Wir gingen ein wenig an der Nebenstraße entlang und kamen in einen Hinterhof. Dort fanden wir in der Tat noch eine zusätzliche Lagerhalle vor. Allerdings eine weitaus größere als die Mini-Garagen am Haupttor.

»Bist du dir sicher, dass wir hier richtig sind?«, erkundigte ich mich bei ihr.

»Der Standortleiter hat es mir so bestätigt. Er kannte auch Vaters Namen, er ist hier wohl schon sehr lange ein Kunde«, erwiderte sie.

Peter rümpfte die Nase. Das kam ihm alles außerordentlich Spanisch vor, und er konnte sein skeptisches Gesicht nicht mehr verbergen. »Na los, Sis. Sperr das Ding jetzt endlich auf!«

Wir standen vor einem riesigen Tor, welches von der Straße aus nicht zu sehen war, und mussten über einen kleinen Weg stapfen, um dorthin zu gelangen. Trudy schritt voran. Den Schlüssel konnte sie zwar einklicken, jedoch nicht umdrehen. Das dicke Schloss ging nicht auf. Sie entdeckte außerdem ein zusätzliches Zahlenschloss, das ebenfalls dort angebracht war.

Sie rief: »Ich komme nicht rein. Wir brauchen einen vierstelligen Code. Weißt du ihn?«

»Trudy«, entgegnete Peter mit leicht genervter Stimme, »ich weiß genauso wenig wie du! Also bitte, geh mir nicht weiter auf die Nerven.«

Ich boxte ihn mit meinem Ellbogen in die Rippen.

»Sei nicht so hart zu ihr. Sie ist immerhin deine Schwester und hat dir ebenfalls das Leben gerettet. Sei doch so lieb und versuch wenigstens, ihr zu helfen«, flüsterte ich ihm zu.

»Du hast wie immer Recht!« Er trapste daraufhin fast beleidigt zu ihr hinüber und sah sich die Sachlage an. Beide standen sie fragend davor und probierten wirr verschiedenste Zahlenkombinationen aus. Trudy gab ihren und Peters Geburtstag ein und ebenfalls den ihrer Mutter. Auch sämtliche Code-Nummern von ihrem Vater hatten sie ausprobiert, doch alle bisherigen Versuche scheiterten kläglich. Nach fünfzehn Minuten gaben sie auf, lehnten sich gegen das Tor und setzten sich daraufhin auf den Boden.

»Vater wollte uns hier doch nur einen Bären aufbinden.«

»Warum bist du denn so negativ, Peter?«

»Ich weiß es auch nicht. Wahrscheinlich ärgert es mich nur, dass er nicht ehrlich zu mir, beziehungsweise uns, war. Sonst hat er mir immer alles erzählt, und das hier verschweigt er? Das kann ich einfach nicht verstehen«, erklärte sich Peter.

Ich stellte eine Behauptung auf: »Vielleicht wollte er dich nur beschützen!«

»Wovor denn?«, stichelte er gleich zurück.

Langsam kniete ich mich hinunter und war diesmal diejenige, die ihm einen Schmatzer auf seine Stirn drückte und dann sagte: »Mit eurer erfolgreichen Firma und diesem prächtigen Anwesen in der *Valentine Lane* habt ihr doch genug Aufmerksamkeit auf euch gezogen. Er wollte diesen Lagerraum mit Sicherheit vor zwielichtigen Gestalten oder Neidern beschützen, wie zum Beispiel vor Owen und Scott.«

Peter riss nach meiner Aussage sperrangelweit seine Augen auf, sprang vom Boden und schrie überraschend euphorisch auf. »Joyce, du bist genial! Genau das ist es!«

Überrascht blickte ich in seine Richtung und beobachtete ihn beim Tänzeln. Trudy war ebenfalls extrem verwundert, und wir begriffen nicht, was Peter vorhatte. Siegessicher stolzierte er zu dem Schloss und gab eine Zahlenkombination ein. Neugierig gingen wir näher heran, um sein Vorhaben zu beobachten. Was daraufhin zu hören war, konnten wir nicht glauben. Das massive Vorhängeschloss sprang unverhofft auf, und Peter hielt es geöffnet in seiner Hand.

»Wie hast du ...?«, warf Trudy verblüfft ein.
»*Valentine Lane,* meine Lieben – mehr sag ich nicht. Na, kommt ihr drauf?«

»Hausnummer *1-9-5-6*?«, erwiderte ich auf Peters Andeutung.

»Ganz genau. Vater hat unsere Adresse als Code hinterlegt.« Erleichtert atmete Trudy auf und wirkte kurz darauf abwesend. Sicherlich dachte sie an ihren Vater. Danach ging sie zu Peter, den sie aufforderte: »Los, mach endlich auf! Ich will wissen, was er vor uns verheimlicht hat. Frauen? Kinder? Eine Briefmarkensammlung?«

Langsam öffnete Peter das Tor und stieß es nach oben hin auf, sodass wir hineinsehen konnten. Dann erwartete uns eine Überraschung, die besser war, als ein geschenkter Urlaub oder gar ein Lottogewinn. Wir hätten Sonnenbrillen gebraucht, um das Strahlen des Inhaltes vertragen zu können. Hunderte Goldbarren blendeten uns und lagen aufgebahrt in diesem Lagerraum. Still und leise hatten sie auf Trudy und Peter gewartet, ohne dass sie überhaupt davon gewusst hatten. *Still* war das Stichwort, denn mit einem Mal hüllten wir uns alle in Schweigen. Es war ein so beeindruckendes Bild, und keiner hatte damit gerechnet, hier so einen immensen Nachlass vorzufinden.

»Ach du heilige Sch...«, kam nur aus Peters Mund. Auch er hatte seine schlechte Laune beiseitegeschoben und sie gegen Fassungslosigkeit eingetauscht.

»Vater hatte immer ein Händchen für Zahlen, aber dieser Haufen Gold ist mehr als nur eine ganze Hand voll. Es ist ein Erbe, das wir in Ehren halten müssen, Peter«, sprach Trudy in seine Richtung.

Doch er reagierte nicht. Wieder schubste ich ihn ein wenig, um ihn wachzurütteln. Er drehte sich daraufhin zu mir um, hielt mich fest und setzte ein breites Lächeln auf. Dann sagte er etwas, bei dem es mir regelrecht die Sprache verschlug: »Joyce, wir haben für immer ausgesorgt. Lass uns gemeinsam in ein neues Leben starten. Ich will nicht mehr ohne dich sein! Möchtest du bei mir einziehen und wir beginnen unsere Lovestory till the end?«

Kapitel 20
Heute, morgen, für immer!

Ich verschluckte mich fast, als Peter diese wundervollen Worte ausgesprochen hatte. Einziehen? Bei ihm? Schon jetzt?

Überfordert mit der Situation lenkte ich erst einmal ab und fragte Trudy, ob alles in Ordnung bei ihr sei.

»Natürlich. Es ist nur gerade etwas viel.« Sie ging vor zum Auto und bat ihren Bruder, den Lagerraum wieder zuzusperren. Sie freute sich, doch ganz verarbeiten konnte sie dieses großzügige Erbe offenbar noch lange nicht.

Peter wandte sich an mich, während er das Schloss zusperrte. »Habe ich dich gerade damit überfallen? Das wollte ich nicht!«

»Nein, nein, es ist alles in Ordnung. Es kam nur sehr plötzlich, spiegelt aber auch meine Gedanken wider.«

»Wie meinst du das genau, Darling?«, fragte Peter mich, mit ein wenig Verwirrung im Gesicht. Er wartete angespannt auf meine nächste Antwort. Ich tat ihm den Gefallen.

»Auch wenn wir uns noch nicht lange kennen, kenne ich dich doch genau! Du bist der Mann, mit dem ich alt werden will, Peter. Ich spüre es einfach, dass wir zusammengehören und ich will dich auch nicht mehr gehen lassen. Der Abstand von dir hat mir gezeigt, dass ich dich brauche. Heute, morgen, für immer!«

Mit diesen Worten hatte ich ihn gekriegt. Peters kompletter Kopf lief rot an, und Freudentränen kullerten ihm über sein breites Lachen. Mit nassen, salzigen Lippen küsste er mich hingebungsvoll. Der Moment war einfach perfekt.

Später waren wir wieder in seiner Wohnung, denn Trudy wollte ihren Abend allein verbringen. Mit dem Satz »Ich muss mir jetzt klarwerden, wie ich weitermache«, hatte sie sich von uns verabschiedet, als wir sie zu Hause abgesetzt hatten.

Peter und ich hatten auf der Fahrt zu ihm die ganze Zeit Händchen gehalten, und pure Glückseligkeit lag in der Luft. Selbstlos hatte ich mich spontan dazu entschieden, auszuwandern. In keiner Sekunde bereute ich meine Aussage. Ich war mir absolut sicher, mit ihm ein erfülltes Leben vor mir zu haben, und war einfach nur dankbar für die Möglichkeit, endlich die Liebe und den Traummann schlechthin gefunden zu haben.

»Meinen Job brauche ich nicht für mein Glück, und Freunde und Familie können mich jederzeit besuchen kommen«, schmiss ich Peter so hin, als er in seine Straße einbog.

»Und du bist dir absolut sicher?«, freute er sich und schenkte mir ein Strahlen, wie ich es schon des Öfteren bei guten Nachrichten von ihm bekommen hatte.

»Peter, du gehörst zu mir. Komme, was wolle!«

Zwei Wochen lang hatten wir nun unsere Zweisamkeit genossen. Doch in einer ruhigen Minute in meinem neuen, zukünftigen Zuhause, kündigte sich mein Magen erneut an. Er grummelte und zischte, und ich wusste nicht, wie lange ich das Essen vom Frühstück noch in mir behalten konnte. Vor Peter versteckte ich mein Unwohlsein und ging einfach still und heimlich auf die Toilette, als wir im Wohnzimmer angekommen waren. Er steuerte schon wieder den Kühlschrank an, und ich rannte zur Kloschüssel – und übergab mich sofort. Mehrmals.

Als ich mich wieder gefangen hatte und das Grummeln vergangen war, legte ich meinen Kopf auf dem Badteppich ab und starrte an die Zimmerdecke. Was war nur los mit mir? Ständig war mir in der letzten Zeit übel, ich hatte aber lustigerweise Hunger ohne Ende. Sogar so viel, dass mein absoluter Lieblings-BH zu klein geworden war. Ich kam mir vor wie die Raupe Nimmersatt. Immer dicker und aufgeblähter. Auch die Haut und meine Brüste fühlten sich durch die dauerhafte Spannung anders an.

Nachdem ich einige Minuten so dagelegen hatte, dämmerte es mir. Blitzschnell erhob ich mein Hinterteil und holte den Kalender aus der Handtasche, welche ich zum Glück mit ins Badezimmer genommen hatte. Ein Blick auf die Übersicht der letzten Wochen, und es wurde mir klar – ich war schwanger!

Ich hatte es nicht gemerkt, weil ich durch den ganzen Stress um Peter vergessen hatte, dass meine Periode fällig gewesen wäre. Verwirrt irrte ich umher und wusste nicht, wie mir geschah. Seitdem ich in Orlando angekommen war, war einfach so extrem viel passiert. Peters Verschwinden, die nervenaufreibende Suche nach ihm, das Kidnapping, dann endlich seine Befreiung, der Start in unsere gemeinsame Zukunft und der Goldfund, der wiederum alles veränderte. Und jetzt das – ein Baby! Freude machte sich in mir breit, gleichzeitig beschäftigten mich aber auch Ängste und Zweifel. Würde all das gutgehen? Ich wusste es nicht, und daher beschloss ich, Peter vorerst nichts von meiner Erkenntnis zu erzählen. Ich plante, erst am nächsten Tag einen Test zu machen, um ganz sicherzugehen, bevor ich ihm diese Neuigkeit eröffnete. Er hatte bereits verkündet, dass er Kinder mit mir wollte. Das beruhigte mich in dieser nahezu schlaflosen Nacht, und als wir beiden nebeneinander einschlummerten, versuchte ich nicht allzu sehr über meine Vermutung nachzudenken.

Leichter gesagt als getan. Der nächste Morgen kam, und Peter fragte mich schon beim Frühstück, warum ich denn so aufgedreht war.

»Es ist nichts. Ich muss später nur ganz kurz weg. Allein!«

»Und wohin musst du?«, versuchte er herauszufinden.

»Das erfährst du noch früh genug«, wimmelte ich ihn ab. Peter gab sich mit meiner Antwort zufrieden, da er merkte, dass ich es unter keinen Umständen verraten wollte. Nachdem wir in Ruhe unseren Kaffee getrunken hatten, zog ich mich an und ging in die Drogerie um die Ecke. Ich besorgte mir einen Schwangerschaftstest, bei dem zwei Striche bedeuteten, dass er positiv war. Nervös stand ich an der Kasse und bezahlte. Sollte ich ihn gleich unterwegs machen? Doch ich bewies Geduld, und zurück in Peters Heim, verschwand ich kurz für kleine Mädchen. Ich packte das Plastikding aus, pinkelte auf den Teststreifen und wartete ungeduldig ab. Meine Fingerspitzen klopften währenddessen angespannt auf das Keramikwaschbecken. Die drei Minuten Wartezeit fühlten sich an wie Stunden, und mein gesamter Körper musste mindestens eine Spannung von zweihundertdreißig Volt haben. Als die Zeit abgelaufen war, konnte ich den Test nicht gleich umdrehen. Ich schloss noch einmal die Augen und atmete tief ein und aus. Egal, was es anzeigen würde, es wäre in Ordnung. An das Schicksal glaubte ich seit jeher. Das half mir, endlich den Mut aufzubringen und das Ergebnis abzulesen.

Zwei rosa Streifen – ich erwartete ein Baby!

Es fühlte sich so unwirklich an, und ich musste mich auf der Stelle setzen und weinen. Vor Glück, und gleichzeitig vor lauter Überforderung. Diese Wendung in meinem Leben hatte ich nicht kommen sehen. Unsere erste gemeinsame Nacht hatte offensichtlich Spuren hinterlassen. Kleine, winzige Fußspuren, die nun in mir heranwuchsen. Ich musste kurz innehalten und verarbeiten, was sich alles in meinem Kopfkino abspielte. Wie sollte ich das Peter nur beibringen? Er wusste noch gar nichts von seinem Glück, Vater zu werden. Ich war mir nicht sicher, ob er sich schon so früh darüber freuen konnte, schließlich war unsere Beziehung relativ frisch. Trudy und er beschäftigten sich momentan mit dem immens großen Goldfund und wollten die Sache klug angehen. Aber es half nichts – ich musste es ihm einfach sagen.

Einige Stunden später, während wir gemeinsam einen langen Spaziergang am Lake Nona machten, dachte ich darüber nach, wie ich ihm beibringen konnte, dass er demnächst Vater werden würde.

»Joyce«, sprach Peter mich nach einer Weile an. »Geht es dir gut? Du bist so still heute. So kenne ich dich ja gar nicht!«

»Sehr witzig«, entgegnete ich ihm. »Es ist alles in Ordnung, mach dir keine Sorgen.«

Später brach ich noch einmal allein auf, um einen klaren Kopf zu bekommen und etwas zu finden, womit ich Peter sagen konnte, welches Thema mich beschäftigte. Beziehungsweise, was meine Magenprobleme verursacht hatte. Ein kleiner Mensch. Ich würde wahrhaftig Mutter werden – was für ein Wunder! Ich flanierte in einer gemütlichen Gasse, in der es nur ein paar schnuckelige Geschäfte gab. Nachdem ich mich ein wenig umgesehen hatte, entdeckte ich in einem Schaufenster plötzlich kleine Babyschühchen, die ich einfach mitnehmen musste. Das war das Zeichen, auf das ich gewartet hatte. Die Verkäuferin packte sie mir schick in eine Box ein, und ich ging zurück in seine Wohnung. *My new home.*

Als ich mich zu Peter auf die Couch gesellte, nachdem ich mir die Schuhe ausgezogen hatte, wurde ich mit Liebe überschüttet. Er küsste mich am ganzen Kopf und war froh, dass ich wieder bei ihm war. »Willst du mir jetzt endlich sagen, warum du so geheimnisvoll bist, du wunderhübsche Frau?«

Er legte seinen Kopf schief und sah mich an wie ein liebeshungriger Löwe. Ich konnte nicht anders und ging zu meiner Tasche zurück, holte die Überraschungsbox heraus und drückte sie ihm wortlos in die Hand.

»Ich habe hier etwas Besonderes für dich. Behandle es gut, denn es ist noch sehr klein.« Fragend starrte er mich an und hielt die Box erst einmal fest. Er zwickte seine Augen kritisch zusammen und packte langsam sein Geschenk aus. Kurz bevor er den Deckel anhob, spannte sich mein ganzer Körper vom Kopf bis zu den Zehen an. Ich hatte Panik. Wie würde er wohl reagieren?

Peter war bereit, sah noch einmal zu mir hinüber und widmete sich dem ominösen Paket. Der Deckel ging in die Luft und er entdeckte endlich die gelben Schühchen. Überrascht nahm er sie heraus. Man sah ihm an, wie er ins Grübeln geriet, denn seine Denkerfalten schalteten sich ein. Als sie sich jedoch lösten, riss er seinen Mund auf, legte die Schuhe auf den Couchtisch und nahm meine Schultern in seine Hände. »Ist es das, was ich denke, das es ist?«

»Wenn du denkst, dass du Papa wirst, dann ja!«, antwortete ich überschwänglich und schaffte es dabei nicht mehr, meine Tränen zu unterdrücken. Peter strahlte um die Wette, umarmte mich so fest wie noch nie und schrie laut auf: »Das ist ja fantastisch!«

»Ja?«, wollte ich wissen und sah ihm in seine wunderschönen, ehrlichen Augen. Denn zuvor hatte ich Angst vor seiner Reaktion gehabt.

»Ich würde mit niemand anderem lieber ein Kind haben wollen, als mit dir, Joyce. Du, meine Retterin!« Wir versanken in purer Dankbarkeit, und unsere kleine Welt, die vor kurzer Zeit noch ein ziemlicher Trümmerhaufen gewesen war, war plötzlich perfekt.

Einige Wochen verbrachten wir daraufhin zusammen in Orlando und planten die Zukunft – gemeinsam mit unserem Kind! Als ich für kurze Zeit nach Deutschland zurückkam, waren mein Job und meine Wohnung längst gekündigt. Ich packte meinen wichtigsten Kram ein und flog zeitnah von Frankfurt wieder in die USA. Ich ließ mich komplett fallen in der neuen Welt mit Peter. Alle Freunde und Verwandten freuten sich mit uns, denn sie gönnten uns das Glück von ganzem

Herzen. Ebenso Jake und Amanda, die uns regelmäßig besuchten. Meine Mutter willigte ein, Jerry weiterhin für einige Zeit zu sich zu nehmen, bis sich bei uns alles ein wenig beruhigt haben würde. Dann wollte ich ihn zu uns holen – nach Orlando. Diese Fellnase war sozusagen mein erstes Baby, und er fehlte mir. Mama plante mit Soph zur Geburt ebenfalls einen Besuch bei uns, da sie mich unheimlich vermissten. Soph nicht bei mir zu haben, war besonders schwierig. Doch heutzutage gab es Videocalls und Social Media, um sich weiterhin auf dem Laufenden zu halten. Da ich leider diverse Schwangerschaftsbeschwerden hatte, musste ich ungewollte Ruhephasen einlegen. Für unseren kleinen Wurm nahm ich das allerdings gerne in Kauf. Es sah sonst alles soweit gut aus und auch Chuck wurde erfreulicherweise wenig später wieder freigelassen. Er besuchte uns ab und an und er und Peter fingen gemeinsam an, das Haus seines Vaters nach und nach zu renovieren und auszuräumen. Einige Andenken an ihn wollte Peter gerne behalten, doch als er mir kurz darauf eröffnete, wie sein Plan von dem Anwesen aussah, war ich erneut sprachlos.

»Wir werden hier leben, Honeybee. Du, ich und unser Baby. Das Erbe meines Vaters halten wir in

Ehren und verbringen die Zeit bis zu unserem Lebensabend in der *Valentine Lane*. Was hältst du davon – bist du dabei?«

»Mit dir bin ich zu allen Schandtaten bereit!« Etwas Schöneres hätte ich mir nicht vorstellen können, und so fing die Zukunft mit meinem Traumprinzen an. Schwanger, glücklich und verliebt ohne Ende. Was konnte da noch schiefgehen?

Als wir dachten, das gewaltige Glück könnte nicht mehr getrübt werden, besuchte uns Trudy ein paar Monate nach dem Einzug in einer lauen Sommernacht. Sie hatte bereits davor angerufen und sich angekündigt, hörte sich aber sehr besorgt an. Ihre Stimme klang ängstlich. Was war nur geschehen? Seit einigen Wochen hatte sie sich oft mit Doktor Seinfeld getroffen. Für uns – Matthew. Beide hatten heimlich ihre Nummern im Krankenhaus ausgetauscht, als Trudy Peter abgeholt hatte. Sie gaben ein wirklich harmonisches Liebespaar ab, und wir konnten uns beim besten Willen nicht vorstellen, dass es bei ihnen bereits kriselte. Einige Abende hatten wir schon zu viert bei ein paar Gläsern Wein verbracht und endlose Gespräche geführt. Selbstverständlich trank ich dabei nur Alkoholfreies. Die beiden wirkten ausgelassen und zufrieden miteinander. Hatten wir uns in ihrer Beziehung so getäuscht?

Trudy trat nach ihrer Ankunft mit gesenktem Kopf ein und schloss die Eingangstür hinter sich. Peter und ich sahen uns fragend an und befürchteten das Schlimmste – Trennung! Als sie mit verheultem Gesicht vor uns stand und uns endlich in die Augen blickte, hatten wir es beinahe kommen sehen.

Ich fragte behutsam nach: »Ist alles in Ordnung bei dir? Ist was mit Matthew?«

Gespannt warteten wir ab, was nun folgen würde. Doch Trudy schüttelte nur den Kopf. Sie hörte gar nicht mehr auf damit und schmiss uns nur ein »Nein, das ist es nicht« hin. Wir verstanden nicht.

»Was ist denn dann passiert, Trudy? Können wir dir irgendwie helfen?«, fragte Peter sie eindringlich. Alle standen wir in der Eingangshalle unseres großzügigen Hauses, und seine Schwester wollte einfach nicht mit der Sprache herausrücken.

»Jetzt sag bitte endlich, was los ist!« Peter hatte oft nicht sonderlich viel Geduld mit ihr. Sie ließ mit Antworten auf brennende Fragen gerne auf sich warten. Doch dann fasste sie sich ein Herz und eröffnete uns die Neuigkeiten.

»Er ist abgehauen!«

»Wer ist abgehauen, Trudy? Wer?« Peter war immer noch leicht in Rage.

»Scott ist auf Kaution raus und nicht mehr aufzufinden. Dasselbe gilt für seinen Vater Owen!«

Wie konnte das sein? Peter glaubte ihr kein Wort und trat ein wenig näher an sie heran.

»Schwesterherz, warum denkst du, dass er sich abgeseilt hat? Nur weil er auf Kaution draußen ist, heißt das nicht, dass er das Land verlassen kann. Er sitzt bald seine gerechte Strafe ab, das Gerichtsverfahren startet doch demnächst«, stellte er verbissen klar.

»Er ist ganz sicher weg ...«, verteidigte sie sich mit einem anschließenden Seufzer.

Totenstille herrschte im Raum, man hätte selbst eine Stecknadel fallen hören können. War das wirklich wahr? War Scott wieder auf freiem Fuß? Und vor allem – was bedeutete das für uns?

Ich beobachtete das Geschehen nur von außen und konnte nicht glauben, was Trudy uns da schonend beizubringen versuchte. Nun musste ich doch noch etwas dazu sagen, denn ich war viel zu neugierig und fassungslos. »Bist du dir da ganz sicher?«

Trudy erklärte sich: »Matthew hat Verwandte bei der Polizei. Wir hörten von Scotts Entlassung nach der Kautionszahlung und erkundigten uns genauer bei ihnen darüber. Angeblich fanden sie seine Wohnung danach leer auf. Scotts Vater konnte ebenfalls nicht mehr ausfindig gemacht werden, seit wir der Polizei von seinem Mord an unserer Mutter berichtet hatten. Sie sind abgehauen – keiner weiß, wo sie sich aufhalten!«

Sie machte eine kurze Pause. Doch dann fügte sie noch etwas hinzu: »Vielleicht ist es unsere Schuld, da wir die Polizei damals nicht von Anfang an verständigt haben.«

»Hör auf das zu sagen. Ihr habt euer Bestes getan!« Peter wurde stinksauer und möglicherweise besorgt zugleich. Sein Kidnapper war wieder auf freiem Fuß und angeblich wusste niemand, wo er sich gerade befand. Seine Mutter war mit Absicht getötet worden und das von einem Familienmitglied. Auch dieser abgebrühte Killer konnte jetzt nicht mehr ausfindig gemacht werden. Was zur Hölle stimmte nur bei diesen Winters nicht?

»Wofür gibt es eigentlich die Polizei? Sie sollten doch für die Sicherheit von uns sorgen und Kriminellen nicht die Möglichkeit geben, weiterhin ihr Unwesen zu treiben.«

Peter hatte recht. Alle standen wir betroffen im Flur und wussten nicht mehr weiter. Scott hatte es schon wieder geschafft, uns an der Nase herumzuführen!

Ein Geräusch unterbrach die Fassungslosigkeit von uns dreien. Peters Handy hatte geklingelt und eine Nachricht störte mit ihrem vibrierenden Ton unsere Unterhaltung. Es lag direkt neben der Haustür auf einem kleinen Glastisch. Peter holte sich sein Telefon.

»Leute, ich glaube das müsst ihr sehen!«

Peter war außer sich und ging mit seinem Smartphone in der Hand von links nach rechts und ließ sich kaum noch stoppen.

»Was ist mit dir?«, erkundigte ich mich besorgt bei ihm. Es gefiel mir gar nicht, wie sich sein Gesichtsausdruck verändert hatte und er wie ein Irrer immer wieder seine Kreise zog.

Er drückte Trudy sein Handy in die Hand und sprach: »Seht selbst!«

Ich wollte ihn noch kurz beruhigen, doch er wandte sich sofort wieder von mir ab und setzte sich neben den Glastisch auf einen Stuhl und wippte wild mit einem Fuß auf und ab.

Daraufhin drehte ich mich zu Trudy, die ebenfalls perplex vom Ausraster ihres Bruders war. Wir beide starrten auf das Display und fingen an, die Nachricht zu entziffern, die Peter bereits vor uns aus der Fassung gebracht hatte. Sie war kurioserweise auf Deutsch verfasst. Dort war Folgendes zu lesen:

Egal, wo ich auf dieser Welt stecke –
ich komme wieder und räche mich an euch.
Ihr habt uns das Leben versaut, das
Gleiche wird euch widerfahren, das
schwöre ich! Es bringt nichts, die
Polizei einzuschalten, die Nummer könnt
ihr nicht nachverfolgen, weil dieses
Handy sowieso sofort im Müll landet.
Dort, wo ihr auch hingehört!
Wir sehen uns – versprochen!

In Liebe, Scott. Albtraum eures Lebens

Trudy fiel das Handy vor lauter Schreck aus der Hand und sie musste sich erst einmal auf den Boden setzen.

Ich wusste nicht, wie ich reagieren sollte. Ein Kloß bildete sich in meinem Hals und das Baby fing im Bauch ruckartig an zu strampeln. Es bemerkte scheinbar ebenfalls die heikle Lage, in der wir uns befanden. Scott wollte sich rächen, und das nicht zu knapp!

Wie könnten wir ihn finden? Was heckte er nun für einen Plan aus?

Und vor allem – was wollte er uns antun, wenn er wieder auf der Bildfläche auftauchte?

Bald würden wir es erfahren!

~ ENDE ~

Danksagung

Mein allererster Rohdiamant, der sich schon seit Jahren auf meinem Laptop getümmelt hat, ist nun endlich geschliffen. Zeit, Nerven und vor allem Schlaf hat er mich gekostet – doch das war es allemal wert! Etwas über die Liebe zu schreiben, verleiht einem die Macht, sich in Welten hineinzuträumen, die oft unerreichbar scheinen. Diese neue Reise ins Autorenleben hat mich beflügelt. Ich habe so unfassbar viel gelernt, hatte reichlich Spaß, und dafür danke ich so vielen Menschen, die mit Begeisterung an diesem Projekt beteiligt waren.

Allen voran unserem kleinen Wunder – Valentin! Du bist jetzt fast ein Jahr alt, gibst uns mit deiner herzlichen Art soviel Liebe und Sonnenschein und bereicherst unser Leben in vielerlei Hinsicht!

Schatz, dir danke ich für deine Geduld und Hilfe. Es war nicht immer leicht für mich, geeignete Zeit zum Schreiben zu finden. Nachdem ich die Zusage für die Veröffentlichung überraschend in der Tasche hatte, prägten mich unzählige Nachtschichten und du hast mir immer zu Seite gestanden. In unserem stressigen Alltag hast du es mir möglich gemacht, an meinem Manuskript weiterzufeilen. Unser Hund Viona war stets mein Schreibbuddy und ist mir am Laptop oft nicht von der Seite gewichen. Ich liebe Euch drei so sehr – ich kann es nicht in Worte fassen! WIR, FÜR IMMER♥

Liebe Familie, liebe Freunde, Ihr seid immer für mich da und habt von Sekunde eins an mich geglaubt. Mit Sicherheit werdet Ihr mich an der ein oder anderen Stelle wiedererkennen und vielleicht erinnern Euch bestimmte Themen an unser gemeinsames Leben. Ich möchte Euch alle nicht missen und habe jeden Einzelnen von Herzen lieb!

Ein Großer Dank geht an meine Lektorin Kathy, die auch als äußerst hilfreiche Testleserin vorab fungiert hat. Deine Kommentare haben mich einiges gelehrt und Anmerkungen im Text, wie „Hat der Toilettengang einen unmittelbaren

Zusammenhang mit dem Genie sein?", haben mich im Überarbeitungsmodus lauthals zum Lachen gebracht. Du bist ein so herzensguter Mensch und ich bin dir dankbar, dass du für Fragen immer erreichbar warst!

Liebe Julia, lieber Andreas, liebes Bookrix-Team,
Ihr habt an meine Idee geglaubt und dabei geholfen, das Beste aus der Geschichte von Joyce und Peter herauszuholen. Für die Chance, mit Eurer Betreuung gemeinsam mein Buchbaby bekannt zu machen, kann ich nicht genug Dank aussprechen. Ich hoffe, wir können in Zukunft noch weitere Projekte miteinander umsetzen!

Eine dicke Umarmung geht auch an meine Testleserinnen: Manuela, Nicole, Andrea, Martina, Corinna und Jessica. Ihr habt mir in manchen Dingen mit Eurer konstruktiven Kritik die Augen geöffnet und wart weiterhin auch für mich greifbar. Meine Protagonistin Joyce habt Ihr mit ihrer chaotischen und realitätsnahen Art gefeiert und Bemerkungen, wie „Dein Buch war eine Wundertüte", „Ich liebe es" und „Ich würde mir wünschen, noch viele Bücher von dir zu lesen", habt Ihr mir immer meinen Tag gerettet. Nehmt Euch in Acht: Vielleicht brauche ich Euch wieder!

Das Coverdesign von Katja ist ein absoluter Traum geworden. Mit meiner perfektionistischen Ader hatte ich Bedenken, dass man es mir in diesem Punkt vielleicht nicht recht machen kann. Aber du hast es bereits beim ersten Entwurf geschafft, mein absolutes Vertrauen in diesem Punkt zu ergattern. Ich bin einfach nur verliebt in mein erstes Buchcover – Merci Chérie!

Ebenfalls beteiligt und eine große Hilfe war mir meine gute Freundin Niki. Du hast mir angeboten, mein erstes Hörbuch mit deiner himmlischen Stimme einzusprechen und ich liebe es. Danke, dass du so bezaubernd bist, wie du eben bist!

Auch Lisa, Caro, Isabelle, Sabrina und Katie bin ich sehr für Ihre stets offenen Ohren verbunden. Ihr habt mir in Puncto Marketing, Klappentext und Organisation geholfen, den richtigen Weg für mein erstes Buchprojekt zu finden. Mittlerweile nenne ich Euch Freundinnen und bin sehr stolz, dass wir uns durch Instagram getroffen haben!

Aprospros Social Media: Ein riesen Dank geht auch an meine Community auf #Bookstagram. Unter meinen treuen Wegbegleitern, wie Autoren, Lektoren und Lesern, fühle ich mich gut aufgehoben und durfte dort meinen Horizont durch so viele Dinge erweitern. Danke für Euren Support und Eure Offenheit. Ich freue mich darauf, auch zukünftige Bücher mit Euch teilen zu können!

Meinen Bloggerinnen Carmen, Chrissy, Steffi, Eva, Jessi, Sabine, Nadine, Zani, Johanna, Jessica, Yvi, Susi, Sarah, Lily, Katrin, Julia, Janine und Stefanie, möchte ich ebenfalls hervorheben. Ihr habt mit mir gemeinsam mein Debüt in die Welt hinausgetragen und ich bin unglaublich stolz, dass Ihr diese Reise gemeinsam mit mir gegangen seid!

Und ich danke dir, lieber Leser, dass du mir dein Vertrauen geschenkt und mir einiges deiner Zeit geopfert hast, um in dieses Werk hineinzutauchen. Ich hoffe, ich konnte dich dabei kurz aus deinem Alltag entführen und dich mit meinem Schreibstil begeistern. Vielleicht warst du das ein oder andere Mal auch überrascht und hast in dein Buch hineingeschmunzelt, während eine spannende oder herzzerreißende Szene passierte. So oder so bin ich froh, dass du mir als Autorin die Chance gegeben hast, dich mit meiner Geschichte zu fesseln!

Wenn Ihr gerne mehr über mich und meinen Weg als Schriftstellerin erfahren wollt, folgt mir gerne bei Social Media. Ihr findet mich auf Facebook (Veronica Fields) und Instagram (@vroni_verfasst).

Autorenvita

Mein Name ist Veronica Fields, ich bin 33 Jahre alt und ein waschechtes bayerisches Mädel. Ich wohne mit meinem Partner und unserem Sohn im Münchner Osten. Das Schreiben war schon immer eine Leidenschaft von mir, was ich bisher in privaten Theaterstücken, Gedichten, oder Songtexten unter Beweis stellen konnte. Nachdem ich an ein paar Schreibkursen teilgenommen habe, wurde meine Begeisterung für die Literatur erneut entfacht. Aufgrund meiner unbändigen Vorstellungskraft und Kreativität liegen noch einige Projekte in meiner Schublade, die nur darauf warten, mit Herz und Humor zum Leben erweckt zu werden.